Wojciech

Burdelak

Wybrany

Tytul; Wybrany
Korekta: Wojciech Burdelak
Projekt okładki: Jacek Jesionowski
Wydanie drugie poprawione
Miejsce i data wydania Polska 10.2023
ISBN 978-83-969383-6-7

WOJCIECH

BURDELAK

„Jesteśmy
z tego samego materiału
co nasze sny".

WYBRANY

Książki autorstwa
Wojciecha Burdelaka

Nemo
Porzucony
Zagadka
Zbrodnia Ikara
Pomyłka
Więzy Rodzinne
Franca
Pomieranie
Życzeniodawca

wojciechburdelak.pl

Ta powieść jest dedykowana miłośnikom
historii z dreszczykiem, czyli tym wszystkim,
którzy lubią się zatracać w nierealnym, wymyślonym
przez pisarzy świecie.

Autor.

Wstęp

„Bo wypadek to dziwna rzecz...
nigdy go nie ma, dopóki się nie zdarzy”.

Głośny pisk opon i ten lekko stłumiony, niemożliwy wręcz do opisania dźwięk wyrwał go w oka mgnieniu z głębokiej zadumy. Oczywiście, to było to. Potrzebował tylko krótkiej chwili, aby momentalnie wróciło wspomnienie, że już kiedyś usłyszał coś podobnego. Tak brzmi odgłos dobiegający przy kontakcie pojazdu z żywym organizmem. Tona stali i tworzyw sztucznych uderzająca z prędkością kilkudziesięciu kilometrów na godzinę w zaledwie kilkadziesiąt kilogramów żywej tkanki, wytwarza ten specyficzny i niesamowity dźwięk, że w jego przypadku zapamiętał to tak dobrze, jakby to było wczoraj. Zdecydowanie trzeba powiedzieć, że są na tym świecie zdarzenia, które zapadają w pamięć na tyle głęboko, że pozostają tam do końca życia.

Wszystko co potem, było jedynie koszmarnym dodatkiem. Ludzki krzyk, dźwięk rozbijanego szkła, wszystko to sprawiało, że jego mózg z początku rozkojarzony i potwornie zaskoczony, zaczynał w końcu mozolnie łączyć poszczególne fakty. Wypadek, to było to, co nasuwało się po kilku milisekundach w miarę logicznego podświadomego rozumowania. Mógł mieć tylko cichą i ulotną nadzieję, że tym razem jednak się myli. Odgłos ten był tak specyficzny, że gdy kiedyś próbował go porównać z czymś znajomym, to nic sensownego nie przychodziło mu do głowy. Retrospekcja nastąpiła niejako wbrew jego woli.

Przypomniał sobie momentalnie, jak wiele lat temu wracał z kilkoma kolegami z pracy, i był świadkiem drogowego wypadku. Na jednej z małych bocznych uliczek na obrzeżach Bydgoszczy samochód osobowy potrącił chłopca, nastolatka przebiegającego przez ulicę w niedozwolonym miejscu. I gdyby wtedy tam nie był, to nigdy nie uwierzyłby, jak szybko, wokół miejsca zdarzenia może zebrać się, taka duża grupa gapiów. Wyglądało to, jakby ktoś tych ludzi w jednej chwili w jakiś dziwny, ale zorganizowany sposób skrzyknął. W ciągu dosłownie sekund na miejscu zebrała się grupa około trzydziestu, może nawet pięćdziesięciu osób. Tak przynajmniej wtedy to ocenił. Niestety tylko on jeden z będących na miejscu poczuł wtedy wyraźną empatię z poszkodowanym.

Nie zastanawiając się Stanisław ominął stojących i podszedł szybko do leżącego młodzieńca. Chciał spróbować udzielić mu jakiejś pomocy. Na szczęście jak się chwilę później okazało, chłopakowi nic poważnego się nie przytrafiło. Takie było jego pierwsze wrażenie. Chłopak jakiś czas leżał na asfalcie wyraźnie zszokowany i pozbawiony energii. Szczupły z rudą czupryną na głowie, haczykowatym nosem i dużymi odstającymi uszami wyglądał jak ktoś kogo przed chwilą obudzono. Po chwili usiadł i najzwyczajniej w świecie rozpłakał się. Kucając przy nim Stanisław zwrócił się do najbliżej stojącej młodej kobiety. – Widzę, że ma pani komórkę. Proszę szybko zadzwonić po karetkę pogotowia – wyraźnie zaskoczona kobieta powiedziała coś szeptem do swojego towarzysza i sięgnęła po telefon.

- Pewnie zapomniała numeru pogotowia – pomyślał i już miał na końcu języka jaki to numer, gdy nagle usłyszał z ust dzieciaka.

- Nie chciałem tego proszę pana. Myślałem, że zdążę – głos chłopaka był stłumiony i niewyraźny. – Przepraszam pana bardzo, ale co teraz będzie?

- Spokojnie, nie ruszaj się, nie wyglądasz mi dzieciaku na rannego, a to jest teraz, tak naprawdę najważniejsze. Krwi nigdzie nie widać – obejrzał dokładnie poszkodowanego – to bardzo dobrze. Musisz jednak leżeć nieruchomo, bo możesz mieć jakiś uraz, którego z zewnątrz nie widać. Cierpliwości, zaraz przyjedzie karetka.

- Czy mogę już wstać? – zapytał chłopak, jakby w ogóle nie słuchał tego, co Stanisław przed chwilą powiedział.

- No nie wiem. Raczej nie. Ale nie jestem przecież lekarzem i nie wiem, czy to jest dobry, czy może wręcz fatalny pomysł. Dobrze się czujesz, boli cię coś?

Chłopak w odpowiedzi poruszył energicznie głową na znak, że nie.

- No dobra, niech ci będzie. Spróbuj może poruszyć kończynami, aby sprawdzić, czy czegoś sobie nie złamałeś. Jak zaboli, to znaczy, że coś jest nie tak.

- Czym mam poruszać?

- Kończynami! O Boże kochany, naprawdę nie rozumiesz, co to są kończyny? Masz chłopaku poruszać ostrożnie rękami i nogami.

Widok był dość komiczny. Młodzieniec potrząsał rękoma i nogami, jakby strząsał z siebie jakieś niewidzialne mrówki. Ktoś w tłumie cicho się zaśmiał, a dzieciak to zauważył.

- Nic mnie nie boli, proszę pana, wszystko u mnie w porządku. Nie mam złamań – powiedział wyraźnie zdeprymowany tym, że ktoś z gapiów zaśmiał się z jego powodu.

- Na pewno? To ty wiesz najlepiej.

- Tak, nic mi nie jest – odpowiedział tym razem stanowczo.

Wyglądało na to, że chłopak miał więcej przysłowiowego szczęścia niż rozumu, gdyż na pierwszy rzut oka, jego nagły kontakt z samochodem wyglądał naprawdę paskudnie. W chwili zderzenia z autem wpadł z impetem na maskę silnika, a później na przednią szybę, po czym stoczył się na ziemię. Samochód marki Volkswagen, w kolorze jasny metalik stał teraz jakieś pięć metrów od miejsca upadku chłopca. Miał zbitą lewą przednią lampę, lekko wgniecioną maskę oraz stłuczoną szybę od strony kierowcy. Właściciel pojazdu, starszy pan, stał teraz obok otwartych drzwi i rozmawiał z kimś przez telefon komórkowy, nerwowo przy tym gestykulując.

Stanisław niestety nie miał najmniejszego pojęcia o zasadach udzielania pierwszej pomocy, dlatego też podświadomie był naprawdę bardzo szczęśliwy, że jednak nie musi młodemu człowiekowi w żaden sposób pomagać. Instynktownie wiedział, co każdy normalny człowiek powinien zrobić, gdy ktoś potrzebuje pomocy, ale o samych detalach, to już nie miał bladego pojęcia. Po kilku minutach bezczynności w związku z oczekiwaniem na karetkę lub policję, poszkodowany nagle wstał i potwierdziwszy, że nic mu nie jest, oddalił się z miejsca wypadku. Ktoś go próbował zatrzymać, ale nieskutecznie.

- Masz u mnie dług dzieciaku – zawołał. Popatrzył po twarzach zebranych, a potem na samochód sprawcy kolizji i ruszył do domu.

Tamto już minęło, było przeszłością, a to co teraz, było dopiero przed nim. Był teraz starszy i znacznie bogatszy w doświadczenia życiowe. Pomimo tego i tak nie bardzo wiedział czego ma się na miejscu spodziewać. Ten dźwięk, który przed momentem usłyszał za plecami sprawił, że instynktownie odwrócił się w stronę, skąd według niego dobiegał ten odgłos. Zdążył tylko zobaczyć, jak coś jasnego, wielkości człowieka spada właśnie z impetem na powierzchnię twardej miejskiej drogi. W oddali zobaczył samochód, który uderzył w to coś, a właściwie wyrzucił w powietrze, a co teraz leżało na asfalcie nieopodal tamtego samochodu. Auto sprawcy ujechało jeszcze kilkadziesiąt metrów i zatrzymało się z włączonym silnikiem. Był późny wieczór i pewnie dlatego w tej odległej od centrum Poznania bocznej uliczce nie było poza nim i uczestnikami wypadku żywej duszy. Była to jedna z tych ciemnych posępnych ulic, w którą po zmierzchu lepiej nie zapuszczać się samemu. Stare, brudne i wymagające pilnego remontu kamienice ciągnęły się po obu stronach ulicy i niewątpliwie strzegły swoich tajemnic. Słabe, miejskie oświetlenie maskowało niedoskonałości okolicy. Czuć było, że wszędzie panuje bałagan i ta typowa dla takich miejsc aura. To była zła dzielnica, złe miejsce i zły czas.

Znalazł się tutaj niestety na własne życzenie, dlatego że bardzo śpieszyło mu się do domu, a idąc tą drogą mógł znacznie przyśpieszyć swój powrót z pracy. Pierwszą rzeczą, na którą mimowolnie zwrócił uwagę był tył ciemnego samochodu, który stał z włączonym silnikiem na środku ulicy. Przy tym oświetleniu trudno było określić kolor.

Mógł być czarnej barwy, szarej albo innych, ciemnych odcieni. Marki wozu też nie potrafił rozpoznać. Kierujący pojazdem chyba cały czas siedział za kierownicą. Nie wiedzieć czemu nie wyszedł sprawdzić, co się stało z osobą leżącą kilkadziesiąt metrów za jego autem. Wydało mu się to bardzo dziwne, ale zwalił to na karb stresu i szoku powypadkowego. Często zdarzało się, że sprawca uciekał z miejsca wypadku, ale teraz takie dywagacje nie miały dla niego żadnego znaczenia.

Teraz należało jak najszybciej dotrzeć do tego czegoś, co rozpędzony samochód pozostawił po sobie na powierzchni ulicy, a co podświadomie niemalże w jednej chwili rozpoznał. Instynktownie czuł, że to ludzkie ciało i że powinien się tam znaleźć jak najszybciej. Stanisław miał teraz do przebycia tylko w przybliżeniu jakieś kilkadziesiąt metrów, ale był to według jego oceny chyba najwolniej przebyty dystans w jego życiu. W normalnych warunkach przebiegłby ten odcinek w kilkanaście, no może w dwadzieścia sekund, ale teraz odnosił wrażenie, że biegnie zbyt długo i zdecydowanie za wolno. Miał bardzo złe przeczucia odnośnie ofiary.

Bardzo ciekawe jest to, w jaki sposób działa ludzki mózg w chwilach zagrożenia albo naprawdę dużego stresu? Jak to jest, że przy tak ograniczonej ilości danych potrafi wyciągać wnioski i snuć przeróżne refleksje, jednocześnie analizując wspomnienia i to wszystko w ciągu dosłownie kilku krótkich sekund? Gdy dobiegał do poszkodowanego, kątem oka zauważył jakiś nagły ruch w samochodzie. Stwierdził, że pewnie kierowca doszedł do siebie i chce ofierze udzielić pomocy, ale jak miał się za chwilę niestety przekonać sprawca wypadku zaplanował coś zupełnie innego.

W chwili, gdy już pochylał się nad ciałem leżącym na asfalcie, usłyszał za plecami głośny ryk pracującego na najwyższych obrotach silnika samochodu, a po chwili jeszcze głośniejszy pisk opon. Instynkt podpowiedział mu, aby się obejrzeć za siebie i spojrzeć za odjeżdżającym samochodem, ale widok jaki miał teraz przed sobą, zmroził mu krew w żyłach.

Na asfalcie, w kałuży krwi leżała ubrana na biało kobieta, chyba nastolatka. Tak naprawdę to trudno było ocenić jej wiek, gdyż krew, która wydobywała się z jej ust zalała całą dolną połowę twarzy. Leżała na plecach ze skręconą w prawo szyją. Jej długie zmierzwione włosy leżały częściowo na powierzchni drogi, jak i na czole i oczach. Musiał najpierw odgarnąć dłonią włosy z jej czoła, aby zobaczyć z kim ma do czynienia. Jak się po chwili okazało krew wcale nie wypływała z jej ust, lecz z przerwanej tętnicy, którą kobieta dociskała lewą ręką. Ciemnoczerwona ciecz przepływała pomiędzy jej palcami spływając na powierzchnię drogi, i co jakiś czas zraszała lekką strużką okolice ust. Wokół ciała utworzyła się na razie nieduża czerwona kałuża, ale Stanisław wiedział, że będzie się ona powiększać, a to mogło oznaczać tylko jedno. Nie miał odwagi dokończyć myśli.

- Słodki Jezu – wystękał przerażony, a właściwie zdruzgotany sytuacją.

Kobieta spojrzała na niego lekko odchyliła głowę w lewo, żeby mieć lepsze pole widzenia, a po chwili drugą rękę skierowała w jego stronę w wyraźnym geście prośby o pomoc.

Pochylił się nad nią nie bardzo wiedząc, co ma zrobić. Kilkanaście lat temu, gdy po raz pierwszy był świadkiem wypadku i zupełnie nie wiedział, jak ma się wówczas zachować, to postanowił wtedy zaliczyć szkolenie z udzielania pierwszej pomocy. Przeczuwał, że taka wiedza i umiejętności mogą mu być w przyszłości przydatne. Teraz był już mądrzejszy o wiedzę nabytą na tamtym kursie, ale zupełnie nie był przygotowany na coś takiego. Wiedział, jak się przeprowadza sztuczne oddychanie, zakłada opaskę uciskową, czy unieruchamia kończynę, ale to wyraźnie go przerastało.

- Myśl, Stachu, myśl! – próbował się mobilizować, chociaż chęci oraz dobrej woli mu nie brakowało.

Uznał, że powinien zacząć od rozerwanej tętnicy. Postanowił zatamować czymś krew, ale okazało się, że nie miał czym. Rozejrzał się szybko wokół siebie w poszukiwaniu czegokolwiek, co mógłby wykorzystać. Niczego takiego jednak nie zauważył. Wiedział, że w kieszeniach nie ma nic, co mogłoby posłużyć za tampon, a i u rannej na pierwszy rzut oka niczego nie dostrzegł. Jeszcze raz rozejrzał się na boki. W odległości około pięciu metrów na krawędzi drogi leżała damska torebka, ale ze względu na odległość postanowił nie zostawiać poszkodowanej nawet na chwilę bez opieki. Po sekundzie jednak stwierdził, że może w jej torebce znajdzie coś, co będzie się nadawało. Skoczył w tym kierunku i już po sekundzie był z powrotem.

Ręce mu się bardzo trzęsły, a musiał rozpiąć zamek błyskawiczny przy torebce, aby dostać się do środka. Otworzył ją i zaczął pośpiesznie grzebać we wnętrzu i pobieżnie oglądać przedmioty, które wpadły mu w ręce. W końcu zdenerwowany wysypał zawartość torebki na asfalt. Rzucił pobieżnie wzrokiem na przedmioty, które wypadły. Niestety oprócz portfela z jakimiś dokumentami i kosmetyków, nic więcej nie znalazł. Zgarnął obiema dłońmi wszystkie rzeczy, na przysłowiową stertę i położył przy nich torebkę kobiety.

- Pomocy! – usłyszał. – Pomóż mi proszę. Słabo mi, nie mogę się ruszać. Co mi jest, na Boga? Przejechał mnie samochód? Tylko po co, po co on to zrobił? Tak nie można, gdzie on jest? – Kobieta nadal lewą dłonią uciskała ranę.

- Zaczekaj i leż spokojnie, postaraj się nie ruszać, zadzwonię po pomoc. Sekundkę, momencik, zaraz dzwonię!

Sięgnął po swój telefon, ale nie mógł go wydobyć z przedniej kieszeni spodni. Będąc w pozycji klęczącej kieszeń spodni była tak ściągnięta, że nie mógł włożyć do niej palców. Musiał więc jak najszybciej wstać. Szybkim ruchem wydobył komórkę z kieszeni i wystukał palcami na klawiaturze numer 112. Niestety numer był zajęty. Odczekał jeszcze kilkanaście sekund, jednocześnie wracając do poprzedniej pozycji. Włączył na głośno mówiący i odłożył telefon na drogę, zaraz obok swojego prawego kolana. Klęczał teraz tuż obok poszkodowanej. Postanowił oderwać rękaw koszuli i z tego zrobić prowizoryczny tampon. To był jedyny pomysł jaki przychodził mu teraz do głowy. Niestety nie mógł urwać tego głupiego rękawa. Nie miał zupełnie siły. Szarpał się bezradny przez kilka sekund. W końcu rozerwał guziki od koszuli i zdjął ją całkowicie. Przydepnął nogą mankiet i najsilniej jak potrafił szarpnął materiałem. Usłyszał odgłos darcia i już po chwili trzymał w obu dłoniach spory kawałek materiału, który szybko zwinął w prowizoryczny tampon, aby przyłożyć go kobiecie do rany.

Pochylił się nad nią, delikatnie odciągnął jej dłoń od mocno krwawiącej rany i silnie docisnął zwitek materiału. Przez ten króciutki czas, gdy nikt nie dociskał rany z tętnicy siknął czerwony strumień. Kobieta nie protestowała, gdy odciągał jej lewą rękę i układał delikatnie wzdłuż ciała. Zaskoczyła go kompletnie, gdy nagle drugą ręką szybko złapała go za kołnierzyk jego koszuli, którą nie wiadomo po co z powrotem założył. Przyciągnęła go do siebie z siłą jakiej nie spodziewałby się po kobiecie i to jeszcze poważnie rannej. A może to on był tak słaby i bezwolny, że wydało mu się, że to ona ma aż tyle siły. Jego twarz znajdowała się teraz od jej ust zaledwie o kilkanaście centymetrów. Nigdy do tej pory nie widział, aż tak przerażonego człowieka. Postanowił powiedzieć coś sensownego, aby ją uspokoić.

- Spokojnie, musimy tylko zatrzymać to krwawienie, a wtedy wszystko będzie dobrze. Zobaczysz poradzimy sobie, to nie jest jakaś poważna rana. Wierz mi, widziałem gorsze.

Kobieta chyba w ogóle go nie słyszała. Oddychała spazmatycznie i zaczęła wodzić oczami w przeróżnych kierunkach, ale stopniowo jej wzrok się uspokajał, choć oddech nadal był nierówny i chaotyczny. Spojrzała w jego stronę i patrzyła teraz tylko na niego, jak gdyby był jedyną poza nią istotą na tym świecie. Leciutko kręciła głową na boki nie spuszczając z niego wzroku.

- Ja umrę, czuję to. Czemu on mi, to zrobił? Yyyy! – głośno westchnęła. – Dlaczego tak się stało, przecież miało być inaczej, zupełnie inaczej. O Boże, ja umrę, ja nie chcę jeszcze umierać.

Barwa jej głosu powoli zmieniała się wraz z ilością wypowiadanych słów. Zrobiła przerwę i przez krótką chwilę nic nie mówiła, jak gdyby zbierała myśli.

- Czuję, że tak będzie. Proszę!... Wiem, że tak będzie. Ratuj mnie błagam cię, ratuj mnie, bo jak nie to... to pożałujesz! Słyszysz mnie gnoju, jeżeli mi nie pomożesz, to pożałujesz, czy mnie słyszysz ty, ty... palancie?

Coraz trudniej było zrozumieć, co do niego mówi, a zdania robiły się coraz mniej składne. Stanisław nie miał bladego pojęcia, co ma jej powiedzieć. Poczuł się nagle jak skończony idiota. Było to uzasadnione odczucie, gdyż miał kompletną pustkę w głowie.

- Strasznie dużo gadasz, jak na ranną – wymsknęło mu się to kretyńskie zdanie. – O Jezu, przepraszam – szybko dodał.

Ponownie chyba nie usłyszała, co do niej powiedział. Nie patrzyła już na niego, tylko gdzieś w odległą przestrzeń, której nie potrafiłby w żaden sposób określić. Stanisławowi wydawało się, że za czymś wodzi wzrokiem. Oczywiście wiedział, że to tylko złudzenie, ale było tak silne, wręcz namacalne, że wierzył iż kobieta coś widzi.

- Nie umrzesz dziewczyno, zobaczysz wszystko będzie dobrze, zaraz przyjedzie pogotowie. – Skłamał, aby ją uspokoić. Niemy telefon nadal leżał nieopodal, a po drugiej stronie pod 112 nadal nikt nie reagował na jego błagania o pomoc. – Kurwa, muszę coś wymyśleć! – wyszeptał pod nosem. Walczyły w nim teraz dwa uczucia: wściekłość z bezradnością.

Ranna dziewczyna wyraźnie słabła. Jej do tej pory tak silna dłoń trzymająca cały czas jego kołnierzyk z wielką mocą i ciągnąca go do siebie, opadła teraz swobodnie na asfalt. Kałuża brunatnej krwi na drodze, powoli, lecz nieubłagalnie stawała się coraz większa.

- To moja, moja wina, przepraszam, tak bardzo przepraszam, co ze mną teraz będzie? Nie chcę tak kończyć – kobieta zaczęła cicho jęczeć. – Za młoda, za młoda…

- Nie umrzesz mi tu, przysięgam, że mi tu nie umrzesz – przerwał i spojrzał na prawo, potem w lewo szukając jakiegoś wsparcia. – Boże kochany ty nie możesz umrzeć. Za mądry jestem, żebym się na to godził. A jak nie, to możesz się później zem… Chryste, co ja plotę.

Mówił to szeptem, ale jakimś dziwnym, może szóstym zmysłem wyczuwał, że ona go słyszy. W oczach, do tej pory bardzo trzeźwych pojawiły się łzy. Zaszkliły się i z kącików oczu wypłynęły łzy. Nie trwało to długo. Jej wejrzenia przechodziły już przez różne stany, ale teraz wzrok zaczynał powoli stawać się jakiś dziwnie nieobecny. Widać było, że powoli zaczyna tracić świadomość.

- Dziewczyno, nie zostawiaj mnie samego! Bądź ze mną, bądź… zostań ze mną nawet na zawsze! Jeszcze trochę wytrzymaj. Zaraz na pewno przyjedzie jakaś pomoc. Słyszysz mnie? Proszę, błagam nie zostawiaj mnie samego!

W telefonie nadal było słychać ten cholernie irytujący sygnał zajętości. Wiedział, że powinien zrobić wszystko, co tylko możliwe, aby kobieta nie straciła przytomności. Pamiętał jeszcze z kursu, że to jest naprawdę bardzo ważne.

- Ludzie, niech nam ktoś pomoże!!! – rozdarł się na cały głos, ile tylko miał sił w piersiach.

- To na nic – wyszeptała uśmiechając się delikatnie.

- Na Boga niech nam ktoś pomoże! – Nie zwrócił uwagi na jej słowa. – Przecież jesteście ludźmi, na miłość Boską!! Ludzie, ktoś musi nam pomóc!!!

Darł się teraz jak opętany. Nagle poczuł na swych ustach słony smak. Domyślił się, że płacze, gdyż było mu tak bardzo przykro, płacz pojawił się bezwiednie. Raz z powodu tego, co tu się działo, a dwa z racji własnej, czysto ludzkiej bezradności. Nie zastanawiając się, co robi anulował połączenie i spróbował jeszcze raz, ale szybko odłożył telefon na bok, bo kobieta zaczęła nagle kasłać krwią i jednocześnie zanosząc się płaczem próbowała coś do niego powiedzieć. Prowizoryczny tampon całkiem przesiąkł i teraz już nie stanowił żadnej przeszkody dla żywotnej energii wypływającej z rany. Kałuża niestety zaczynała się coraz szybciej i szybciej powiększać.

- To moja wina nie powinnam, co te... To takie strasz…ne.

- Zraz przyjedzie lekarz, zaraz, zaraz – zupełnie nie wiedział, co ma do niej mówić. Nic sensownego nie przychodziło mu do głowy. Wiedział jednak, że musi coś do niej gadać, cokolwiek, choćby z racji tego, żeby kobieta nie straciła przytomności.

- Znajdź mojego... znajdź go proszę, muszę ci powiedzieć, kto to zro... Musisz wiedzieć, że ja jestem w… – przerwała, zrobiła głęboki wdech, jakby przeczuwała, jakby wiedziała, że to jej ostatni. Krótką chwilę delektowała się powietrzem wciągniętym do płuc. Uśmiechnęła się nawet czule i delikatnie, a po upływie kilku sekund, jak gdyby już zadowolona z siebie wypuściła wolno powietrze, przestała oddychać, powoli zamknęła oczy i odeszła.

- Raz, dwa, trzy – liczył na głos uciski na klatkę piersiową, po czym z większą siłą zawołał. – Ludzie proszę, pomocy! – krzyczał, ile tchu w piersiach. Po chwili zauważył, że nie dociska, już tamponu do rany, bo przecież obie ręce ma zajęte. Szybko przerwał uciski, zdjął koszulę i docisnął ją do szyi kobiety swoim prawym kolanem. Zaraz potem kontynuował resuscytację.

- Pomóżcie nam! – rozejrzał się na boki. Nie było żadnego odzewu.

- Szesnaście, siedemnaście, osiemnaście… Pomocy na Boga, ludzie pomocy!

Za plecami usłyszał stłumiony sygnał nadjeżdżającej karetki pogotowia albo policyjnego radiowozu. Widocznie ktoś z mieszkańców zareagował na jego okrzyki i zadzwonił po pomoc. Jednak o dziwo sygnał zamiast się nasilać zaczynał powoli cichnąć. Po chwili nic już nie słyszał. Był już bardzo zmęczony, ręce mu mdlały, wiedział, że długo już tak nie wytrzyma.

- Jeden wdech, drugi wdech. Raz, dwa, trzy... Boże, jak mi nie pomożesz, to, to zobaczysz! Uratuj ją, bo przestanę w ciebie wierzyć. Wyrzeknę się – sapał mówiąc i prawdę mówiąc on sam tylko wiedział, co mówi.

Gdzieś z tyłu usłyszał nagle cichy odgłos toczących się powoli kół jakiegoś pojazdu podjeżdżającego na wyłączonym silniku. Pierwsza myśl, że to jest pewnie karetka lub też policyjny radiowóz, a kiedy usłyszał odgłos powolnych kroków zbliżających się do niego, był święcie przekonany, że nadciąga tak długo oczekiwana pomoc. Zdążył tylko powiedzieć:

- Jest pomoc. Bogu dzięki wreszcie ktoś... – gdy nagle coś twardego spadło z impetem na jego głowę.

Nie stracił przytomności, ale zamroczony upadł na ciało kobiety. Poczuł jak czyjeś ręce obracają jego głowę, ale ponieważ oczy miał zamknięte, więc nic nie był w stanie zobaczyć. Po sekundzie usłyszał cichy, stłumiony, pojedynczy odgłos jakby tępego uderzenia. Ciało kobiety poderwało się w tym momencie błyskawicznie, jakby pobudzone jakimś impulsem elektrycznym i zaraz powtórnie znieruchomiało. Usłyszał wyraźnie odgłos oddalających się szybko kroków, trzask zamykanych drzwi samochodu i dźwięk odpalanego silnika. Leżał z twarzą na piersi kobiety. Nie wyczuwał rytmu pracującej przy oddechu klatki piersiowej ani nie słyszał bicia jej serca. Czuł za to urzekający zapach jej ciała, zapach jej perfum. Wcześniej nie zwrócił na to uwagi, ale teraz wyczuwał, że jest bardzo intensywny, ale jednocześnie niezwykle charakterystyczny i delikatny. To była wyższa półka w świecie perfum, a taki flakon mógł kosztować nawet połowę jego wypłaty. Szybko przegonił te pozbawione sensu rozważania. To przecież akurat było w tej chwili najmniej istotne.

Teraz liczyło się tylko jedno. To było oczywiste, że musi jak najprędzej dojść do siebie. Powinien się ocknąć i jak najszybciej nabrać potrzebnej mu w tej chwili energii. Tylko tyle i aż tyle. Wszystko było teraz w jego rękach. Wiedział, że musi wziąć się w garść i natychmiast pomóc tej biedaczce. Podniósł się powoli, bo jego ciało protestowało, spojrzał na leżącą ofiarę i prawą ręką dotknął miejsca, gdzie jak mu się zdawało czaszka mu zaraz pęknie, a mózg wypłynie na zewnątrz. Namacał palcami z tyłu swojej głowy dużego guza oraz coś lepkiego, ciepłego, co zdawało się otaczać miejsce, które tak bardzo go bolało.

- Bież się do cholery w garść Stachu, tak trzeba! – powiedział głośno do siebie i szybko rozpoczął przerwaną przez nieznanego agresora resuscytację. – Chwilę później nocną ciszę ponownie przeniknęły jego chaotyczne słowa:

- Raz, dwa, trzy, cztery…

- Panie! Proszę pana. Niech się pan szybko odsunie! Szybko! Karol, dawaj defibrylator – nagle usłyszał jakiś męski głos tuż obok siebie.

Czyjeś mocne ręce odciągnęły go od kobiety. Teraz nie brał już w tym udziału. Ratownicy rozpoczęli resuscytację, ale on wiedział, że to nic nie da, że jest już za późno. Odwrócił się i chwilę obserwował, jak dwóch ratowników udziela kobiecie wzorcowej wręcz pierwszej pomocy. Dziwne, że nie usłyszał warkotu silników dwóch pojazdów, które nie wiadomo, kiedy podjechały i teraz stały przodem do miejsca wypadku z włączonymi wszystkimi światłami. Pomoc, o którą się wręcz modlił nareszcie dotarła. Policyjny radiowóz i duży ambulans wreszcie były na miejscu. Widocznie ktoś z miejscowych się zlitował i wezwał pomoc.

- Resuscytacja zupełnie, jak na pieprzonym kursie! – przemknęło mu przez głowę, gdy patrzył na ratowników uwijających się jak w ukropie. Nie był jednak w nastroju, aby podziwiać czyjąś pracę. Jego ciało dopiero teraz zaczynało odczuwać skutki tego, z czym się mierzył do tej pory.

- Proszę pana, proszę pójść ze mną do radiowozu – usłyszał gdzieś z boku. – Nic tu już po panu. Pan już zrobił wszystko, co było w pańskiej mocy. Proszę zostawić sprawy chłopakom z pogotowia. Oni się znają na rzeczy.

Nieznany człowiek w mundurze złapał go pod ramię i bardzo powoli zaprowadził do służbowego samochodu. Teraz dopiero zauważył, że obok karetki stoi parę osób, a w kilku oknach ludzie z zaciekawieniem obserwują, co się dzieje.

Patrzył jak jeden z ratowników rozcina kobiecie nożyczkami sukienkę na piersiach, aby móc zamocować elektrody. Materiał z sukni został odciągnięty na boki, by ukazać kształtne piersi zamknięte w beżowym staniku. Jedna elektroda powędrowała tuż nad prawą pierś, a druga pod lewą. Na sygnał urządzenie włączono, a ciało podskoczyło i powtórnie znieruchomiało. Ratownicy natychmiast przystąpili do masażu serca i sztucznego oddychania. Na jego oczach jeszcze dwa razy powtórzyli defibrylację i wszystkie związane z tym czynności. Zauważył też, że na szyi założyli opatrunek.

Po wielu minutach intensywnej akcji ratownicy w końcu odpuścili. Wówczas to usłyszał z ust jednego z nich.

- Kończymy Jarek, nie ma sensu ciągnąć dalej, to koniec. Zapisz proszę w raporcie. – odczekał, aż kolega wyjął z torby notatnik i zaczął dyktować. – Godzina 22:16, stwierdzono zgon osoby poszkodowanej w wypadku drogowym. Miejsce wypadku: Poznań, ulica Szafirowa, na wysokości posesji o numerze 49. Ofiara to raczej młoda kobieta, o trudnym w tej chwili do ustalenia wieku. Przyczyna zgonu to wykrwawienie oraz obrażenia wewnętrzne. Akcja resuscytacyjna trwała dwadzieścia siedem minut i nie przyniosła spodziewanych efektów. Zespół medyczny trzykrotnie zastosował defibrylację, masaż serca oraz sztuczne oddychanie, niestety bez spodziewanych efektów. Mówiąc krótko, próba przywrócenia czynności życiowych kobiety nie powiodła się.

Po usłyszeniu tych słów Stanisław podniósł się z fotela w radiowozie i powoli podszedł do ciała kobiety. Jeden z ratowników odchodził już ze sprzętem w ręku w stronę swojego pojazdu. Chciał teraz na spokojnie, raz jeszcze przyjrzeć się ofierze wypadku, aby zapamiętać rysy twarzy człowieka, któremu nie był w stanie pomóc. Ofiara leżała na wznak, w miejscu, gdzie ją wcześniej znalazł. Nikt jej nie przeniósł, nikt też oprócz niego i ratowników nie ruszył ciała.

Pewnie służby takie mają procedury w przypadku zgonów, pomyślał i spojrzał kątem oka na dwóch mężczyzn oraz kobietę stojących po drugiej stronie ulicy. Ujrzał zaciekawione twarze, w których jedyne co się odbijało, to właśnie chora ciekawość, wręcz wścibskość. Chciał im wykrzyczeć, że to ich wina. Że ta kobieta żyłaby, gdyby wcześniej wezwali pomoc. Po zastanowieniu uznał jednak, że nie są tego warci.

- Hieny! – warknął pod nosem. – Pieprzone hieny cmentarne!

Kilka minut później jeden z ratowników podszedł do ciała, pochylił się i zaczął coś przy nim robić. Zasłonił mu pole widzenia, a on odwrócił głowę, bo nie chciał zrównać się poziomem z tamtymi głodnymi sensacji gapiami. Podszedł dopiero wtedy, gdy ratownik wrócił do samochodu. Tym razem to on pochylił się nad ciałem, a kilka sekund potem przykucnął. Kobieta miała teraz ręce ułożone wzdłuż boków, a twarz przykrytą nierozłożonym jeszcze całkowicie workiem na zwłoki. Jej jasna sukienka niemalże cała była umazana krwią. Lekko uchylił krawędź, spojrzał na nią i szybko cofnął rękę. Nie mógł znieść widoku, który przed sobą zobaczył. Ponownie jednak uniósł fragment materiału odsłaniając twarz denatki. Coś kazało mu przyglądać się przez chwilę tej nieznajomej kobiecie, analizować jej wygląd, przyjrzeć się ubiorowi, choć zdrowy rozsądek nakazywał uciekać stąd, jak najdalej.

Boże, niech ten dzień już się wreszcie skończy. Proszę, cię. Wiem, że wszystko co się zaczęło, kiedyś musi się zakończyć, prowadził w myślach rozmowę z Bogiem. Był zdruzgotany, cała ta sytuacja wyraźnie go przerosła, a on nawet nie miał odrobiny energii, aby spróbować z tym walczyć. Chciał teraz tylko jak najszybciej znaleźć się w domu. Tam by się nażłopał piwa albo wódki i nieprzytomny zasnął tam, gdzie urwałby mu się przysłowiowy „film". Wiedział, że będą go nawiedzać wspomnienia, że nie odegna się od koszmarów. Rozumiał też, że jego życie od teraz będzie już zupełnie inne.

Rozdział pierwszy

„Jesteśmy z tego samego materiału,
co nasze sny".

Stanisław siedział z przodu w niemal pustym tramwaju i zastanawiał się, co go czeka na komendzie. Dostał wezwanie wczoraj, aby stawił się w celu złożenia zeznań. Rozejrzał się uważnie po starym, brudnym wagonie. Jechały z nim tylko dwie osoby. Para staruszków siedzących dwa rzędy dalej nie zwracała na niego najmniejszej uwagi. Rozmawiali ze sobą szeptem na tylko im znany temat. Odwrócił głowę i skupił uwagę na widoku za oknem.

- Stasiu – usłyszał nagle gdzieś za plecami swoje imię wypowiedziane kobiecym głosem.

Odruchowo odwrócił głowę i spojrzał za siebie. Nie zauważył nikogo oprócz wspomnianej pary. Przyjrzał się uważnie kobiecie, ale po chwili stwierdził, że to niemożliwe, aby starsza kobieta znała jego imię. Tym bardziej, że w ogóle nie zwracała na niego uwagi. Powrócił więc do śledzenia tego, co za oknem.

Po kilku sekundach ponownie usłyszał swoje imię wypowiadane tym samym głosem.

- No nie, co jest? – pomyślał i szybko obrócił się na plastikowym siedzisku. Kątem oka zobaczył coś białego na końcu wagonu, ale nie miał czasu, aby przyjrzeć się temu dłużej.

Odwracając się tak energicznie, uderzył ręką starszą panią przechodzącą tuż obok i kierującą się do najbliższych drzwi.

- Oj, przepraszam – powiedział natychmiast do kobiety i na chwilę spojrzał na nią przepraszająco. Kobieta pokręciła głową z dezaprobatą i po zrobieniu kilku kolejnych zatrzymała się tuż przy drzwiach. Stanisław obrócił głowę mocniej i teraz spoglądał na tył pojazdu, ale tam już nic nie było.

Musiało mi się zdawać, że coś tam widziałem, pomyślał. Tramwaj się zatrzymał, drzwi otworzyły i został sam. Kolejny przystanek będzie jego. Jeżeli nie chce zafundować sobie spaceru, to powinien wkrótce opuścić to miejsce. Wstał ociężale i tak jak tamta para skierował się do wyjścia. Złapał się oparcia fotela i rozstawił szeroko nogi. Nie zamierzał polecieć do przodu, gdy tramwaj zacznie hamować.

- Stasiu – znowu to samo, ale teraz już miał pewność, że się nie przesłyszał. Tym razem nie zareagował nerwowo. Nadal stał nieruchomo, jak gdyby nawoływanie do niego nie dotarło. Po chwili się powtórzyło. Poczuł ciarki na plecach. Nadal tkwił nieruchomo, ale teraz jego wzrok powędrował w stronę okien. Liczył na to, że ujrzy jakieś odbicie. Na razie nie interesował się z kim ma do czynienia. Chciał tylko ujrzeć nadawcę. Włosy natychmiast mu się zjeżyły na głowie, gdy w jednej z szyb ujrzał kobietę siedzącą na jednym z fotelików. Miała długie włosy i była ubrana na biało. Siedziała nieruchomo z nogą założoną na nogę Stanisław zaczął się bać. Coś mu podpowiadało, żeby obrócić głowę i sprawdzić, co się dzieje, ale strach zwyciężył. Nie trzeba było być Sherlockiem Holmesem, żeby domyślić się z czym ma do czynienia. Szarpnęło jego ciałem, gdy tramwaj się zatrzymał, a drzwi otworzyły. Sekundę później był już na zewnątrz i bez oglądania się za siebie ruszył w stronę komendy.

- Tak dobrze, oczywiście, że rozumiem, ale mam właśnie teraz przesłuchanie świadka wypadku. Zrozumiałem, panie komisarzu, już dobrze, jak mus to mus. Tak jest, oczywiście panie komisarzu, przekażę sprawę Pawłowi Lewandowskiemu. Nie, na pewno sobie poradzi, przecież w końcu kiedyś musi zacząć. Do widzenia szefie, no dobra już lecę.

- Przerywamy przesłuchanie? – zapytał Stanisław policjanta, który przepytywał go od godziny, a który to przed chwilą prowadził tę dziwną i poniekąd trochę enigmatyczną rozmowę przez telefon. Nie tak to sobie wyobrażał.

- Niestety tak, siła wyższa. Muszę uciekać, ale to nic. Zajmie się panem mój kolega, który zaraz tu przyjdzie. Niestety tak to u nas bywa, samo życie – wstał od biurka, uścisnął mu dłoń i szybko wyszedł rzucając przez ramię.

- Do widzenia.

Stanisław właśnie został sam w tym małym, obskurnym pokoiku, na pierwszym piętrze Komendy Wojewódzkiej w Poznaniu. Po minucie wpatrywania się w blat stołu ocknął się i z nudów zaczął studiować wnętrze. Pokój był dość skromnie urządzony. Wymiary to jakieś cztery, na trzy metry, jak szybko określił. Na wprost drzwi, znajdowało się duże plastikowe okno, pożółkłe firany, brązowe zasłony. Z prawej strony od wejścia stała dwuskrzydłowa, masywna zamknięta szafa, w kolorze oliwkowym, a pod oknem stolik z jakimiś papierzyskami. Na środku pokoju duże biurko w parze z czarnym obracanym krzesłem. Na biurku leżał laptop, kilka kartek papieru, ołówek, długopis. Przy krawędzi blatu stała niewielka taca z butelką wody i jedną od dawna nieużywaną zakurzoną szklanką. I w końcu on sam, Stanisław Sowalski, posadzony i pozostawiony samemu sobie na drewnianym krześle, po drugiej stronie biurka

Rozglądał się niecierpliwie po pokoju i czekał na dalszy rozwój wydarzeń. Dziś minęły dokładnie cztery dni od dnia tamtego tragicznego w skutkach wypadku, którego na jego nieszczęście był świadkiem, a właściwie uczestnikiem. Wezwanie z policji do złożenia zeznań dostał listownie, ale zaraz na drugi dzień, a właściwie gwoli ścisłości, to w dniu, w którym wrócił do domu ze szpitala skontaktowano się z nim telefonicznie w sprawie jego ewentualnego przyjścia na komendę. Policjant, z którym wtedy rozmawiał, był w stosunku do niego bardzo grzeczny. Usłyszał od swego rozmówcy, że niestety sprawa jest z gatunku tych trudnych, ponieważ informacje jakich im udzielił na miejscu, odnośnie wyglądu pojazdu i rysopisu sprawcy, były niestety bardzo ubogie w szczegóły. Tamten policjant miał absolutną rację, rzeczywiście przesłuchanie jakiego był uczestnikiem jeszcze w szpitalu nie wniosło zbyt wiele do sprawy. Niestety był jedynym naocznym świadkiem wypadku i tylko na jego zeznaniach można było bazować. Ponownie powróciły wspomnienia, których tak naprawdę nie chciał.

- Jak pan się czuje? – zapytał policjant, który zaprowadził go wtedy, do radiowozu w chwili, gdy ratownicy medyczni przystąpili do resuscytacji.

- W miarę dobrze, tak fizycznie czuję się dobrze, chociaż bywało lepiej. Niestety gorzej z psychiką. Jestem cały roztrzęsiony i boli mnie potwornie głowa, o mam nawet jakąś ranę, ale tak… poza tym to chyba wszystko w porządku – zdawał sobie sprawę, że nie mówi składnie i że praktycznie bełkocze, ale tak trudno było mu zebrać myśli. Sięgnął odruchowo ręką do miejsca, w które został uderzony i szybko cofnął ją ze względu na potworny ból, który odczuł, gdy tylko dotknął mokrej i pulsującej rany.

- Oła! – syknął z bólu i przyjrzał się swoim lepkim teraz od krwi palcom, które sekundę wcześniej trafiły na ranę z tyłu głowy.

Kilka minut wcześniej wytarł niejako odruchowo swoje umazane krwią kobiety dłonie w spodnie i koszulę. Teraz przez sekundę zastanawiał się czyją krew ma na palcach.

- O pan krwawi! Dobrze się pan czuje? Jest pan ranny? Nie mogę niestety oderwać żadnego z ratowników od wykonywanych czynności, aby panu pomógł.

- Panie, tam umiera kobieta. U mnie jest dobrze, ja wytrzymam.

- A może ja zerknę? Potrafię założyć prosty opatrunek.

- Nie, nie potrzeba, zaczekam.

- Może to i lepiej. W końcu co fachowiec, to jednak fachowiec. Nie będziemy chłopakom teraz przeszkadzać, niech robią swoje, ale gdy skończą, to zawołam któregoś, aby pana zbadał i opatrzył.

- Pan może tak spokojnie o tym mówić? – Spojrzał na policjanta, zniesmaczony. – Czuję się jakbym, to ja tam leżał zamiast tamtej pani, a pan to mówi tak jakby w grę wchodziła – przez chwilę szukał właściwego porównania – kradzież lizaka w supermarkecie!

- Rozumiem, że jest pan bardzo zdziwiony, ale to taka specyficzna praca, że z czasem nabiera się totalnej znieczulicy. Z boku może się to wydać chore, ale proszę mi wierzyć, że tak trzeba.

- Ładne mi trzeba. Tak nawet nie można myśleć. Co też pan mówi?

- Drogi panie. – policjant pochylił się w jego stronę. – Wyobraża pan sobie lekarza, strażaka, czy policjanta, którzy chodziliby roztrzęsieni na granicy rozpaczy w miejscu tragedii, zamiast rzeczowo, chłodno i w sposób profesjonalny podejść do wypełniania swoich zawodowych obowiązków? Dla ratowania zdrowia, a nawet życia ludzkiego?

- W sumie, to jednak nie. Myślę, że chyba rzeczywiście ma pan rację. Ale to jest wręcz tragiczne, gdy nie można nic zrobić. Zawsze mnie przerażały takie sytuacje. To tak, jakby pan trzymał za rękę kogoś wiszącego nad przepaścią, a później go puścił, bo zabrakło sił. Przepraszam pana bardzo za moje słowa, ale naprawdę nie potrafię tak stać i patrzeć jak ta kobieta kona.

Policjant kiwnął głową i po chwili zapytał:

- Ma pan przy sobie jakiś dokument? Procedury wymagają od nas, abym spisał pańskie dane. Co by się tutaj nie działo, to tak właśnie trzeba.

- Tak oczywiście, mam dowód osobisty – podał policjantowi dokument i nastawił się na dalsze pytania.

Policjant spisał jego personalia, po czym oddał mu plastikowy prostokąt.

- Czy poszkodowana jest pana bliską, czy to może członek rodziny albo inaczej, czy pan ją w ogóle zna?

- Poszkodowana?! Chyba raczej ofiara – przerwał natychmiast zdając sobie sprawę, że niepotrzebnie i niegrzecznie naskoczył na policjanta. – Przepraszam powtórnie, a wracając do pytania. Pierwszy raz widziałem tę kobietę na oczy.

Policjant usatysfakcjonowany jego odpowiedzią, odszedł od radiowozu i zostawił go samego. Podszedł do pary ratowników, którzy nadal intensywnie udzielali pomocy poszkodowanej kobiecie. Chwilę stał nad nimi, bacznie obserwując cały przebieg akcji, coś do nich powiedział, a gdy z ust jednego z nich padły pamiętne słowa o zakończeniu resuscytacji, zawrócił z powrotem do swojego samochodu. Jeden ratowników, najwidoczniej poinformowany, o tym, że Stanisław jest ranny skierował się powoli ku niemu, pozostawiając swojego kolegę przy ciele kobiety. Idąc zaczął powoli, niemalże z namaszczeniem zdejmować zakrwawione gumowe rękawiczki. Gdy tylko zapisał to wszystko, co należało podszedł do niego.

- Witam pana, na imię mam Jarek. Bardzo mi przykro, ale nie udało nam się uratować tamtej pani – odwrócił na chwilę głowę i westchnął ciężko. – Taka młoda osoba, a my niestety nie mogliśmy nic zrobić.

Ratownik patrzył chwilę na swojego kolegę jak wyciąga czarny worek i zaczyna go powoli rozkładać. Zrobił głęboki wdech i odwrócił głowę, jakby nie mógł znieść tego widoku.

- Każdy z nas prędzej, czy później skończy w takim. – Stanisław nie miał pojęcia, dlaczego to powiedział.

Stał teraz obok niego człowiek, który przez kilkanaście minut próbował robić to, co on robił wcześniej. Przez moment poczuł z ratownikiem pewną więź. Czuł nawet sympatię do młodego mężczyzny. Obydwaj próbowali w mniej lub też bardziej profesjonalny sposób ratować życie. Obydwaj ponieśli sromotną klęskę. Stanisław doskonale rozumiał, co tamten teraz czuje. Postanowił powiedzieć coś ciepłego, ale z ust wypłynęły całkowicie odmienne słowa:

- I tylko po to pan tu do mnie przyszedł, aby mi to powiedzieć? – zapytał i pojął, że nadal jeszcze jest rozdrażniony.

- Nie, oczywiście że nie – kiwnął głową energicznie kilka razy na boki i ponownie spojrzał na ciało. – Policjant poinformował nas, że jest pan ranny, dlatego tu jestem.

Stanisławowi zrobiło się teraz zwyczajnie wstyd, dlatego nie podjął dialogu. Wskazał tylko palcem miejsce z tyłu głowy.

- Proszę pokazać. W co pan tak walnął głową? No cóż muszę pana zabrać do szpitala, ta rana wymaga szycia, a poza tym trzeba panu zrobić prześwietlenie, bo rana na głowie to nie są przelewki. Na razie wszystko, co mogę teraz dla pana zrobić, to zabezpieczyć ranę na czas przejazdu do szpitala.

- Tak oczywiście, ale zanim pan zacznie, to koniecznie muszę coś jeszcze zrobić – wstał szybko, gdyż przeczuwał, że ratownik zechce mu przeszkodzić.

- Co takiego? Proszę lepiej nigdzie nie chodzić, jest pan przecież ranny. Nie wolno panu, słyszy pan co mówię?

- Muszę ją zobaczyć. Rozumie pan? Po prostu coś mi karze na nią po raz ostatni spojrzeć.

- Przecież pan ją widział jeszcze przed nami.

Ratownik podniósł się szybko, jakby chciał mu przeszkodzić, ale zrezygnowany machnął ręką i powiedział:

- Lepiej dla pana, żeby pan sobie odpuścił.

Po dłuższej chwili Stanisław powrócił do ambulansu, strasznie roztrzęsiony oraz zaszokowany zastanym widokiem.

- Miał pan rację, trzeba było tego nie robić, ale coś mnie do tego strasznie ciągnęło. Nie wiem, czy chora ciekawość, czy coś innego. Nie wiem co mnie podkusiło, ale teraz będę miał kaca moralnego, być może do końca życia. Żywy człowiek wygląda zdecydowanie inaczej niż martwy, choć upłynęły dosłownie minuty. To naprawdę straszne. Ma pan może dla mnie jakiś lek na uspokojenie?

- To przejdzie, zobaczy pan. Czas goi wszystkie rany. Gdybym panu opowiedział, jak przeżyłem moją pierwszą akcję, to by mi pan nie uwierzył, ale oczywiście coś panu dam – mówiąc to poklepał go delikatnie po plecach i zaczął robić swoje.

Minęło jakieś dziesięć minut, a on i obaj ratownicy siedzieli już w ambulansie, który za chwilę miał ruszyć i dowieść go do najbliższego szpitala. Stanisław, który jeszcze kilkanaście minut temu był tak bardzo roztrzęsiony, teraz poczuł się nad wyraz spokojny i bardzo senny. Widocznie, taki był efekt leku jaki mu zaaplikowano.

- Cholera jasna, przyjechaliśmy za późno! Gdybym był tu wcześniej, to jestem pewien, że ona by żyła! – powiedział podniesionym głosem ten, który siedział za kierownicą.

- Może tak, a może nie. W tym zawodzie nie można mieć nigdy pewności – odpowiedział mu szybko towarzysz.

- Ja to wiem, rozumiesz? Gdybyśmy przyjechali wcześniej, to by się tak nie zakończyło – uderzył kilka razy pięścią w kierownicę, rozładowując w ten sposób frustrację. – Taka młoda i pełna życia. Piękna i taka młoda! Świat, do kurwy nędzy nie jest sprawiedliwy!

- Nigdy nie był i nie będzie. Uspokój się, to nic nie da. Musimy pracować dalej. Zrobiliśmy, co w naszej mocy i teraz musimy spróbować dalej funkcjonować. To nie nasza wina, że ona nie żyje.

Na kierującego pojazdem podziałały te słowa. Pokiwał tylko głową na znak, że się z kolegą zgadza, po czym zaczął zapinać pas bezpieczeństwa.

- No dobra ruszamy. Jeżeli zamierza pan siedzieć, to proszę zapiąć pasy, a jak na leżąco, to… też pana przypniemy – młodszy ratownik zwrócił się teraz do Stanisława, a zaraz potem do swojego kolegi, który siedział teraz na miejscu kierowcy i szykował pojazd do odjazdu.

- Słuchaj mnie Karol powiedziałeś policji, do którego szpitala wieziemy naszego pacjenta?

- Tak oczywiście, jeden z nich najpierw chciał przesłuchać pana tutaj na miejscu, ale jak mu powiedziałem, że jedziemy w trójkę do szpitala i że to nie podlega dyskusji, to powiedział, że za pół godziny przyjedzie, aby porozmawiać ze świadkiem. Ja raczej postawiłbym na dobrą godzinę lub nawet dłużej.

Badanie przez dyżurnego lekarza, prześwietlenie, szycie rany na głowie oraz krótkie policyjne przesłuchanie. Chwilę później powtórne spotkanie z lekarzem, wszystko to sprawiło, że do domu dotarł dopiero około godziny w pół do czwartej. Lekarz przepisał mu jakieś leki oraz wystawił na jego prośbę zwolnienie z pracy. Pod dom podjechał jedną z wielu taksówek, których sporo stało nieopodal izby przyjęć. Jadąc obserwował uważnie widok za oknem. Lubił oglądać Poznań nocą, zwłaszcza z perspektywy jadącego samochodu. Mógłby tak jeździć przez całą noc. Wtedy miasto wydawało mu się jakieś takie spokojniejsze, czystsze. Tysiące jasno świecących latarń nadawało okolicom jakiejś takiej niesamowitej, tajemniczej aury. Po dziesięciu minutach jazdy, taksówka się zatrzymała pod podanym przez niego adresem.

Zapłacił kierowcy, podziękował i skierował się powoli w stronę kamienicy, w której mieszkał od lat. Wchodząc po schodach najciszej jak tylko potrafił, aby nie zbudzić sąsiadów, usłyszał w połowie piętra, że jego pies już go niestety wywęszył, a może usłyszał, a teraz energicznie podskakuje i skomli niecierpliwie pod drzwiami. Przyśpieszył kroku, aby psiak nie zdążył narobić niepotrzebnego hałasu. Jego pies zawsze lubił głośno szczekać, gdy się bardzo cieszył. Przez chwilę nie mógł znaleźć klucza, ale gdy tylko sobie poradził, to błyskawicznie otworzył drzwi i już po chwili był w swoim mieszkaniu.

- No chodź tutaj, chodź do mnie psinko. No chodź, chodź do swojego pana. Pan zapomniał o tobie zupełnie, mój drogi Reksiu. Byłeś chociaż grzeczny psiaku?

Zawsze zwracał się pieszczotliwie do swojego pupila, zupełnie jak dorośli do malutkich dzieci. Pogłaskał skaczącego z radości psa po jego wielkim i kudłatym łbie. Uwielbiał tego psa i już od dawna nie wyobrażał sobie swojego mieszkania bez tego kudłatego dodatku.

- Nasi sąsiedzi nie będą dzisiaj nagabywać twojego pana, że było trochę za głośno? Co, nic nie powiesz, kochany psiaku? Szczekało się trochę, czy też może jednak nie. No chodź tu Reks, chodź idziemy się przespacerować, załatwisz się i potem szybko spać. Ty pewnie jesteś już wyspany, ale ja padam z nóg. Jestem kompletnie wykończony. Na spacerku opowiem ci, co się stało, że twojego pana nie było tak długo w domu. Mam nadzieję, że nigdzie mi przez ten czas w domu nie nafajdałeś, ale gdyby nawet, to tym razem byłaby to tylko i wyłącznie moja wina, więc z góry ci wybaczam. Tylko nie szczekaj mi jak będziemy schodzili po schodach, bo nas sąsiedzi zlinczują. Słyszysz, co do ciebie mówię?

Zakończył tyradę i założył obrożę psu na szyję.

- Co ja jeszcze miałem zabrać? Aha już wiem, smycz idioto.

Policjant, który wszedł przed chwilą do pokoju nie wyglądał mu na bystrzaka. Wysoki, szczupły z rudą gęstą czupryną, którą zakrywał duże odstające uszy nie przypadł mu do gustu. Jego poprzednik zrobił na nim dużo lepsze wrażenie. Niestety tamten musiał z jakichś powodów szybko wyjść i przekazać sprawę koledze z wydziału. Facet miał na pagonach jedną gwiazdkę wtopioną w poziomą linię. Stanisław nie znał się zupełnie na tych wszystkich stopniach obowiązujących w policji, czy straży pożarnej. Wiedział tylko, jakie stopnie są w wojsku. Wszystko pozostałe, to była dla niego „tabula rasa". Liczył jednak na to, że funkcjonariusz za chwilę się przedstawi i wtedy będzie wiedział z kim ma do czynienia. Chciał się dowiedzieć przynajmniej tego, czy siedzi przed nim oficer, czy może tylko jakiś pionek.

- Pańskie imię i nazwisko? – zapytał policjant i zaczął bębnić palcami po klawiaturze laptopa jeszcze zanim Stanisław zdążył cokolwiek powiedzieć.

- Co pan tam pisze panie oficerze, jeszcze przecież nic panu nie powiedziałem?

Postanowił go sprowokować. Policjant bardzo go zirytował swoim zachowaniem. Wiedział od samego początku, że nie będzie pomiędzy nimi przysłowiowej chemii.

- Bardzo proszę odpowiadać na pytanie, zamiast je zadawać. – wyjaśnił mu nie przestając stukać w klawisze. – Od zadawania pytań, jak pan się zapewne domyślił, to ja tu jestem. A więc raz jeszcze pytam: pana imię i nazwisko.

- Pieprzyć to! – warknął pod nosem i zaraz potem zaczął dyktować: Stanisław Sowalski, urodziłem się 25 września 1962 roku, ale to już przecież ustaliliśmy wcześniej z pańskim kolegą. Wystarczy spojrzeć w papiery, które pana poprzednik pozostawił na biurku. – Stanisławowi skończyła się cierpliwość szybciej niż myślał.

Policjant na krótką chwilę przerwał pracę na klawiaturze, rozejrzał się po biurku i niegrzecznie odburknął:

- A tak rzeczywiście, ma pan rację. Nie zauważyłem, ale i tak, ponieważ to ja teraz prowadzę tę sprawę, to bardzo proszę odpowiadać na moje pytania. Obu nam to niewątpliwie ułatwi życie.

- Panie oficerze, ja jestem tutaj już prawie trzy godziny i zaczynam być naprawdę zmęczony. Czuję się tutaj nie jak świadek, ale jakbym przebywał w tym pokoju w charakterze oskarżonego. Proszę zadawać mi pytania, a ja w ramach moich skromnych intelektualnych możliwości postaram się odpowiadać najlepiej, jak tylko potrafię. Chyba, że macie takie jakieś dziwne procedury, które najpierw nakazują, aby zmiękczyć człowieka, a dopiero później zadawać mu pytania. Ja już czuję się dostatecznie zmiękczony, więc niech pan szybko pyta. – Na koniec chrząknął znacząco.

Jego rozmówca zbył milczeniem jego słowa. – Stukot klawiatury trwał w najlepsze. Tego było już za wiele. Nie znosił bezczelności, szczególnie u ludzi, którzy niejako z urzędu powinni być dla niego mili i wyrozumiali.

- Czy pan słyszał co powiedziałem? – podniósł ton głosu.

Policjant przerwał wreszcie pisanie i spojrzał w jego kierunku, ale jakby poprzez niego. Zupełnie jak gdyby patrzył w kierunku skąd dobiegł jakiś daleki odgłos, który przykuł jego uwagę, ale zupełnie nie zwrócił uwagi na to, co najbliżej. Stanisław przez chwilę poczuł się jakby był przezroczysty.

- Panie Stanisławie Sowalski – zaczął recytować spisany przez siebie tekst – w dniu 7 maja 2012 roku, to jest w poniedziałek idąc wieczorem, około godziny... Która to była według pana godzina? – zapytał.

- Tak dokładnie nie wiem, nie pamiętam. Coś tak pomiędzy 21.40, a 22.00. Tylko tyle w przybliżeniu mogę panu powiedzieć

- No cóż, dobre i to – odpowiedział nadal wystukując irytujące dźwięki.

- No cóż staram się jak mogę – odpowiedział na złośliwą uwagę policjanta.

- Panie Stanisławie, funkcjonariuszowi, który spisywał pańskie zeznania w szpitalu, powiedział pan, że nie bardzo pamięta albo też nie zwrócił uwagi na markę samochodu. Może jednak teraz po tych kilku dniach, które minęły od tego zdarzenia jest pan nam w stanie powiedzieć coś więcej? Czy byłby pan w stanie powiedzieć nam jaka była marka pojazdu, którym poruszał się sprawca.

- Drogi panie policjancie – postanowił wywalić co mu leży na wątrobie, gdyż czuł, że ten człowiek działa na niego jak płachta na byka. Zaczął wyrzucać słowa, jak karabin maszynowy pociski:

- Kilka dni temu, praktycznie na moich rękach zmarła kobieta. Takie rzeczy nie zdarzają się codziennie, no przynajmniej nie mnie. Jestem zwykłym, przeciętnym facetem i dla mnie takie coś nie jest normalne. – Czuł się jak czajnik z gotującą wodą, pod który ktoś bez przerwy dorzuca drewnianych polan. – Proszę mi wierzyć, że mam cały czas naprawdę olbrzymiego doła psychicznego i jestem potwornie roztrzęsiony, choć minęły już cztery dni od tego zdarzenia, a pan się dziwi, że czegoś nie zauważyłem, czy może też nie zwróciłem na coś należytej uwagi. Do tego jeszcze dochodzi to, że do tej pory potwornie boli mnie głowa, bo jakiś skubaniec uderzył mnie czymś ciężkim, gdy ratowałem…

- Zaraz, zaraz, co pan powiedział? – przerwał mu momentalnie policjant, przestając jednocześnie pisać na klawiaturze.

- Jak to, co powiedziałem? – nie do końca zrozumiał.

- Proszę powtórzyć.

- Ale co mam powtórzyć? – Stanisław skrzywił twarz w grymasie zniecierpliwienia i spojrzał bezradnie w sufit.

- Proszę powtórzyć panie Sowalski ostatnie swoje słowa.

- Aha, no trzeba było tak od razu – westchnął znacząco. – Powiedziałem, że ktoś mnie uderzył mocno w tył głowy, gdy ratowałem tę biedną dziewczynę i chcę jeszcze dodać, zanim znowu zechce mi pan przerwać, że gdyby nie ten gnojek, to może bym ją uratował.

- Czy stracił pan przytomność po tym ciosie, czy może mi pan powiedzieć, co było dalej? - Polic

Jego rozmówca nie był już teraz znudzonym swoją pracą funkcjonariuszem. Wręcz przeciwnie, naprzeciwko Stanisława siedział teraz całkiem inny człowiek. Widać było, że to co przed chwilą usłyszał, bardzo go zainteresowało.

- Proszę niech pan się teraz skupi i postara się sobie przypomnieć, co było dalej. To co pan przed chwilą powiedział, było bardzo ważne, ale to, co chcę od pana teraz usłyszeć, może mieć decydujące znaczenie dla dalszego toku sprawy. – Przestał się już interesować laptopem i skupił całą uwagę na osobie po drugiej stronie biurka.

Stanisław nie bardzo rozumiał, co takiego powiedział, że jego rozmówca nagle tak bardzo zaczął się ekscytować, ale przecież to nie było jego zmartwienie. Postanowił jednak kontynuować, aby wreszcie zakończyć ten temat i mieć to już za sobą.

- Gdy zostałem czymś uderzony, to nie straciłem przytomności, choć byłem zamroczony. Osunąłem się na ciało kobiety. Słyszałem jak ten ktoś podszedł jeszcze bliżej do nas i dobiegł do mnie jakiś taki tępy odgłos jakby uderzenia, a ciało kobiety po tym tak jakoś dziwnie podskoczyło. – Starał się dokładnie opisać przebieg zdarzeń, ale sam siebie słyszał i zdawał sobie sprawę, że nie mówi zbyt składnie.

- Dziękuję panu bardzo. To co pan przed chwilą powiedział, jest naprawdę bardzo ważne, wręcz przełomowe i w sposób diametralny zmienia postać rzeczy. Przez chwilę zostawię tu pana samego. Ja muszę na chwilę opuścić ten pokój, ale zaraz wrócę. To nie potrwa długo, obiecuję. Przepraszam, a może napije się pan kawy?

- Tak, chętnie – odpowiedział wyraźnie zaskoczony zmianą jaka nastąpiła u przesłuchującego go policjanta.

- Dobrze, zaraz ktoś panu przyniesie kawę, a ja będę uciekać, gdyż muszę się szybko skontaktować z moim przełożonym. To cholernie ważne.

Po wypowiedzeniu tych słów szybko wstał, odsunął krzesło na bok, niemalże je przewracając i prawie wybiegł z pokoju, głośno trzaskając drzwiami.

Ładna młoda kobieta, ubrana po cywilnemu po kilku minutach przyniosła mu kawę i jakieś ciastko. Uśmiechnęła się grzecznie i natychmiast wyszła. Został ponownie sam w pomieszczeniu, w którym spędził dzisiaj, już tyle godzin. Pobyt tutaj dłużył mu się wprost niemiłosiernie. Pozostawiony sam sobie, co chwilę zerkał na zegarek. Wreszcie jego cierpliwość się skończyła. Właśnie podjął zamiar, by wstać i wyjść z tego pokoju, żeby przypomnieć komuś o swoim istnieniu, gdy nagle drzwi otworzyły się i stanął w nich młody policjant, który jakiś czas temu go opuścił. Zatrzymał się przy otwartym skrzydle drzwi, jakby robił komuś wolne przejście. I rzeczywiście, po chwili do pokoju wszedł drugi funkcjonariusz. Przed Stanisławem stał dużo starszy mężczyzna, w elegancko dopasowanym mundurze. Od razu widać było, że ma do czynienia z oficerem.

- Dzień dobry – powiedział uprzejmie i podał Stanisławowi rękę na powitanie.

- Dzień dobry, panie oficerze – odpowiedział wstając z krzesła zaskoczony takim powitaniem.

- Pozwoli pan, że się przedstawię. Komisarz Rafał Kart. Panie Stanisławie, w związku z ostatnimi faktami, jakimi raczył nas pan obdarować przed chwilą...

- Ładną mi chwilą. Pański podwładny opuścił ten pokój „na chwilę" dokładnie, – spojrzał na zegarek – trzydzieści pięć minut temu. Tyle za wami tu czekam. A łącznie jestem tu dzisiaj...

- Tak, tak, wiem to doskonale i przepraszam za to – komisarz Kart przerwał mu w połowie zdania – ale musi pan jednak zrozumieć, że w związku z tymi nowymi faktami, cała sprawa została wywrócona do góry nogami. Jeżeli, to o czym myślę, się potwierdzi, to sprawa nie będzie się kwalifikować jako wypadek ze skutkiem śmiertelnym, lecz morderstwo.

- Jak to morderstwo, czy jestem teraz podejrzany o...

- Nie, oczywiście, że nie. Co też za bzdury pan mówi. Nie jest pan o nic podejrzany, proszę się uspokoić – wtrącił szybko oficer, widząc jak nerwowo zareagował Stanisław.

- Musimy panu po prostu zadać teraz pytania z zupełnie innej półki – wtrącił tym razem młodszy funkcjonariusz, który stał teraz za plecami oficera.

- Pragnę pana panie Sowalski poinformować, że w związku z zaistniałymi faktami, to ja teraz przejmuję sprawę, a młodszy aspirant Paweł Lewandowski, będzie nam tylko doraźnie towarzyszył. Mój kolega musi przecież wreszcie kiedyś nabrać zawodowego doświadczenia. Niech pan się teraz wygodnie rozsiądzie, chyba że chce pan sobie zrobić parę minut przerwy na rozprostowanie kości, czy też może na papierosa. Niech pan się nie krępuje. Należy się panu przerwa. Proszę mówić, śmiało.

- Zróbmy może pięć minutek przerwy. Muszę skorzystać z toalety i zadzwonić w jedno miejsce. Proszę mi też przynieść, jeżeli to nie będzie stanowić większego problemu, jeszcze jedną kawę.

- Oczywiście, młodszy aspirant się wszystkim zajmie. Proszę, go prosić o wszystko, oczywiście w granicach rozsądku. – Uśmiechnął się życzliwie i pokiwał głową.

Przerwa, o którą poprosił, była tylko wymówką, aby choć przez chwilę mógł się w całkowitym spokoju zastanowić, o co w tym wszystkim chodzi. Wyszedł na szeroki korytarz, a później skierował się do ubikacji. Sprawdził, czy jest sam, po czym zamknął się pośpiesznie w jednej z kabin i zapalił papierosa.

- O tak, teraz jest całkiem dobrze – chwilę delektował się nikotyną, a później rozpoczął szeptany dialog. – O co im chodziło z tym morderstwem? Zaraz po tym fakcie, jak wspomniałem o tym nieszczęsnym uderzeniu, jakby diabeł wstąpił w tego młodego – zaciągnął się dymem i po chwili wypuścił dym przez nos.

- No nie! Jesteś idiotą, Stachu, cholernym idiotą! Jak można było być, aż tak głupim?! Przecież to uderzenie zaserwował mi kierowca, który najpierw uciekł, a potem po przemyśleniu powrócił, aby pozbyć się świadków. Musiał mieć pewność, że go nie rozpoznam, ani też nie dam jakichś wskazówek policji odnośnie pojazdu. Podjechał powoli na wyłączonym silniku, a później uderzył mnie porządnie w łeb, by za chwilę zająć się tą biedną dziewczyną. Kto wie, czy gdybym się wtedy odwrócił i zobaczył, kto się zbliża, to czy na pewno bym teraz siedział tutaj i palił papierosa?

Rozmyślania przerwało mu pukanie do drzwi kabiny.

- Zajęte – krzyknął i dla niepoznaki szybko spuścił wodę.

- Tutaj nie wolno palić, palarnia jest na zewnątrz budynku – usłyszał za drzwiami damski głos.

O Boże chyba wlazłem do damskiej ubikacji, przemknęło mu przez głowę.

Odczekał dłuższą chwilę, aż tamta osoba załatwi, to po co tu przyszła i wyjdzie z pomieszczenia, po czym szybko wyszedł.

- O jest pan z powrotem, to dobrze. Niech pan siada. Tu jest kawa, proszę się częstować. Chciałbym, aby teraz powoli i rzeczowo opowiedział mi pan, co się dokładnie wydarzyło od tamtego momentu. Niech się pan skupi i tak na spokojnie spróbuje sobie przypomnieć z najmniejszymi detalami, co się wtedy działo. Niech się pan nie śpieszy. Lepiej spędzić tu trochę więcej czasu niż być dodatkowo wzywanym za kilka dni. I jeśli pozwoli pan włączę dyktafon. Tak będzie sprawniej i nic nam nie umknie z pańskich zeznań.

- Już pana podwładnemu mówiłem, że zbyt wielu szczegółów nie spamiętałem. Dużo się wtedy działo, ale dobrze, opowiem raz jeszcze, co tam się wydarzyło i czego wtedy doświadczyłem. Jeżeli pan pozwoli, to chciałbym mówić z zamkniętymi oczami, po prostu tak mi się lepiej myśli.

- Rzadko kto ma taką prośbę, ale oczywiście, jak panu wygodniej. Dla mnie nie ma to żadnego znaczenia. Mnie interesują tylko gołe fakty.

Stanisław zamknął oczy, skupił się i zaczął opowiadać, jak podszedł do kobiety i co od niej usłyszał, jak nie mógł w żaden sposób wezwać pomocy i jak w końcu usłyszał z tyłu podjeżdżający pojazd. Ze szczegółami opisał cios w głowę, bo od tego momentu, jak gdyby mu się poprawiła pamięć i co się działo, aż do chwili przyjazdu karetki i radiowozu. Kilkakrotnie komisarz Kart przerywał mu, aby zadać jakieś dodatkowe pytania, czy też wypytać o interesujące go szczegóły. Po kilkunastu minutach oficer podziękował mu i poinformował, że może już iść do domu, ale też jednocześnie zaznaczył, że będą się jeszcze z nim kontaktować. Zdawał sobie oczywiście sprawę z tego, że za bardzo im nie pomógł, ale metody pracy policji, to nie była jego działka. Ile tylko mógł, to tyle zrobił.

- Proszę mi powiedzieć panie komisarzu, czy jest jeszcze jakiś świadek tego, – przez chwilę szukał w myślach jakiego by tu określenia użyć – aż się boję powiedzieć morderstwa?

- Z tego co wiemy, na tę chwilę, to nie. Tylko pan jeden, a dlaczego padło właśnie takie pytanie? – Komisarz patrzył na niego z ciekawością.

- Bo jeśli jestem tylko ja, to myślę, że muszę zacząć na siebie uważać. Krótko mówiąc boję się, że coś mi się może stać.

- Boi się pan o swoje bezpieczeństwo? Uważa pan, że może coś panu zagrażać, panie Sowalski? – ton głosu oficera, jak gdyby uległ zmianie.

- Tak naprawdę, to nie wiem, ale z telewizji wiem, że istnieje jakieś ryzyko, że morderca zechce uciszyć świadka, który może go rozpoznać. Mam rację? – Skończył i skrzywił twarz z przekąsem.

- Pytam pana teraz jako oficjalnie prowadzący to śledztwo, czy pan, panie Sowalski czuje się w jakkolwiek sposób zagrożony i życzy sobie ochrony policyjnej? Informuję pana, że ma pan do tego pełne prawo. Proszę odpowiedzieć.

Rozmowa nabrała od tej minuty bardzo oficjalnej formuły, czego Stanisław się absolutnie nie spodziewał i co prawdę powiedziawszy, bardzo go przestraszyło. Zdawało mu się, że ton oficera jest zbyt służbowy i władczy. Sam nie bardzo wiedział, co ma teraz o tym wszystkim myśleć. W głowie kłębiły mu się różne myśli.

- Oj, chyba trochę przesadziłem. – Uśmiechnął się głupawo, co tylko jeszcze bardziej go zdołowało. – Przecież ma mnie kto obronić. W końcu z mojego Reksa, to naprawdę duży pies.

- Podjął, już pan jakąś decyzję? – policjant powtórnie zadał pytanie.

- Tak podjąłem, proszę pana. Nie, nie potrzebuję żadnej ochrony policji. Poradzę sobie. Jakoś to będzie.

- No nareszcie w domu, ależ mnie przemaglowali, Reksiu. Miało być krótko, a byłem tam ponad pięć godzin. Co tak leżysz, może byś mi przyniósł zimne piwo z lodówki – zwrócił się do psa, który zupełnie zignorował jego słowa. Leżał nieruchomo, a na dźwięk słów wypowiadanych przez swego pana jedynie podniósł wzrok i leniwie pomachał ogonem.

- Muszę cię, kundlu kiedyś nauczyć takiej sztuczki. Zrobiłbyś furorę w telewizji.

Stanisław siedząc w fotelu ze szklanką zimnego piwa w ręku rozejrzał się po pokoju. Mieszkał w typowej kamienicy na trzecim piętrze w dzielnicy oddalonej od centrum o jakieś dziesięć minut jazdy samochodem. Oczywiście nie jego samochodem, bo choć miał już pięćdziesiąt lat, to nadal nie miał prawa jazdy i chyba już nie zdecyduje się na kurs. Stres związany z egzaminami i tą całą otoczką, to całe zdołowanie po oblanym egzaminie. To wszystko byłoby ponad jego siły, a może po prostu zwyczajnie się bał.

Stanisław nie pochodził stąd. Wcześniej mieszkał w innym województwie, a do Poznania trafił siedem lat temu. Firma, w której wcześniej pracował wygrała przetarg na dużą budowę. Został oddelegowany do pracy, do Poznania wraz z grupą kilkudziesięciu pracowników. Zamieszkał z nimi wszystkimi w dużym i tanim hotelu, który wynajmowała jego firma w ramach delegacji. Praca jak to praca, raz lepiej, a raz gorzej, ale popołudniowe powroty do hotelu, do pokoju, który dzielił jeszcze z czterema kolegami, to było dla niego coś nie do zniesienia. Zupełnie do nich nie pasował, a poza tym potrzebował prywatności.

Wybór pomiędzy, powrotem po pracy do hotelu, czy do swojego mieszkania sam się nasuwał. Już po niecałym miesiącu znalazł mieszkanie, w którym do tej pory mieszka. Po roku wychodząc w pewną sobotę z wieczornego seansu w kinie, poznał sympatyczną panią. Był z nią prawie trzy lata, snuli nawet wspólne plany na przyszłość, ale później coś się zaczęło psuć i w końcu się rozeszli. Od tego czasu stwierdził, że będzie już sam, bo tak mu najlepiej. Miał nawet swoje życiowe motto, które wymyślił sobie przy butelce, a brzmiało ono: „Jeżeli kiedyś coś mnie ciekawego spotka w życiu, to fajnie, a jeśli nie, to trudno".

Nie miał zamiaru gonić na siłę za szczęściem, a ponad dwa lata temu wziął sobie ze schroniska szczeniaka. Od razu się w nim zakochał, ale ponieważ nie chciał w domu dużego psa, więc zapytał się pewnej miłej pani ze schroniska, czy pies na pewno nie będzie duży. W odpowiedzi usłyszał, że piesek będzie mały, bo tacy byli rodzice. Wrócił do domu ze szczeniakiem i zaczął obserwować, jak pies powoli rósł i rósł, aż wyrosło z niego wielkie zwierzę, które teraz leżało przy jego łóżku i obserwowało go leniwie jednym okiem. Nie sprzedałby jednak go za żadne pieniądze. To był teraz jego pies, jego świat i było mu z tym dobrze.

- No i co tak patrzysz bydlaku. Drugie piwo piję, a jak będę chciał to się dziś upiję. Nic ci do tego. Ty jesteś pies, a ja twój pan i to ja tu rządzę. Miałem dziś naprawdę ciężki dzień i muszę jakoś odreagować. Samo życie, nic dodać nic ująć. Jutro mam jeszcze zwolnienie lekarskie, więc nie muszę się niczym martwić. Już nie raz się łapał na tym, że dyskusje z Reksem przybierają na sile z każdą kolejną wypitą dawką alkoholu.

Pies sprawiał wrażenie, że rozumie, co do niego mówi, a jego mądre ślepia śledziły każdy ruch swojego pana.

- Wiesz, co? Pójdę teraz do łazienki i załatwię się, a później pójdziemy sobie do sklepu i kupimy małe, co nieco. Ty się czegoś dobrego najesz, a ja napiję. Tak będzie najsprawiedliwiej. Reksiu, twój pan czuje, że się dzisiaj upije.

Wrócili do domu po niecałej godzinie. Psu kupił jego ulubione kiełbaski, a sobie butelkę wódki i cztery piwa. Zdawał sobie sprawę, że to za dużo, ale wolał, żeby zostało niż zabrakło.

- Oj czuję Reks, że jutro będzie nieciekawie. Kacuś jak nic, ale nic to, przecież żyje się tylko raz – powiedział otwierając butelkę.

Nalał sobie wódki ze swoim ulubionym sokiem porzeczkowym do pękatej szklanki. Nagle, w pomieszczeniu obok usłyszał ciche kroki. Jakby ktoś za ścianą spacerował tam i z powrotem. Kroki, były delikatne, charakterystyczne dla osoby, która porusza się lekko, z gracją, a jednocześnie szybkie i niecierpliwe, zupełnie jak u kogoś, kto za czymś czeka i bardzo się niecierpliwi. Chwilę nasłuchiwał myśląc, że mu się przesłyszało, ale dźwięki się powtórzyły. Zaciekawiony wstał z fotela i poszedł to sprawdzić do pokoju obok. Pies leżał nieruchomo, chyba spał. Wszedł do środka, zapalił światło i rozejrzał się po całym pomieszczeniu. W końcu wzruszył ramionami na znak, że nic się nie dzieje. Odwrócił się na pięcie, wyszedł i wrócił do pokoju.

- Reks, słyszałeś to? – zapytał psa pociągając duży łyk, ale adresat jego słów w ogóle nie zareagował ani nie zaszczycił, go swoją uwagą. Usiadł w fotelu, wypił jeszcze kilka drinków. Obraz na ekranie zaczynał się coraz bardziej rozmywać, aż w końcu Stanisław stwierdził dosyć bełkotliwym głosem, że pora iść spać.

Śnił i wiedział, że to jest tylko sen, lecz sen był, tak wyrazisty, że podświadomie nie dopuszczał do siebie myśli, że może to być nierealne. Szedł znaną mu ulicą, znał to miejsce. Był tu niedawno, to tu rozegrała się tamta potworna tragedia. Szedł, a może płynął? Nie też nie, raczej unosił się jakiś metr nad ziemią. I zupełnie, jak gdyby to wiatr go popychał przesuwał się w stronę, gdzie absolutnie nie chciał się powtórnie znaleźć. Postanowił się jednak zatrzymać, pomyślał o tym i stało się, momentalnie stanął w miejscu. Już teraz wiedział, że może w jakiś niezrozumiały dla siebie sposób kontrolować to, jak się porusza. Obrócił się i spojrzał za siebie. Zobaczył tamtą kobietę z daleka, a właściwie to najpierw usłyszał. Śpiew, cichy melodyjny, ledwie słyszalny głos. Nie rozróżniał słów, ale doskonale kojarzył melodię. To był znany przebój sprzed lat. Nie pamiętał słów ani nazwiska wykonawcy, ale tę właśnie melodię kojarzył doskonale.

Postać, która wydawała te dźwięki, zaczynała się niezwykle powoli materializować. Wraz ze wzrostem decybeli zaczynał ją coraz lepiej widzieć. Najpierw w oddali pojawiła się biała rozmyta plama, która wraz z przebytymi metrami stawała się coraz bardziej podobna do człowieka, aby w końcu przybrać postać kobiety z długimi, rudymi włosami. Ubrana na biało, z torebką na ramieniu, robiła naprawdę niesamowite wrażenie na tle ciemnych brudnych kamienic.

Nie zdążył się przyjrzeć twarzy, na co bardzo liczył, gdyż nagle kobieta zatrzymała się i odwróciła, jakby usłyszała coś za plecami. Stała tak przez dłuższą chwilę, a za moment pojawił się w oddali samochód. Auto naprawdę powoli zbliżało się do kobiety i zatrzymało się zajeżdżając jej drogę. Ponieważ był zbyt daleko od miejsca spotkania, więc postanowił zbliżyć się na tyle by usłyszeć o czym też będą rozmawiać. I znów popłynął w ich stronę, jakby niesiony delikatnym podmuchem wiatru, powoli i majestatycznie. O dziwo miał absolutną pewność, że nie zostanie przez nich dostrzeżony.

Tajemnicza para rzeczywiście nie zwracała na niego uwagi, jakby go całkowicie ignorowała, ale to nie była ignorancja. Miał rację, oni go po prostu nie widzieli. Zanim zbliżył się do nich na tyle, aby usłyszeć czego dotyczy rozmowa, a właściwie kłótnia, dyskusja pomiędzy nimi skończyła się. Mężczyzna szarpnął brutalnie kobietę za ramiona, a ona krzyknęła, aby dał jej spokój. W końcu wyrwała mu się i pobiegła szybko przed siebie. Wysoki w średnim wieku, lekko łysiejący mężczyzna o wyglądzie inteligenta stał chwilę, aż wreszcie krzyknął za uciekającą:

- Wiesia, zaczekaj, proszę cię, nie zostawiaj mnie!

Ponieważ biegnąca kobieta w ogóle nie zareagowała na jego krzyk, odwrócił się na pięcie i pognał w stronę swojego auta. Przy drzwiach stanął na chwilę w bezruchu, obrócił się i obserwował uciekającą kobietę, ona zaś po przebiegnięciu kilkudziesięciu metrów zwolniła i teraz szła nie wiadomo czemu skrajem ulicy, zamiast chodnikiem nucąc znaną mu melodię. Mężczyzna, jak gdyby skończył się nad czymś zastanawiać i podjął decyzję, bo wsiadł szybko do samochodu i ruszył w kierunku, w którym oddalała się jego znajoma, a może kochanka. Przetoczył błyskawicznie, przez miejsce, gdzie stał Stanisław, a jemu zdawało się, jakby przez jego ciało przejechał samochód.

Rozpędzone auto zbliżyło się do miejsca, gdzie znajdowała się biała postać i po chwili usłyszał „pisk opon i ten lekko stłumiony, niemożliwy wręcz do opisania odgłos". I wtedy z przeciwległego kierunku zobaczył pewną, z początku rozmytą postać, która zaczynała się dość szybko wyostrzać, aż do osiągnięcia kształtu znajomej sylwetki, kogoś, kto biegnie w kierunku tamtego wypadku. Z dość charakterystycznych ruchów tamtej osoby wywnioskował, że to był on. Spoglądał teraz na samego siebie. Oglądać samego siebie z jakiejś perspektywy zawsze jest trochę dziwne, ale on wiedział, że ogląda siebie oczami... – No właśnie kogo? – zapytał. – Który z nas jest ten prawdziwy, a który jest tylko jakimś... hologramem? – Pytanie, które sobie zadał należało do kategorii najtrudniejszych.

Uznał, że tyle wystarczy. I choć pożerała go potrzeba zaspokojenia ciekawości i spojrzenia na wypadek z innej perspektywy, to jednak podjął decyzję, że nie chce powracać w tamto miejsce. Nie chciał, a może bał się ponownie przyglądać śmierci tej młodej kobiety. Jeden raz mu wystarczyło. Świat był dość porąbanym miejscem, a ludzie potrafili być jeszcze gorsi, żeby miał się dodatkowo okaleczać wspomnieniami.

Rozdział drugi

„Przypadek jest najlepszym detektywem".

Z objęć snu i związanych z nim rozważań filozoficznych wyrwało go lizanie psa po twarzy. Jego duży szorstki, wręcz chropowaty język omiatał mu teraz całą twarz szerokimi zamaszystymi posunięciami, co nie sprawiało mu przyjemności, a psi oddech, niestety okazał się jeszcze gorszy. W ten sposób pies zwykł go budzić, gdy trzeba go było wyprowadzić za potrzebą.

- Co to było, na miłość boską? Jak żyję nie miałem takiego dziwnego, a jednocześnie tak realnego snu. Ale ci Reks wali z pyska, choć pewnie mi, nic nie lepiej. Ale tak swoją drogą, to powinni wymyślić jakiś odświeżacz do ust, przepraszam, do pyska dla psów. Jak myślisz, czy to dobry pomysł? Która jest godzina? – Wypowiadając te słowa, zwalił psa z łóżka i spojrzał na godzinę w telefonie.

- Co dopiero piętnaście po czwartej? Reks ty mnie wykończysz, ale dobra jak trzeba to trzeba, idziemy. Wolę teraz wyjść niż później po tobie sprzątać. Wezmę tylko piwo ze sobą na drogę, bo strasznie mnie suszy i już się zbieramy. Nie masz najmniejszego pojęcia bydlaku, jak ja strasznie się czuję.

Schodząc po schodach cały czas uspokajał psa cichutkim ciii…, aby tylko Reks nie zaczął szczekać. Wyszli na zewnątrz, ale okazało się, że w nocy padał deszcz. Stanisław był w pidżamie i domowych kapciach i nie zamierzał obchodzić kałuż w tym stroju. Odpiął smycz i puścił psa samopas, gestem nakazując, aby był cicho. Pies zaczął węszyć i kluczyć, kilka razy podniósł nogę i wreszcie wrócił do pana. Chwilę jeszcze poczekali, aż piwo zostanie opróżnione. W domu zabronił psu wchodzić na łóżko, bo miał brudne i mokre łapy. Wiedział, że ten zakaz długo nie będzie obowiązywał i gdy tylko zaśnie będzie miał w łóżku współtowarzysza. Ponieważ wypite piwo zaczynało już mącić mu w głowie, więc tylko zaśmiał się na perspektywę brudnej pościeli. Gdy tylko się położył poczuł, że pies kładzie się po drugiej stronie łóżka. Pokręcił głową z niedowierzaniem, że można być tak bezczelnym i upartym. Zanim zasnął zdążył jeszcze pomyśleć, że Reks bardzo ładnie pachnie.

Tym razem to nie pies, a dzwonek telefonu wyrwał go z objęć Morfeusza. Przez chwilę strasznie się motał, gdyż nigdzie nie mógł znaleźć komórki. Bardzo go to wkurzało, bo słyszał ją doskonale, ale nie mógł nigdzie dostrzec.

- Na Boga, gdzie jesteś? – ryknął głośno i w końcu ją dostrzegł leżącą pod ławą. Jednak co z tego, że ją znalazł, skoro przestała już dzwonić. Spojrzał na wyświetlacz, nieznany numer. No cóż, jak coś pilnego, to znowu zadzwoni. Rzucił okiem na zegar na wyświetlaczu, była 8:35.

- Nie ma sensu dłużej spać, trzeba się wykąpać, ogolić i zrobić jakieś śniadanie. Niestety nikt za mnie tego nie zrobi.

Powiedział te słowa na głos do siebie i znowu się na tym złapał, że często sam ze sobą dyskutuje i do tego głośno. Jakiś czas temu żartował nawet w ten sposób, że ten drugi Stanisław nigdy nic mu nie odpowiada, a z czasem stwierdził i przestraszył się, że to dziwactwo może przerodzić się w jakąś chorobę. Nie chciał być postrzegany przez otoczenie, jak jakiś ekscentryk, czy może nawet wariat.

Wykąpał się i ogolił, ubrał w czyste rzeczy i już miał się zabrać za robienie śniadania, gdy nagle postanowił zerknąć na komórkę. Miał dwa nieodebrane połączenia z numeru, który próbował się z nim połączyć z samego rana.

- Chyba jednak, to coś ważnego – stwierdził i wcale mu się to nie spodobało, bo po cichu liczył, że to jakiś ankieter albo spec od wciskania ludziom kitu.

Nadusił na zieloną słuchawkę na wyświetlaczu, ale usłyszał sygnał zajętości. Spojrzał na pościel w której spędził noc. Przypomniał sobie o brudnym psie, który wgramolił mu się do łóżka. Oczekiwał brudu, plam, a tymczasem widział tylko biały materiał, którego jedyną skazą było pogniecenie. To było bardzo dziwne. Wzruszył ramionami, bo i tak nie miał głowy do rozwiązywania tego rodzaju zagadek. Odłożył telefon i już miał pójść do kuchni, gdy telefon zaczął ponownie dzwonić. Doskoczył do niego i tym razem zdążył odebrać.

- Pan Stanisław Sowalski? – padło pytanie.

- Tak przy telefonie. – odpowiedział niewyraźnie i szybko zaczął charczeć, aby poprawić brzmienie głosu.

- Paweł Lewandowski, młodszy aspirant.

- Kto taki? Pan wybaczy, ale nie bardzo kojarzę – specjalnie tak powiedział, choć wiedział doskonale z kim ma do czynienia.

- Jak pan pewnie pamięta, prowadziłem wczorajszego dnia pańskie przesłuchanie, to znaczy spisywałem zeznania.

- Nie bardzo kojarzę, ale słucham pana – odpowiedział zgryźliwie. Nie wiedzieć czemu nadal nie dzierżył faceta.

- Musi być pan bardzo zajętym człowiekiem panie Stanisławie, skoro dopiero za czwartym razem odebrał pan mój telefon od policji, ale do rzeczy. Mój przełożony, komisarz Kart prosi pana do nas na komendę w związku z pewnymi faktami, jakie wypłynęły w międzyczasie.

- Rozumiem doskonale i jestem do dyspozycji. Kiedy i gdzie mam się stawić?

- Dziś jest piątek i nie ma jeszcze godziny dziewiątej. Czy godzina 11:00 by panu odpowiadała? Zdąży pan do tej pory przyjechać do nas na komendę? Czy może lepiej przesunąć termin na późniejszą godzinę?

- Nie, nie potrzeba, będę na pewno na jedenastą.

- To do zobaczenia. Oczekujemy pana punktualnie o godzinie jedenastej.

Położył telefon na stoliku, rozejrzał się bezradnie, bo nie wiedział za co się najpierw zabrać. Uśmiechnął się triumfując, że znalazł rozwiązanie i czym prędzej udał się do kuchni przygotować posiłek.

- Muszę zrobić śniadanie, zjeść, ubrać się, wyprowadzić psa, przebyć drogę na komendę. Mnóstwo rzeczy do zrobienia i wcale nie mam tak dużo czasu, jak mi się wcześniej wydawało. – Spojrzał na zegar wiszący na ścianie. – Trzeba się będzie streszczać.

Z domu wyszedł o godzinie dziesiątej. Do przystanku miał pięć, może dziesięć minut drogi, ale nie wiedział, jak długo przyjdzie mu czekać na kolejny tramwaj. Na szczęście o wpół do jedenastej jechał już w stronę komendy. Na miejscu był kilka minut przed ustalonym czasem. Nie znosił się spóźniać i nie wybaczyłby sobie, gdyby kazał komuś na siebie czekać.

- Witam pana, co u pana słychać? – przywitał go znajomy oficer. – Proszę, niech pan siada – wskazał ręką na krzesło.

- Dziękuję, w miarę dobrze – odpowiedział i usiadł na wskazanym miejscu.

To nie był pokój, który zapamiętał z dnia poprzedniego. Teraz przebywali nie w małym pokoju, ale raczej w niewielkiej salce konferencyjnej. Patrzył na trzy rzędy stołów, a przy nich drewniane krzesła. Na środku sali stał pojedynczy stolik, na którym leżał projektor. Naprzeciwko na głównej ścianie zwisał spod sufitu duży, biały, płócienny ekran. W pomieszczeniu oprócz oficera i Stanisława nie było nikogo więcej.

- Choć minęła, od naszego ostatniego spotkania zaledwie doba, to jednak od tego tragicznego zdarzenia upłynęły już ponad cztery dni, a my niestety nie posunęliśmy się do przodu w kwestii rozwiązania tej zagadki. Pojawiło się jednak parę faktów, które mogą wnieść coś nowego do sprawy. Mam do przekazania dobrą i złą wiadomość i powiem szczerze, że nie wiem, od której zacząć. Zacznę może od tego, że została przeprowadzona sekcja zwłok denatki.

- Proszę niech pan ją tak nie nazywa – przerwał Kartowi. – Ta kobieta ma przecież jakieś imię i nazwisko.

- Niestety panie Sowalski, jak do tej pory nie udało nam się zidentyfikować ofiarę. Jesteśmy w tej chwili, na etapie przeszukiwań baz danych i katalogów osób zaginionych, ale na tę chwilę nie wiemy nic. Jedyne co w tej chwili wiemy, to, że ofiara była obywatelką naszego kraju, bo przecież inaczej wychwyciłby pan, że nie mówiła po polsku lub też wyczułby pan u tej kobiety obcy akcent. Chociaż nawet ta teoria ma luki, gdyż mogła mieć niesamowity talent do języków i wtedy czas zatarłby wszelki akcentowe niedoskonałości.

- Mówiła do mnie urywanymi zdaniami i półsłówkami, w pewnym momencie zaczęła nawet mówić od rzeczy, ale myślę, że obcy akcent bym wychwycił – Stanisław potwierdził teorię oficera.

Komisarz skinął głową na znak, że się z nim zgadza.

- No, ale wróćmy do tematu sekcji zwłok… – i tu na chwilę się zawiesił – kobiety.

Sięgnął po brązową teczkę leżącą na stoliku. Otworzył ją, wyciągnął kartkę gęsto zapisaną drukowanym tekstem i zaczął czytać.

- Obiektem sekcji zwłok, była biała kobieta rasy europeidalnej, wiek około 20 - 25 lat, włosy długie, rude. Wzrost kobiety 167 centymetrów, waga 52 kilogramy. Kobieta była zdrowa, prawidłowo odżywiona. Otóż według biegłego patologa sądowego, śmierć nastąpiła na skutek skumulowania się dwóch czynników. Po pierwsze; poważny ubytek krwi na skutek wykrwawienia z rozerwanej tętnicy szyjnej i po drugie; krwotok wewnętrzny spowodowany licznymi urazami wynikającymi z nagłego kontaktu ciała kobiety z rozpędzonym pojazdem. Który był decydujący, niestety tego biegły patolog nie był w stanie określić. Po pańskim wczorajszym zeznaniu uczuliłem patologa, aby szukał na głowie ofiary rany zadanej tępym narzędziem, rany podobnej do pańskiej. – Stanisław chciał mu przerwać.

- Niech pan mi nie przerywa. Wysłaliśmy pańską dokumentację medyczną ze szpitala do Zakładu Patologii Sądowej. Rzeczywiście podczas sekcji natrafiono na taki sam rodzaj obrażeń głowy, tylko inaczej umiejscowionej niż u pana. To potwierdziło pańskie zeznania i naszą tezę, że było to morderstwo.

- Ale dlaczego sprawca pozwolił mi żyć. Przecież miał tyle czasu, że mógł zrobić wszystko. Powinniście tamtego wieczoru z miejsca zbrodni zabrać dwa ciała, a nie tylko jedno.

- Też zadaliśmy sobie wcześniej, to pytanie. Po tym jak pan opowiedział, że po zadaniu ciosu sprawca przekręcił pańską głowę na bok, stwierdzamy, że w ten sposób pana sprawdził i że był on święcie przekonany, że pan nie żyje. Inaczej nie byłoby tu pana teraz ze mną. Miał pan wtedy przecież zamknięte oczy i nie wydawał z siebie żadnych dźwięków i to go najprawdopodobniej zmyliło. Oszukał go pan całkowicie nieświadomie.

- Dosyć prosto mi pan to wyjaśnił, dziękuję. No tak, Teraz, to wszystko rozumiem. – Podrapał się po brodzie i spojrzał inspektorowi w oczy. – Boże święty, czyli krótko mówiąc, miałem więcej szczęścia niż rozumu.

- Niech pan, to nazywa, jak pan chce. Ja natomiast twierdzę, że miał pan po prostu szczęście, sprawca nie był dość skrupulatny albo też pana czas po prostu jeszcze nie nadszedł – ostatnie słowa przykuły uwagę Stanisława, bo oficer wyglądał na rzeczowego, a tymczasem wtrącał teologiczne aspekty.

- Teraz następna rzecz, o której myślę, że powinien pan wiedzieć, albo inaczej. Właściwie to nie tyle, że powinien, a raczej należy się panu taka informacja. Mówię tak ponieważ wiem z jaką gorliwością próbował pan ratować ofiarę. Panie Stanisławie muszę panu przekazać pewną nieprzyjemną wiadomość. Otóż kobieta, którą z takim mozołem pan ratował była w trzecim miesiącu ciąży, co niestety nadaje tej tragedii jeszcze większego wymiaru.

- O Chryste – zerwał się z krzesła zaszokowany taką wiadomością.

- Ciekawi mnie i to bardzo, czy ten skurwysyn, który jej to zrobił wiedział o tym? Gdyby się okazało, że wiedział, to najniższą karą powinno być dożywocie – spojrzał na Stanisława z nieudawanym smutkiem.

- Na pewno? Jesteście pewni tej ciąży? – opadł powoli na krzesło i poczuł, że robi mu się niedobrze.

- Absolutnie, w stu procentach, panie Sowalski. Taką informację uzyskałem od patologa, a on się raczej w takich przypadkach nie myli. – komisarz zerknął na zegarek.

- Przepraszam pana, ale muszę sobie zrobić krótką przerwę. Rozumie pan, że ta wiadomość mną wstrząsnęła. – W tym, co powiedział, nie było ani krzty udawania.

- Tak oczywiście, niech pan dojdzie do siebie, ja wrócę tu za parę minut.

Został teraz całkiem sam, a gdy przypomniał sobie twarz kobiety i jej ostatnie słowa, to cicho zaszlochał. Nie potrafił nad tym zapanować i tak naprawdę to wcale nie chciał. Łzy wypłukiwały z niego negatywne emocje, jak wartka woda brudy tego świata.

Komisarz wrócił po około piętnastu minutach, do tego czasu Stanisław zdołał już dojść do siebie. Tym razem towarzyszył mu niski, tęgi policjant, którego Stanisław nigdy wcześniej nie widział.

- To co panie Stanisławie, możemy kontynuować? – zagadał grzecznie i wpuścił swojego towarzysza do środka. – Lepiej pan się już czuje?

- Tak oczywiście, już wszystko dobrze. No może nie wszystko, ale – pociągnął nosem. – Proszę, może pan zaczynać. Jestem do pańskiej dyspozycji.

- Są też dobre wiadomości, panie Sowalski. – Wsparł swoje słowa szerokim uśmiechem. – Otóż, jeżeli pan dobrze zapamiętał tamtą nieszczęsną ulicę, to powinien się pan orientować, że na jej początku znajdują się dwa bardzo ważne dla naszej sprawy punkty. Sklep monopolowy i prawie zaraz naprzeciwko niego bankomat. W obu tych punktach znajdują się kamery monitoringu. Dzięki pańskim informacjom dotyczącym przybliżonego czasu zdarzenia, udało nam się dokopać do nagrań z tych właśnie widełek czasowych. Kamery z obu obiektów nagrały przejazd kilku pojazdów, ale w tym czasie tylko jeden samochód przejeżdżał przed obiektywami kamer, aż trzy razy.

- To świetna wiadomość, krótko mówiąc macie go – ucieszył się Stanisław i poprawił pozycję na krześle.

- Niestety z obu ujęć nie widać numerów rejestracyjnych, ani też twarzy kierowcy, ale teraz wreszcie jesteśmy krok przed mordercą. Tym bardziej, że według naszych domysłów sprawca najprawdopodobniej nic nie wie o tych urządzeniach. Zaraz kolega udostępni panu oba nagrania. Proszę uważnie patrzeć, jeśli zaistnieje taka potrzeba, powtórzymy nagranie. Karol zasłoń żaluzje i zgaś światło – zwrócił się teraz do podwładnego.

Po kilku sekundach w pomieszczeniu zapanował głęboki półmrok. Podwładny Karta uruchomił cyfrowy projektor. Pierwszy film przedstawiał ujęcie z kamery umieszczonej najprawdopodobniej na bankomacie. Obraz był dość wyraźny i obejmował swym zasięgiem widok chodnika przed bankomatem i fragment jezdni. Przez dłuższą chwilę nic się nie działo, gdy nagle przejechał przez kadr ciemny samochód. Wszystko działo się dość szybko, dlatego Stanisław nie zauważył nic konkretnego. Komisarz nie zatrzymał nagrania ani też go nie skomentował, dlatego można było wyciągnąć wnioski, że nie o to auto chodziło.

- Niech pan teraz patrzy uważnie – usłyszał tuż nad głową głos Karta. – Zaraz zobaczy pan interesujący nas wszystkich pojazd. Proszę się skupić.

Po tych słowach, po kilkunastu sekundach, nagle przed kadrem zaczął się przesuwać ciemny pojazd. We wnętrzu pojazdu mignęło coś jasnego.

- Stop – usłyszał znowu nad głową głos komisarza.

- To jest to, co nas interesuje. Karol cofnij powoli i z powrotem puść, ale na zwolnionych obrotach. To jest ujęcie z kamery zamontowanej zaraz nad bankomatem. Ten sam pojazd ta kamera uchwyciła jeszcze dwa razy. Wyciągnęliśmy wnioski, że jest to ten moment, kiedy obydwoje jadą w okolice nas interesującą. Tam według nas doszło do jakiejś sprzeczki. Ona uciekła, on ją dogonił i potrącił. Karol puść dalej – Odczekali chwileczkę.

- O teraz! – Kart podniósł głos. – Widzi pan samochód wraca, ale już jedzie dużo szybciej.

Rzeczywiście auto nadjechało z przeciwnej strony i dużo szybciej przejechało przez kadr. Tym razem policjant nie zatrzymał nagrania, tylko nakazał podwładnemu przewinąć do momentu, gdy pojazd po raz trzeci przejeżdża przed okiem kamery. W tym ujęciu samochód jechał bardzo wolno.

- Jak pan widział za trzecim przejazdem sprawca jechał bardzo wolno. To był ten moment, gdy postanowił wrócić i zatrzeć za sobą ślady. Jechał wolno, gdyż nie wiedział, co zastanie na miejscu. Prawie identyczne nagranie, tylko z perspektywy przeciwnej strony ulicy pochodzi z kamery zamontowanej w wejściu do sklepu monopolowego. Tam kamera jest lepszej jakości, ale niestety mamy pecha, gdyż ujęcie lepszą kamerą obejmuje auto od strony pasażera. Widać dość dokładnie samochód, ale nie kierowcę. Niestety dwa następne przejazdy przed kamerą, są do niczego, ponieważ od tego momentu wszystko zasłania ciężarówka zaparkowana tuż przed sklepem. Drugie nagranie potwierdziło naszą teorię. Otóż na pierwszym ujęciu widać na miejscu pasażera kobietę, naszą ofiarę. Dzięki kamerom wiemy, że morderca kierował pojazdem marki Opel Astra, koloru czarnego lub ciemnogranatowego. Takich samochodów po naszych drogach jeździ całe mnóstwo, ale to zawęża nam też pole poszukiwań do jednej konkretnej marki i barwy. Karoseria pojazdu, po takim wypadku musi wymagać naprawy, więc prędzej czy później samochód musi trafić do jakiegoś warsztatu. Na koniec panie Stanisławie proszę mi powiedzieć, czy takie właśnie auto widział pan na miejscu wypadku?

- Tak do końca, to nie jestem pewien, bowiem widziałem tylko przez krótką chwilę tył ciemnego samochodu w kiepsko oświetlonej ulicy. Całą uwagę skupiłem na ratowaniu kobiety.

- No cóż, trudno. Najważniejsze, że nam się poszczęściło z tymi kamerami. Gdyby nie one, to tak naprawdę nic byśmy nie mieli. Dzięki tym kamerom mamy fizyczne dowody, a nie wirtualne zeznania mniej lub bardziej wiarygodnego świadka.

- Jest jeszcze jedna sprawa panie komisarzu. – Stanisław chrząknął znacząco, jak gdyby to miało w czymś pomóc. – To według mnie ważne.

Oficer, który do tej pory stał odwrócony bokiem do Stanisława, teraz z zaciekawieniem na niego spojrzał. Kiwnął podwładnemu głową, aby wyszedł, co ten posłusznie szybko uczynił.

- Słucham, panie Sowalski, niech pan mówi. – Podszedł do włącznika na ścianie i zapalił światło.

- Na początku naszego dzisiejszego spotkania wspomniał pan, że kobieta nie została zidentyfikowana. Na miejscu jednak była jej torebka z kosmetykami i dokumentami. Jestem tego całkowicie pewien, gdyż szperałem, a nawet wysypałem wszystko z jej torebki w poszukiwaniu czegoś, co mogłoby posłużyć do zatamowania krwotoku. Wie pan, kobiety noszą w torebkach pewne typowe dla nich przedmioty.

- I co się stało później z tą torebką i jej zawartością? – zapytał zaintrygowany Kart siadając naprzeciw niego.

- To wszystko działo się tak szybko, ale to akurat zapamiętałem bardzo dobrze. Otóż odłożyłem tę torebkę na bok, nie dalej niż na długość mojego ramienia. Tuż obok ułożyłem kopczyk z rzeczy, które były w środku. Tak, żeby nic nie zginęło.

- Ale zginęło – komisarz odchylił do tyłu. – Ponieważ miejsce to zostało dokładnie przebadane przez naszych techników, a z osób postronnych nikt nie miał do tego dostępu, to nasuwa się tylko jeden wniosek. Torbę zabrał morderca, myślę, że po to, aby uniemożliwić albo też opóźnić identyfikację ofiary.

- A ja uważam, że w torbie znajdowały się także rzeczy, które umożliwiłyby wam identyfikację tego gnoja.

- Poprawny tok rozumowania. Muszę przyznać, że mnie pan zaskoczył, a to mi się rzadko zdarza. Wróćmy jednak do tej torebki, czy mógłby pan ją opisać.

Komplement oficera trzeba przyznać mile połechtał ego Stanisława. Tak go zmotywował, aby wytężył pamięć i spróbował sięgnąć głębiej.

- Tak, oczywiście, to akurat nie stanowi problemu. Trzymałem ją przecież w rękach przez chwilę, gdyż musiałem znaleźć coś czym mógłbym zatamować krwawienie. A… o tym już przecież mówiłem.

Opisał wygląd torebki na tyle dokładnie, na ile pozwalała mu skacowana, boląca głowa.

- Dziękuję za opis, spróbujemy przepytać okolicznych mieszkańców, może ktoś widział taką torebkę lub ją znalazł. Panie Sowalski wiem z własnego, jak i zawodowego doświadczenia, że ludzie, gdy opadną z nich emocje, zaczynają przypominać sobie pewne rzeczy, fakty, których wcześniej nie dostrzegli, nie zwrócili na nie uwagi lub też w natłoku informacji i emocji po prostu o nich zapomnieli. A czy w pana przypadku coś uległo zmianie, czy coś pan sobie w ciągu tych kilku dni, jakie upłynęły od zdarzenia przypomniał? Coś co powróciło z mroków niepamięci, a może czegoś nam pan po prostu nie powiedział, choćby z tego powodu, że uznał to za nieważne, lub też po prostu zwyczajnie wstydził się nam o tym wspomnieć? Proszę być szczerym. To co pan teraz powie zostanie między nami, w tym oto pokoju. Proszę spojrzeć panie Sowalski, na potwierdzenie moich słów, właśnie wyłączam dyktafon.

Oficer wstał od stołu, wziął do ręki urządzenie, wyłączył je i wyciągnął ze środka dwie małe baterie. Dopiero teraz Stanisław dowiedział się, że ich rozmowa była cały czas nagrywana. Na początku spotkania trochę się zdziwił, że nikt nie notuje treści ich rozmowy, ale nie zgłębiał tematu.

- Proszę mi coś powiedzieć, cokolwiek. Może szperając w jej rzeczach, coś się panu rzuciło w oczy, coś zaskakującego, charakterystycznego, coś co pozwoliłoby nam ustalić jej personalia? A może mimowolnie spojrzał pan na jej dokumenty? A może rzuciło się panu w oczy imię, może nazwisko albo nazwa miejscowości. Jakiś numer, cokolwiek?

Zrobił chwilę przerwy, ale ponieważ nie doczekał się odpowiedzi, to ciągnął dalej.

- No dobra! Proszę mi wierzyć, że bardziej niż na gołych faktach, zależy mi na pańskiej dobrej woli. Jeśli za chwilę coś od pana usłyszę, będzie to świadczyło, że możemy sobie ufać. Wtedy będę mieć pewność, że nic pan przede mną nie zatai nawet gdyby się panu wydawało, że jest to na przykład – przez chwilę dobierał pasujące słowo – bezsensowne, czy wręcz głupie. Niech się pan chwilę zastanowi, ja poczekam.

Skończył mówić i podszedł do okna. Nie odzywając się zaczął powoli niejako z namaszczeniem podciągać żaluzje, przez co w pomieszczeniu na powrót zrobiło się bardzo jasno. Gdy to zrobił wyłączył sztuczne oświetlenie.

Stanisław starał się maksymalnie skupić i spróbować przywołać obraz rzeczy wyrzucanych z torebki na powierzchnię asfaltu, ale nic sobie nie przypomniał. Zamknął oczy i wyświetlił w głowie moment, gdy szperał w torebce, ale to również nie pomogło. Nic, pustka. Wszystko działo się zbyt szybko i w olbrzymim stresie. Wiedział, że zawiódł tego człowieka i że w żaden sposób nie pomoże mu w wymierzeniu sprawiedliwości. A bardzo pragnął, żeby tamten facet trafił do więzienia.

- Niczego przed wami nie zataiłem – zaczął się tłumaczyć – ani tym bardziej nie złożyłem fałszywych zeznań. Jedyne, co mi się ostatnimi dniami przypomniało, to to, że zanim usłyszałem odgłos towarzyszący wypadkowi, to zdawało mi się, że słyszę kobiecy śpiew. Niestety nie wiem, czy to ona śpiewała, czy ktoś inny, aha i jeszcze jedno, gdy się do niej zbliżyłem, poczułem intensywną woń drogich perfum, więc to chyba musiała być osoba dość zamożna albo miała jakiegoś hojnego przyjaciela. Takie perfumy są naprawdę bardzo drogie.

Skończył i spojrzał na Karta, który wrócił do okna i teraz stał zwrócony do niego twarzą. Zdawało mu się, że policjant uśmiecha się ironicznie pod nosem. Zrobiło mu się głupio, więc szybko dodał.

- Czuję, że właśnie zrobiłem z siebie idiotę.

- Nie, oczywiście, że nie – usłyszał w odpowiedzi, ale nie zabrzmiało to zbyt przekonująco.

Po wypowiedzeniu tych słów komisarz zamyślił się i w pokoju zapanowała głęboka cisza, której Stanisław nie miał odwagi przerwać. Siedzieli tak w milczeniu przez kilka długich minut.

- Mam jeszcze dla pana jedno zadanie, a właściwie prośbę. – Kart wyrwał się z zadumy. – Otóż chciałbym, aby pan przyjrzał się zdjęciom de... o przepraszam ofiary i ewentualnie powiedział, czy kiedyś w przeszłości spotkał pan tę kobietę. Uczciwie zaznaczam, że niestety może to być dla pana dość przykry widok. Nie mogę pana, do tego zmusić, dlatego niech się pan chwilę zastanowi, a potem mi odpowie, czy jest pan gotów.

- Czy jestem gotów? Skąd niby mam to wiedzieć? Chce mi pan zaserwować kolejne gorzkie przeżycie, kolejne wspomnienia. Nie bardzo wiem, czy mam na to ochotę... ale przecież w końcu jestem facetem. Muszę być twardy. No dobra dawaj pan to – końcowe słowa były pełne emocji i ironii, ale również mocno naciąganej odwagi. Wypowiadając te słowa zachował się jak jakiś niedojrzały nastolatek, który próbuje zaimponować swoim rówieśnikom.

Kart powoli podszedł do stolika, na którym leżała jego służbowa teczka. Otworzył ją i wyciągnął ze środka dużą szarą kopertę. Położył ją na blacie, spojrzał mu prosto w oczy i zapytał:

- Na pewno?

Stanisław przytaknął i po krótkiej chwili przed jego oczami leżało odwrócone do góry nogami zdjęcie formatu A4. Złapał je, odwrócił do właściwej pozycji i przyciągnął bliżej do siebie. Duże wyraźne zdjęcie głowy, twarzy i części szyi młodej kobiety. Naprawdę ładnej młodej kobiety. Patrzył na twarz posiniaczoną w kilku miejscach, ale teraz obmytą z krwi i z w miarę ułożonymi włosami. Twarz pociągła, szerokie usta, mały nos i długie rude włosy. Tak właśnie rude, a nie czarne, jak wtedy mu się wydawało. Oczy miała zamknięte i przez chwilę wydało mu się, że spogląda na śpiącą. Leżała tam naprawdę piękna kobieta, a śmierć, która zaczynała zaznaczać już ślady na jej twarzy nie zdążyła jeszcze tego piękna zatrzeć. Odbiła jednak już swoje piętno na jej obliczu.

- Nie znam jej, nigdy wcześniej nie spotkałem i niestety z nikim znajomym jej nie kojarzę. Nie widziałem jej też nigdy w gazetach ani telewizji. Bardzo mi przykro.

Zdenerwowany, szybko wypowiedział te słowa i równie prędko odsunął zdjęcie od siebie.

- No cóż, spodziewałem się, że tak może być. Bardziej tu chodziło o kwestie formalne, niż na nadzieję, że czegoś się od pana dowiemy. Przepisy nakazują nam jednak również i takie zachowania.

- Czy będę musiał ją rozpoznać gdzieś w kostnicy? – zapytał przerażony perspektywą powtórnego kontaktu z nieboszczykiem.

- No co też pan wymyślił. – Popatrzył na niego przyjaźnie. – Gdyby znał ją pan za życia, a nie byłoby żadnej rodziny, to pewnie tak. W tym przypadku jednak nie, zdecydowanie nie.

- Uch!... – Ze Stanisława zeszło napięcie. – No to Panu Bogu dzięki, że nie, a proszę mi powiedzieć panie komisarzu, co będzie, jeśli w żaden sposób, nie uda się wam zidentyfikować tej kobiety.

- No cóż, oczywiście i tak może się zdarzyć. Już rozesłaliśmy tę fotografię po całym kraju. Przesłaliśmy, ją przez internet do wszystkich komend w Polsce, a oni już lokalnie zajmą się resztą. Choć, jak wcześniej wspominałem, możemy jakimś cudem jej nie zidentyfikować, ale w dzisiejszych czasach to raczej mało prawdopodobne. Musiała, gdzieś mieszkać, mieć jakąś rodzinę, a skoro była w ciąży, to najprawdopodobniej chodzić do ginekologa. To była naprawdę ładna dziewczyna, a takie najbardziej przykuwają uwagę. Ktoś musiał zauważyć jej zniknięcie i dlatego sprawdzimy również wszelkie możliwe bazy osób zaginionych. Zobaczy pan, że niedługo ktoś się za pośrednictwem jakiejś lokalnej komendy z nami skontaktuje. Byłbym naprawdę bardzo zdziwiony, gdybym nie miał tym razem racji.

- Nie o to mi w tym przypadku chodzi… a właściwie, to o to, tylko w innym kontekście. Chcę wiedzieć, co się dzieje z ciałem człowieka, którego nie można pochować w imiennym grobie. Trzyma się, to ciało przez dłuższy okres czasu w jakiejś chłodni, czy może oddaje studentom jakiejś akademii medycznej na badania?

- Nie, absolutnie nic z tych rzeczy. Po prostu, po jakimś czasie, po zamknięciu śledztwa i wygaśnięciu wszystkich procedur ciało jest chowane na cmentarzu komunalnym w jakimś oznaczonym, choć bezimiennym grobie.

- A jak długo trwają takie procedury?

- Różnie, w zależności od trybu oraz wagi sprawy i leży to w gestii prokuratora, a czemu to pana tak bardzo interesuje?

- Chciałbym, jeżeli zapadnie taka decyzja i będzie znana data pogrzebu, aby ktoś poinformował mnie o tym.

- Jeżeli jej nie zidentyfikujemy i co za tym idzie nie znajdzie się jakaś jej bliższa lub dalsza rodzina, to obiecuję, że nie omieszkam panu o tym powiedzieć. Teraz już żegnam pana i dziękuję za dotychczasową współpracę. Na pewno będziemy jeszcze w kontakcie.

Komisarz uśmiechnął się życzliwie i uścisnął jego dłoń na pożegnanie.

Stanisław wyszedł pośpiesznie z komisariatu, ale coś mu jednak mówiło, że będzie tu częstszym gościem. Zszedł po schodach i zatrzymał się. Nie bardzo miał pomysł, co dalej. Oczywiście mógł wrócić do domu, ale ta perspektywa nie wydała mu się atrakcyjna. Skoro jednak nie chciał wracać, to gdzie mógł pójść? Po namyśle uznał, że nie będzie się włóczył bez celu i jednak wraca do siebie.

- Co jeszcze? Teraz jeszcze dojdzie do tego wszystkiego, ta melodia? Mało wycierpiałem, przez ciebie? Teraz będziesz mi śpiewać do ucha? Dlaczego mnie wybrałaś, przecież nie zrobiłem ci nic złego, chciałem pomóc, ratowałem ci życie? To tak wygląda wdzięczność zza grobu? Aaaa, w cholerę z tym wszystkim!

Wystrzeliwał pytania, jak karabin maszynowy naboje. Nie przyszło mu nawet do głowy, aby zastanowić się, czy mówi cicho, na głos, czy też tylko w myślach.

Jeszcze półtorej godziny temu robił spokojnie zakupy w supermarkecie, który znajdował się kilka ulic od jego domu. Tym razem musiał wyjść sam, bez psa, bo i tak, by jego pupila nie wpuścili do środka. Pod sklep tej bardzo znanej w Polsce sieci, zajechał szybkim tramwajem i w taki też sposób zamierzał powrócić z zakupami do domu. Zakupy w takich miejscach sprawiały jednak, że zatracał się czasowo.

Pchając wózek rozglądał się pilnie na boki. Akurat, gdy wjeżdżał w wybrane miejsce na końcu podwójnego rzędu regałów, mignęła mu przez ułamek sekundy kobieta z wózkiem. Nie byłoby w tym nic dziwnego, gdyby nie to, że kobieta była ubrana na biało. Włączył mu się w głowie czerwony alarm. Zostawił swój wózek i błyskawicznie skoczył w stronę, gdzie mógłby powtórnie zobaczyć tę postać. Nie udało mu się nic dostrzec, więc pognał dalej. Tym razem mu się poszczęściło, w miarę dokładnie, jak na tę odległość ujrzał kobietę ubraną od stóp do głowy na biało. Miała długie, ciemne włosy i była bardzo podobna do ofiary morderstwa, ale po kilku sekundach powtórnie zniknęła mu z oczu. Pogonił jak szalony w jej stronę nie zważając na ludzi robiących zakupy. Jednej starszej pani wytrącił z ręki koszyk. Przeprosił ją w przelocie i pobiegł szybko dalej. Kobieta w bieli była może dziesięć metrów od niego, a on po sekundzie był tuż za nią. Wreszcie dopadł ją przy stoisku z kosmetykami. Szarpnął ją silnie od tyłu za ramię i niemalże przewracając obrócił twarzą do siebie. Kobieta krzyknęła zaskoczona i niewątpliwie przerażona takim atakiem, jej torebka upadła na posadzkę i wysypały się z niej przeróżne drobiazgi. Trzymał ją teraz mocno za ramiona i patrzył prosto w przerażone oczy. Napięcie szybko z niego zeszło. To nie była ona. Stała przed nim kobieta, około czterdziestoletnia, umalowana wyzywająco i jedynie ubrana podobnie. To zdecydowanie była pomyłka, fatalna pomyłka.

- Prze..., przepraszam panią, przepraszam najmocniej. Pomyliłem z kimś panią – próbował się usprawiedliwić, ale bez skutku. Puścił kobietę i złożył dłonie, jak do modlitwy.

Wokół momentalnie zebrała się kilkunastoosobowa grupa gapiów. Pochylił się szybko i spróbował zebrać wszystkie rozsypane drobiazgi, które wypadły z torebki. Ręce mu się strasznie trzęsły i był potwornie zdenerwowany.

- Czy pan, do ciężkiej cholery zwariował?! Co pan sobie myśli?! Mam zawołać policję?! – Zacisnęła zęby i zwinęła dłonie w pięści, jak gdyby szykowała się do walki.

Teraz, gdy już się nie bała to wpadła we wściekłość. Zebrani ludzie też dodawali jej pewności siebie. – Złodziej, to złodziej! – zawołał ktoś z boku.

- Naprawdę raz jeszcze panią bardzo, ale to bardzo przepraszam. Nie chciałem niczego ukraść ani na panią napadać. Nie wiem, co we mnie wstąpiło. Pomyliłem się i…

- A ja wiem, co w ciebie wstąpiło – kobieta przerwała mu i mimowolnie zaczęła zwracać się do niego na ty.

Wzniósł brwi zaskoczony. Przecież to była zwykła pomyłka.

- Jesteś zwykłym palantem, rozumiesz co do ciebie mówię?! Ty, ty, ty chamie jeden, ty zboczeńcu, pier…! – poszkodowana przez niego kobieta z każdą chwilą stawała się coraz agresywniejsza.

Wokół nich zbierało się coraz więcej ciekawskich osób. Stanisław stwierdził, że to zaczyna się powoli wymykać spod kontroli. Wszystko zmierzało do tego, że zaraz ktoś zechce fizycznie stanąć w obronie kobiety i być może wymierzyć mu sprawiedliwość. Raz jeszcze przeprosił na głos poturbowaną kobietę i po prostu stamtąd uciekł. Szybko, nie odwracając się dopadł do swojego wózka i skierował w najdalszy kąt marketu, gdzie postanowił przeczekać tamtą burzę. Znalazł takie miejsce na końcu alejki z akcesoriami samochodowymi. Uznał, że tu będzie najbezpieczniej, gdyż kobiety odwiedzają takie miejsca nad wyraz rzadko.

- Boże, co mi do tego głupiego łba strzeliło?! Co ja sobie myślałem, na co liczyłem?! Boże, ależ ja jestem głupi – stał pochylony nad wózkiem i mówił sam do siebie. – Popierdoliło mnie jak nic!

Puścił wózek i wychylił się, aby sprawdzić, czy nikt go nie szuka. W końcu w takich sklepach jest monitoring i ochrona w każdej chwili mogłaby sprawdzić dokąd uciekł i gdzie się ukrywa.

- Ty głupi kretynie i co to według ciebie miało niby być?! Niby, co? Duch przyszedł do hipermarketu na zakupy i jeździ sobie, jak gdyby nigdy nic z pełnym wózkiem? Jezu, jaki ja jestem beznadziejnie głupi!

Nie mógł sobie wybaczyć tak głupiego i nieprzemyślanego zachowania. Nie był sobą, gdy to się zaczęło i to było jedyne usprawiedliwienie, jakie dla siebie znalazł.

I właśnie wtedy poprzez cały ten zgiełk, jaki otacza takie miejsca, gdzie hasła reklamowe, dobrana muzyka i zwyczajne odgłosy związane z przebywaniem w jednym zamkniętym miejscu dużej grupy ludzi przebiła się ta melodia. Jakże znana mu melodia. Najpierw pomyślał, że jest puszczana przez głośniki, ale gdy tylko wsłuchał się bardziej, to rozpoznał, że z głośników płyną inne dźwięki, a to co wzbudziło jego uwagę jest bardziej ulotne, ale jednak słyszalne. Rozejrzał się na boki, ale nic nie zobaczył. Amplituda dźwięków powoli, lecz systematycznie i nieustannie wzrastała. Zaczynał się bać, a im bardziej brzmienie podnosiło się tym bardziej był przerażony.

- Do ludzi! Muszę iść zdecydowanie do ludzi, nie mogę tu zostać sam. Trzeba uciekać. Wśród ludzi będę bezpieczny! – sam siebie zaczął motywować.

Raz jeszcze rozejrzał się nerwowo na boki i ruszył ze swoim wózkiem w kierunku najbliższej grupy klientów, którzy zebrali się przy stoisku z rybami. Dotarł tam, zatrzymał i dopiero wtedy się trochę uspokoił. Zlustrował powtórnie otoczenie i ruszył w kierunku rzędu kas. O dziwo melodia towarzyszyła mu przez całą drogę, a nawet, gdy stał w kolejce do kasy słyszał ją dość wyraźnie. Zupełnie, jak gdyby ktoś, kto stał za nim nucił znaną tylko jemu melodię.

Odwrócił się nawet, aby sprawdzić, kto za nim stoi, ale ujrzał jedynie starszego pana w długim płaszczu ładującego swoje zakupy na taśmę. Pakując zakupy do toreb poczuł intensywny zapach kobiecych perfum. Zapach ten sprawił, że wpadł w kompletną panikę. Wyskoczył z budynku i nie rozglądając się pognał prosto przed siebie. Biegnąc czuł, jak torby trzymane w obu rękach nieustannie obijają mu nogi.

- Do końca życia będę pamiętał zapach i smak twojej krwi w moich ustach, gdy robiłem ci sztuczne oddychanie. Wiem, że nigdy już tego nie zapomnę. Żaden odświeżacz do ust, pasta do zębów, czy alkohol nie są w stanie tego wymazać. Kim ja teraz jestem?! Zobacz sobie, co ze mną zrobiłaś? Idę teraz chodnikiem i gadam do siebie, jak jakiś wariat. Jeśli mi nie odpuścisz, to wyląduję prędzej, czy później, gdzieś w jakimś szpitalu psychiatrycznym. Czy tego, chcesz, do diaska?!... – zatrzymał się i ciężko oddychał. Zmrużył oczy i patrzył, próbując wypatrzyć coś nietypowego, co w zwyczajnym świecie nie miało racji bytu.

- Nic do mnie nie mówisz, tylko słyszę przez cały czas tę cholerną piosenkę! – Nagle go olśniło. – Zaraz, a może tak mi się tylko wydaje, że z tobą gadam i że słyszę tą cholerną piosenkę? Może cię wcale nie ma, nie istniejesz, a ja najzwyczajniej w świecie zwariowałem? Może jestem chory? Boże, czyżbym był naprawdę chory?! Zaraz, ale jak ja mam to sprawdzić, do cholery?! Czy jest sposób, żeby jakoś sprawdzić, czy się jest zdrowym, czy chorym? Przecież każdy psychol nie przyznaje się do tego, że coś mu dolega, albo nie dostrzega tego faktu. Co robić, co mam robić?

Ochłonął wreszcie na moment. Coś sprawiło, że emocje, tak jak się go wcześniej uczepiły, tak nagle i niespodziewanie odeszły. Oczywiście nie miał bladego pojęcia na jak długo spłynęło na niego, to, jak gdyby sztuczne ukojenie. Zatrzymał się na chwilę z torbami pełnymi zakupów w obu rękach. Gdy dotarło do niego, co się dzieje, uznał, że rzeczywiście zwariował. Stał teraz na samym środku ulicy, w zupełnie innym miejscu, niż to które sobie pierwotnie wytyczył wybierając powrotny kierunek do domu. Miał iść w stronę przystanku tramwajowego, a znalazł się zupełnie, gdzie indziej. Nie znał nazwy tej ulicy(tabliczki były zbyt daleko), ale po charakterystycznych punktach miasta, które mógł z tego miejsca dostrzec, wywnioskował, że minął przystanek i zawędrował nie wiadomo jak daleko. Nadal stał na środku ulicy, a pojazdy nadjeżdżające z obu stron omijały go łukiem. Niektórzy co spokojniejsi kierowcy, objeżdżali go łagodnie, ale byli też i tacy, którzy pukali się w czoło. Ci bardziej impulsywni pokazywali mu środkowy palec, a nawet trąbili. W ten sposób ominęło go kilkanaście samochodów, a on nadal tkwił w tym miejscu, jak gdyby ktoś go zablokował.

- O, Boże kochany, co ja robię?! Trzeba stąd spieprzać i to szybko, bo jeszcze ktoś wezwie gliny albo straż miejską. Ja pier... Nie mam zamiaru spędzić najbliższych godzin, w jakiejś celi albo szpitalnej izolatce. Muszę szybko zejść na bok i odpocząć. Musisz Stachu zebrać myśli.

Wypatrzył kilkanaście metrów dalej pojedynczą ławeczkę wtłoczoną pomiędzy dwie rozłożyste, wiekowe lipy. Nie było tam nikogo, choć w innych miejscach był spory ruch.

- O, tam jest ławka. Teraz tylko spokojnie i ostrożnie stąd spadać. Żeby tylko nic się nie stało. Ja pieprzę, jestem kretynem!

Rozejrzał się na boki, wyczekał chwilę, aż zrobi się spora przerwa pomiędzy nadjeżdżającymi samochodami i pośpiesznie zszedł na chodnik. Chwilę postał, rozejrzał się po twarzach ludzi, którzy zebrali się na chodniku, aby obserwować jego zachowanie, uśmiechnął się do nich zażenowany i poszedł w kierunku, który przed momentem obrał. Szedł powoli, nigdzie mu się przecież nie śpieszyło. Czuł, że musi to sobie przemyśleć, bo inaczej zwariuje, o ile już się to nie stało. Usiadł ciężko, odłożył na bok obie torby i wyciągnął z kieszeni paczkę papierosów. Przyglądał się jej przez dłuższą chwilę, przeanalizował wszystkie za i przeciw, gdyż jakiś czas temu stwierdził, że definitywnie rzuca to świństwo. Zdecydował się, że jednak zapali, wyjął jednego papierosa, przez chwilę szukał zapalniczki i już miał zapalić, gdy w ostatniej chwili zauważył po drugiej stronie ulicy dwóch policjantów, przyglądających mu się ciekawie. Wyglądało na to, że tylko czekali na moment, gdy zapali papierosa i zaciągnie się dymem. Wtedy pewnie by wkroczyli.

Niewiele brakowało, a zapłaciłbym mandat, ale nie tym razem, pomyślał i szybko schował wszystko z powrotem. Patrol stał jeszcze chwilę, funkcjonariusze jakby czekali, na to co zrobi, po czym zrezygnowali i oddalili się w im tylko znanym kierunku.

- Nie, lepiej tu nie palić. Nie będę na siłę kusić losu. Nie po to tu w końcu przyszedłem. Trzeba, to chyba przeanalizować, przemyśleć, zastanowić się co dalej, czy coś w tym stylu. Tak, chyba będę musiał pójść do... – głośny pisk opon rozpędzonego pojazdu, który dosłownie zatrzymał się kilka metrów, przed pijanym, ledwo co trzymającym się na nogach facetem przerwał jego rozmyślania.

- Trzeba stąd szybko spadać. Jeszcze tego brakowało, abym tu komuś musiał udzielać pomocy. Wezmę może taksówkę i pojadę, do domu. Mam nadzieję, że adres jaki mam w głowie jest aktualny? – dopytał sarkastycznie.

Odchodząc usłyszał za plecami odgłosy kłótni kierowcy – zapewne kierowcy – z pijanym mężczyzną. Przeszedł kilkadziesiąt metrów i zatrzymał się. Teraz tylko musiał zaczekać na taksówkę.

- Stasiuuu – dobiegł do jego uszu ciepły, serdeczny, kobiecy głos. – Stasiuuu.

- Co to? – rozbudził się momentalnie, ale umysł nie zdążył jeszcze wskoczyć na właściwe obroty. Tak jak szybko otworzył oczy tak teraz prędko je zamknął. Uznał, że tak będzie.

- Stasiuuu – powtórzyło się.

Nadal nie wiedział, czy to był sen, czy jawa, ale wydawało się, że czas działał na jego korzyść.

- Stasiu, słyszysz mnie? – tym razem słowa przybrały formę pytania.

Teraz już był pewien, że nie śni. Nie otwierał oczu, tylko nasłuchiwał. Nie wiedział do czego to zmierza, a bał się przejąć jakąkolwiek inicjatywę. Niczego nie widział, ale był pewny, że nie jest tu sam.

- Sta...

- Przestań! – krzykiem przerwał temu czemuś w pół słowa.

Odpowiedział instynktownie. Nie wiedział, dlaczego to zrobił, ale poskutkowało. Chwilę jeszcze nasłuchiwał, ale więcej już tego głosu nie usłyszał. Emocje opadły, a on uspokojony i zrelaksowany odwrócił się na bok i ku swojemu zaskoczeniu szybko zasnął.

Czuł, że musi, że powinien tam wrócić. Coś dziwnego i nieokreślonego go tam ciągnęło, a jednocześnie zdrowy rozsądek podpowiadał mu, aby sobie odpuścił. Chciał i jednocześnie nie chciał tam być. W końcu jednak przemógł się i postanowił zobaczyć to miejsce, ale dla pewności chciał zrobić to za dnia. Nie wiedzieć czemu, nie zamierzał trafić tam po zmroku. Bał się zapuszczać w niebezpieczną dzielnicę, gdy zrobi się ciemno, a może po prostu światło dzienne odzierało świat z tajemniczości. Obejrzy to miejsce ze wszystkimi szczegółami, na spokojnie, z boku, z należytym szacunkiem, ale i pewnym dystansem. Chciał tam iść, ale jednocześnie prosił Boga, aby coś nagle przeszkodziło mu w tym rekonesansie. Coś na co nie miałby żadnego wpływu, a jednocześnie coś takiego, po czym mógłby z czystym sumieniem powiedzieć – próbowałem, naprawdę chciałem, ale cóż nie mogłem. Nie dało się i już.

Było niedzielne przedpołudnie, piękna majowa pogoda. Ciepło, słonecznie i tak jakoś dziwnie spokojnie i bezpiecznie, jakby dwa ostatnie warunki zależały właśnie od pogody. Rano, jak to zwykle każdym rankiem, wyprowadził psa, zjadł śniadanie i zamówił przez telefon taksówkę. Wyszedł z psem przed dom, cierpliwie zaczekał kilka minut na kurs, po czym czar prysł. Gdy tylko taksówkarz zobaczył jakiego ma towarzysza, to kategorycznie zaprotestował i zapowiedział, że takiego bydlaka do auta nie wpuści.

- Nie i koniec, przecież to nie jest kurna pies tylko jakiś – taksówkarz przez chwilę szukał odpowiedniego określenia – niedźwiedź. Przecież on się nawet nie zmieści na tylne siedzenie, a na przód to już na pewno nie pójdzie. Trzeba było powiedzieć dyspozytorowi, z czym pan jeździ. Nawet za podwójną stawkę bym was nie zabrał. Nie ma mowy.

- Myśli pan, że to pierwsza taksówka, do której wsiadam z moim psem? – Stanisław próbował się jakoś bronić. – Z innymi nie było żadnych problemów.

- Nie i koniec – usłyszał i zobaczył tył odjeżdżającego samochodu.

- Cholera i co teraz? Wezwać kolejną? – chwilę rozglądał się bezradnie wokół. W końcu jego uwagę przykuł znajdujący się nieopodal przystanek autobusowy.

- Chyba pojedziemy autobusem. O tej porze, w niedzielę nie powinno być dużo ludzi – zwrócił się teraz do psa, ale temu było całkowicie obojętne, co jego pan do niego mówi.

Uszli kilkadziesiąt metrów, na przystanku nie było żywej duszy. Spojrzał na rozkład jazdy. Do przyjazdu autobusu, który go interesował zostało sześć minut.

- Tylko kilka minut, poczekamy. Muszę ci założyć kaganiec, bo inaczej nie wpuszczą nas do środka. Pies ma być grzeczny, zrozumiano? Wiem, że nie lubisz kagańca, ale cóż, siła wyższa.

Weszli do wnętrza autobusu i bez żadnych przeszkód dojechali do przystanku znajdującego się u szczytu ulicy, która go tak interesowała. Większość pasażerów z uwagą, ale i niewątpliwie szacunkiem obserwowała tak dorodne zwierzę, jakim był bez wątpienia Reks. Wbrew pozorom pies pomimo swoich gabarytów sprawiał dobre wrażenie i wzbudzał zaufanie.

- Masz się grzecznie zachowywać, słyszysz? Tutaj zginęła młoda kobieta, więc oczekuję od ciebie właściwego zachowania. Żadnego głośnego szczekania ani tym bardziej obszczywania. Zrozumiano Reks? – udzielał ostatnich instrukcji psu w kwestii zachowania, zanim wejdą się w tą nieszczęsną ulicę. Nie raz i nie dwa łapał się na tym, że rozmawia z psem jak z człowiekiem, członkiem rodziny. Kiedyś doszedł nawet do wniosku, że chyba zidiociał na stare lata.

Szli powoli chodnikiem w stronę miejsca, które z daleka rozpoznał, jako miejsce tragedii. Przeszedł na drugą stronę ulicy, aby iść dokładnie tą samą trasą, którą przebył wówczas, gdy doszło do wypadku. Zbliżyli się do miejsca, gdzie według niego usłyszał odgłos jak auto potrąca kobietę. Zatrzymał w tym samym miejscu i z tej samej perspektywy spoglądał w tamtą stronę, a więc dobrze wybrał. Ocenił odległość do tamtego miejsca. Za dnia wydawało się to dalej, choć pewnie była to zasługa braku stresu, jak i światła słonecznego. Rozejrzał się na boki i zszedł z chodnika na ulicę. Powoli szedł z psem do tego koszmarnego punktu. Gdy byli jakieś kilkanaście metrów od tego miejsca, nagle pies stanął okoniem. Reks zatrzymał się w pozycji wyczekującej, a po chwili usiadł i nie chciał się ruszyć nawet o centymetr. Stanisław próbował ciągnąć go na siłę, ale przy gabarytach psa oraz jego sile nie miało to większego sensu. Pociągnął go ostatni raz najmocniej jak tylko potrafił, ale nagle pies, co było dla Stanisława strasznym zaskoczeniem, zaczął na niego cicho warczeć. Coś takiego nigdy wcześniej mu się nie przydarzyło.

- Co ci jest? – Cofnął rękę, którą trzymał na jego szyi. – Na mnie warczysz, wariacie? Nie chcesz iść to nie. Nie mam zamiaru ciągnąć cię na siłę. Chodź cofniemy się trochę i przywiąże cię do drzewa. Posiedzisz tam, to może zmądrzejesz.

Pociągnął lekko psa za smycz i podeszli wspólnie do najbliższego drzewka. Przywiązał pupila do cienkiego pnia, pogłaskał spokojnego, już teraz zwierzaka i poszedł w tamto pamiętne miejsce. Szedł powoli rozglądając się na boki. Był już teraz bardzo blisko. W końcu dotarł do miejsca, gdzie umarła tamta kobieta. Niewiele już było widać. Ktoś tu w miarę dokładnie posprzątał, ale ślad czegoś na kształt plamy krwi pozostał. Pochylił się, a zaraz potem przykucnął. Był chyba teraz dokładnie w miejscu, gdzie wtedy klęczał i ratował kobietę. Dotknął dłonią asfaltu, gdzie krew wypływająca z tętnicy rozlewała się po powierzchni. Asfalt teraz był zimny i suchy. Nie wyczuł spodem dłoni żadnych niezwykłych rzeczy.

Kucając spojrzał do tyłu i omiótł wzrokiem okoliczne kamienice. Dopiero teraz zauważył, że prawie wszystkie budynki na dystansie po jakieś sto metrów w każdą stronę stoją puste. Wstał i powoli podszedł do najbliższego domu. Pierwsze, co rzuciło mu się w oczy to brak zasłon i firan w oknach. Niektóre okna straszyły gołymi, brudnymi szybami, zapewne już od dawna, a niektóre były powybijane. Na drzwiach wejściowych do kamienicy wisiała duża tabliczka „Budynek do rozbiórki. Grozi zawaleniem". Spojrzał na przeciwległy budynek, to samo i tak jak okiem sięgnąć na prawie całej ulicy. Wszędzie widział podobne żółte tabliczki na oknach i drzwiach.

- A więc to jest powód, że nikt nie zareagował na moje krzyki i błagania o pomoc. To jest jakieś totalne odludzie i to w środku wielkiego miasta. Po co ja tu wtedy wszedłem. Toż to istne szaleństwo. Ale przecież widziałem ludzi w oknach? Zaraz, a może to byli bezdomni.

Cztery kamienice dalej dostrzegł w oknie na trzecim piętrze czyjąś głowę, ale gdy tylko poszedł w tym kierunku postać wychylająca się z okna zniknęła. Podszedł pod front budynku rozejrzał się po oknach i zawołał.

- Halo, proszę państwa mam pytanie, dosłownie tylko jedno pytanie! – Nic, żadnej reakcji. Odpowiedzią była głucha cisza.

- Nie zajmę wam dużo czasu. Chcę tylko o coś zapytać. Halo, ty który się przed chwilą wychylałeś przez okno na trzecim piętrze, słyszysz mnie? Nie zrobię ci krzywdy, chcę tylko o coś spytać. To naprawdę ważne.

Brudne obdrapane drzwi wejściowe otworzyły się z głośnym piskiem i ze środka wynurzył się powoli niski, brudny mężczyzna z gęstą długą brodą. Wzrok miał zamglony od alkoholu, a w ręku trzymał pustą butelkę od piwa. Ubranie miał bardzo brudne, a jedna z nogawek spodni zwisała mu postrzępiona, jakby jakiś zwierzak ćwiczył na nim swoje zęby. Nie odzywał się, tylko stał nieruchomo, chwiejąc się delikatnie na boki i spoglądał ciekawie na Stanisława.

- Dzień dobry, pan tu mieszka? – Stanisław wskazał ruchem głowy na budynek, z którego brodacz wyszedł.

- Tak, od tygodnia, a o co chodzi? – mężczyzna mówił bełkotliwym tonem. – Masz pan do mnie jakiś interes?

- Kilka dni temu miał tu miejsce wypadek. Pamięta pan go? Na pewno było o nim głośno. Kawałek dalej po drugiej stronie ulicy zginęła młoda kobieta.

Jego rozmówca pokręcił tylko głową na boki na znak, że nic nie wie lub też, że nie rozumie, co do niego mówi.

- To będzie prawdziwa przeprawa – pomyślał zdesperowany Stanisław. Chciał teraz podejść do podpitego mężczyzny, aby złapać go pod ramię i zaprowadzić w tamto miejsce, ale ten instynktownie cofnął się do środka.

- Spokojnie nie chciałem pana przestraszyć. Zamierzałem tylko wskazać panu miejsce, gdzie to się stało. To dla mnie bardzo ważne. Niech pan nie ucieka.

Ale tamten cofał się coraz dalej, a on nie zamierzał go gonić. Czuł, że jeszcze trochę i brodacz, gdzieś się ukryje, a jemu przepadnie możliwość, być może dowiedzenia się czegoś znaczącego. Postanowił spróbować zadziałać w zupełnie inny sposób.

- Zapłacę panu, mam przy sobie pieniądze – rzucił w stronę tamtego. Jego rozmówca przestał się cofać, a teraz stał zaciekawiony.

- Ile dostanę, na flaszkę starczy? – zapytał.

- Na pewno starczy. Musi pan tylko wyjść ze mną na zewnątrz. Jest przecież dzień i nie musi się pan z mojej strony niczego obawiać.

Brodacz spoglądał przez chwilę na niego niezdecydowany, po czym odwrócił się i zawołał donośnym głosem – Karol, jełopie, zejdź na dół!

- Jest was więcej? – zagadnął.

Brodacz nic nie odpowiedział, tylko odwrócił się w stronę skąd miał nadejść jego towarzysz. Stanisław miał złe przeczucia. Zaczął się powoli wycofywać w stronę, gdzie siedział Reks. Przyśpieszył kroku, gdy w bramie zamiast jednego mężczyzny pojawiło się, aż czterech.

- Zaczekaj pan, przecież chciałeś pan pogadać. Halo panie! Stój pan! – usłyszał za plecami.

- Nie dziękuję, ale właśnie się rozmyśliłem! Do widzenia, panom! – rzucił za siebie i jeszcze przyśpieszył kroku. Doszedł do Reksa najszybciej jak potrafił i dopiero teraz się odwrócił. Cała czwórka nadal stała w bramie i uważnie go obserwowała. Odwiązał psa i szybko ruszył w stronę skąd przyszedł.

- Frajer, głupi palant – ktoś z czwórki rzucił w jego stronę epitety, gdy odchodził, ale on wiedział, że gdyby nie Reks, to wszystko zakończyłoby się inaczej.

Szybko przeszedł całą długość ulicy, nie rozglądając się na boki, z myślą, że trzeba jak najszybciej opuścić to miejsce, przestać o tym myśleć i nie wracać tu więcej.

Rozdział trzeci

„Powolnym ścigała go lotem".

Wstał powoli i ociężale, namacał stopami swoje kapcie, które zawsze układał w jednym określonym miejscu na dywanie. Zawsze tak robił, gdy kładł się wieczorem spać. Nawyk wyrobiony przez lata procentował tym, że praktycznie w najgłębszych ciemnościach mógł znaleźć je od razu. Włożył stopy w miękkie wnętrze, przeciągnął się leniwie i głośno ziewnął. – Chyba niedługo będę musiał zacząć nosić pieluchy dla dorosłych albo cholera, trzeba będzie udać się z wizytą do urologa – wyszeptał. Wstał i ruszył w kierunku łazienki. Znał rozkład wszystkich pomieszczeń i ustawienie mebli niemalże na pamięć. Nie musiał się w swoim własnym domu obawiać, że w coś uderzy lub w coś wdepnie. No chyba, że w psią kupę. Takie rzeczy owszem się zdarzały, ale dawno temu. Z czasem udało mu się wychować psa na wzorowego domownika.

- Dokąd idziesz? – usłyszał za plecami dobiegający od strony łóżka, miły kobiecy głos.

- Siku, do łazienki – wypowiedział, te trzy słowa bezwiednie, automatycznie, zupełnie bez jakiegokolwiek zastanowienia i wtedy dopiero do niego dotarło, to co było tak niesamowite, a jednocześnie tak realne.

- Jezu Chryste, co to!? – krzyknął piskliwie i z szybkością błyskawicy doskoczył do włącznika znajdującego się tuż przy drzwiach. Włączył jaskrawe światło i odwrócił się momentalnie w stronę łóżka. Chwilę trwało nim jego wzrok przywykł do światła. Mebel był pusty, a pościel w miarę równo rozłożona na całym łóżku. Przypomniał sobie, że gdy tylko wstał, to położył odchyloną część kołdry na miejsce. Wszystko było w należytym porządku. Był przerażony, podszedł bardzo powoli do łóżka od strony nóg i pogłaskał kołdrę prawą dłonią. Przesuwał delikatnie ręką po większej części i przytrzymał ją przez dłuższą chwilę w miejscu, gdzie ewentualnie mogła znajdować się istota, która wcześniej wypowiedziała tamte słowa. Tak naprawdę, to nie miał stuprocentowej pewności, że głos dobiegł z łóżka, czy może od strony łóżka, ale bazował na swoim instynkcie, który podpowiedział mu, że ktoś spędził z nim jakiś czas, w jego własnym łóżku. Nie wyczuł dłonią absolutnie nic ani ciepła, ani chłodu. Powoli odchylił kołdrę z miejsca, które go tak bardzo interesowało.

Niestety, a może właściwie na szczęście białe prześcieradło nie nosiło w tym miejscu śladów użytkowania. Nie było ani pomięte, ani pomarszczone, nikt wcześniej w łóżku oprócz niego nie leżał. Odetchnął głęboko i spojrzał w kierunku drzwi do pokoju, a w nich ujrzał swego psa, który siedział w wejściu jak to zwykł czynić, ale nie patrzył na swego pana, tylko miał dziwnie opuszczoną i przekrzywioną głowę, jakby chciał okazać z jakiegoś powodu skruchę.

Reks zachowuje się, jakby przepraszał za to, że dopuścił do takiej sytuacji, przemknęło mu przez myśl.

Stanisław zawołał psa, ale on nie zareagował, zupełnie, jakby spał na siedząco lub nagle ogłuchł. Podszedł do niego powoli, przykucnął tuż obok i podniósł jego duży kudłaty łeb. Chciał spojrzeć w jego oczy i coś powiedzieć, co by go może uspokoiło, gdyż pies cały się trząsł. Dygotał na całym ciele, jakby było mu potwornie zimno. Stanisław zabrał rękę, a psia głowa z powrotem opadła do poprzedniej pozycji. Wstał i przeszedł obok psa, znów się pochylił, złapał psa za obrożę i tak pochylony pociągnął w kierunku kuchni.

- No chodź, Reksiu, musimy sobie chwilę pogadać – powiedział to ciepłym przyjaznym tonem, po czym przypiął mu smycz, założył szlafrok na piżamę i wyszli powoli przed dom na jego ulubioną ławeczkę.

Usiadł na ławce, a pies tuż obok. Przyciągnął go smyczą bliżej do siebie i pogłaskał po kudłatej głowie. Pies po tym geście, jakby się uspokoił i wrócił do siebie. Była to chyba jednak bardziej zasługa zmiany otoczenia niż czułych gestów właściciela. Jego długi ogon zaczął powoli szorować na boki, jak wycieraczka samochodowa na szybie. W tę i z powrotem, a wielki psi łeb, z mądrymi oczami znów był skierowany w stronę swojego ukochanego pana. Chwilę się nie ruszali i zapewne ktoś z boku mógłby porównać ich do pomnika. Jedyny ruch to dłoń Stanisława, która czule i delikatnie głaskała psią głowę.

- Wiem, że się boisz, widziałem, że tak. Nie wiem, co się dzieje, ale musimy oboje stawić temu czoła. To przecież nasz dom i nasza twierdza. Muszę ci się zwierzyć, kochany psiaku, że nigdy mnie nic tak nie zaskoczyło, jak to, co stało się dzisiaj. Zaczynam, już powoli przestawać odróżniać, co jest realne, a co nie. Boję się, że wariuję. Jeśli ty mi nie pomożesz, kochany, to myślę sobie, że będę musiał zwrócić się o pomoc do jakiegoś specjalisty.

Głaskał psa delikatnie, a jego myśli krążyły gdzieś pomiędzy realnością, a światem snów i fantazji. Nigdy wcześniej nie miał do czynienia ze zjawiskami nadprzyrodzonymi. Był w miarę rozsądnym człowiekiem i wiedział, że tak właśnie powinien to zaklasyfikować.

- Musimy się teraz trzymać razem, musimy się wspierać i koniecznie dowiedzieć o co w tym wszystkim chodzi i z czym mamy do czynienia. Skoro i ty to wyczułeś, to znaczy, że było to całkowicie realne. Pamiętaj, że musimy być twardzi, nie wolno nam się poddawać. Posiedzimy, tu trochę, uspokoimy się, nabierzemy psiej i ludzkiej odwagi i jak gdyby nigdy nic wrócimy za chwilę do naszego mieszkania.

Właśnie wtedy pies odsunął łeb i spojrzał w kierunku, jak się Stanisławowi zdawało, ich okien. Patrzył przez chwilę i jakby na widok czegoś w oknie, cicho zawarczał. Stanisław choć trochę się bał co też może ujrzeć w tamtym miejscu, to jednak podążył za wzrokiem swego pupila. Zlustrował szybko oba widoczne stąd okna, ale na szczęście niczego nie dostrzegł. Odetchnął z ulgą, zadowolony złapał za smycz i podniósł się z ławki. Pies również się poruszył, ponownie spojrzał, gdzieś w górę i głośno zaszczekał. Tym razem jednak Stanisław nie miał odwagi, aby spojrzeć. Instynktownie czuł, że może zobaczyć tam coś strasznego. Pociągnął silnie za smycz, co uspokoiło psa i zrezygnowany ze spuszczoną głową powoli wrócił z nim do domu.

Od nocnego koszmaru minęło dobrych kilka godzin, a oni wrócili przed kilkoma minutami do domu z dość długiego porannego spaceru. Pogoda, była dziś bardzo ładna, więc wydłużył przechadzkę o spory kawał drogi. Zrobili w dwójkę naprawdę duże koło, gdyby tak chcieć policzyć, to pewnie wyszłoby z pięć – sześć kilometrów. Jego nastrój, był adekwatny do stanu pogody. On i pies – chyba na równi – byli zmęczeni tak długą przechadzką. Była pora, aby zająć się przygotowaniem do obiadu. Niestety zapomniał o zakupach, a co więcej, nawet nie wiedział, co znajduje się w lodówce.

- Oby się nie skończyło znowu na jajecznicy – pomyślał wyraźnie zdegustowany swoją kiepską pamięcią lub też zwykłym roztargnieniem.

Lubił jajka, ale jajecznicę, ze względu na swoje roztargnienie oraz brak zorganizowania jadał ostatnimi czasy praktycznie, co drugi dzień. Takie obiady, nie były ani syte, ani zdrowe. Po takich posiłkach musiał sobie podjadać przez cały wieczór, a to niestety służyło jego coraz bardziej krągłym kształtom. Skupił na chwilę uwagę na tym, co za oknem, gdy nagle do jego nozdrzy wkradł się nad wyraz miły, choć niezwykle ulotny zapach.

- Ale coś ładnie pachnie, no ty chyba Reks takich bąków nie puszczasz? Czujesz to? No pewnie, że czujesz. Przecież psy mają chyba ze sto razy lepszy węch niż ludzie. Ale naprawdę ładnie pachnie, ciekawe kto się tak wyperfumował, ciekawe którą to z naszych sąsiadek stać na takie perfumy? Chciałbym wiedzieć, czy dla was psów, zapachy, które nam się podobają, są równie atrakcyjne, czy wręcz przeciwnie. Skąd to u diaska dolatuje? Zaczekaj Reks, otworzę okno, takie powietrze trzeba wpuścić do środka.

Otworzył okno i wychylił się na zewnątrz. Wciągnął powietrze głęboko do płuc, ale nic nie poczuł. Rozejrzał się wokół, ale nic ciekawego nie dostrzegł. Schował się z powrotem do wnętrza mieszkania i zamknął okno.

- To nie na zewnątrz, słyszysz co mówię? Jesteś w końcu psem ze świetnym węchem i to raczej ty powinieneś mnie naprowadzić na ślad, skąd dobiega ten zapach.

Pies w ogóle nie zareagował na jego słowa. Leżał sobie najspokojniej na dywanie pod drzwiami i zajmował się jakże fascynującym dla psa zajęciem. Lizał sobie to i owo.

- A tobie zboczeńcu, tylko jedno w głowie – rzucił szybko psu po drodze.

Wyszedł pośpiesznie na klatkę schodową, ale gdy tylko przekroczył próg, tak zapach momentalnie zniknął. Pochodził chwilę po piętrze, stanął przy drzwiach z prawej strony, gdzie mieszkała od zawsze pewna sympatyczna pani z dwoma kotami, ale nic nie poczuł. Cichutko odszedł od drzwi i zaczął węszyć, jak pies, który złapał trop. Głowę miał wysoko podniesioną i wciągał głęboko powietrze nosem. Zrobił tak kilkanaście razy, ale absolutnie nic nie poczuł. Po cichutku zbliżył się do kolejnych drzwi. Przystawił nos do samej framugi i potężnie wciągnął powietrze nosem, zrobił tak jeszcze raz i jeszcze. Nic, absolutnie nic. W tym mieszkaniu przebywał od dwóch lat student. Szczeniak chciał go kiedyś nawet pobić, ale gdy postraszył, go policją, to odpuścił. Od tamtego czasu ich kontakty układają się coraz lepiej. Wrócił równie cicho jak wyszedł do swojego mieszkania. Zamknął delikatnie za sobą drzwi i przesunął zasuwkę. Przyjemny zapach momentalnie powrócił. Powoli rozejrzał się po całym przedpokoju, ale niczego nietypowego nie dostrzegł.

- Kurczę, co jest grane? Dałbym sobie rękę uciąć, że skądś znam ten zapach. Coś mi to przypomina, tylko nie kojarzę, co? Może to z wentylacji w łazience.

Nagle uświadomił sobie, że wszystko, czym wcześniej się zajmował nagle porzucił. Teraz interesował go tylko ten aromat, ale dlaczego, po co, tego już niestety nie wiedział. – A co mnie obchodzi, co śmierdzi i skąd?! Pieprzyć to! – Długo jednak nie wytrzymał. Uznał, że musi się dowiedzieć, co się dzieje.

Wszedł do łazienki i zapalił światło. Snop fotonów momentalnie rozświetlił pomieszczenie. Zupełnie bezwiednie spojrzał w swoje odbicie w lustrze, zdjął laczki i delikatnie wszedł na zamkniętą deskę klozetową. Zbliżył się najbliżej, jak tylko potrafił do wywietrznika. Nie poczuł zupełnie nic. Zszedł z deski i powoli wyszedł z łazienki. Zamknął drzwi i zgasił za sobą światło.

- Co jest grane, do diaska? Została nam Reks jeszcze kuchnia, no i drugi pokój. Zaczniemy może najpierw od kuchni – powiedział do swojego psa.

Aby dojść do kuchni korytarzem, musiał przejść obok zamkniętych drzwi do drugiego pokoju. Zapach, który na korytarzu, był zaledwie ulotny, wraz ze zbliżaniem się do drugiego pokoju stawał się intensywniejszy, a gdy stanął pod drzwiami, to już wiedział, że nie musi sprawdzać w kuchni. Był u celu swych poszukiwań. Nadusił na klamkę i bardzo powoli otworzył drzwi. W nozdrza buchnął mu teraz bardzo mocny i jakże znajomy zapach. Rozejrzał się po pokoju, ale nie dostrzegł niczego nowego, dziwnego, czy też niepokojącego. Zdobył się na odwagę, zrobił jeden głęboki wdech. Powietrze nasiąknięte aromatem zalało mu płuca. Czuł się teraz jakoś dziwnie, jakby ten zapach przesiąknął go całego, jak gdyby rozprzestrzenił się po całym ciele i został wchłonięty przez wszystkie organy, aby nigdy już nie ulecieć. Zrobił trzy szybkie kroki i stanął na środku pokoju. Raz jeszcze wykonał głęboki wdech i poczuł straszne mdłości.

Zwymiotował tam, gdzie stał. Poczuł się niczym ktoś, komu wyrwano wnętrzności. Szybko podszedł do okna, odsunął firany na bok i błyskawicznie je otworzył. Prawie wybiegł z pokoju. To już nie był ładny, przyjemny zapach. Jego intensywność i natężenie sprawiły, że był nie do zniesienia. Szybko zamknął drzwi do pokoju i prawie przebiegł do wyjścia na klatkę schodową. Po drodze przypomniał sobie skąd zna ten zapach i włos mu się zjeżył na głowie. Zwrócił uwagę na to kilka dni temu, podczas pamiętnych wydarzeń. Wtedy był subtelny, piękny i niezwykle charakterystyczny, ale w tych okolicznościach wręcz upiorny. Tak właśnie, takich perfum używała kobieta, która umarła na jego rękach.

- Ktoś, chyba kiedyś powiedział, że w internecie jest praktycznie wszystko, a jeśli czegoś nie ma, to znaczy, że nie umiesz szukać. Zobaczmy więc, czy potrafię szukać – rzucił siedzącemu obok psu wiązkę niezwykle szybkich słów. Ten jednak nie był w najmniejszym stopniu zainteresowany konwersacją ze swoim panem. Jedyną jego reakcją było trzepnięcie uszami, jakby chciał wyrzucić z głowy to, co przed chwilą tam wpadło.

Rozsiadł się wygodnie w fotelu, a na ławie postawił swojego nieco już archaicznego laptopa. Nie był entuzjastą komputerów i traktował je jak zło konieczne i naturalną kolej rzeczy związaną z technicznym postępem. Podobnie było też z internetem. Nigdy nie rozumiał ludzi, którzy potrafili się niemalże całkowicie zatracić we wszelkiego rodzaju serwisach, czy też zarywać noce na graniu w jakieś durne gry komputerowe. A jeśli chodzi o informacje, to wolał je czerpać z prasy lub innych mediów.

- Zobaczmy co też piszą o medium. – Pokiwał głową i zrobił ustami dziubek.

Wystukał w wyszukiwarce szukane słowo i wcisnął Enter. Po sekundzie wyskoczyły różnego rodzaju adresy odnoszące się do stron z wielorakich dziedzin. Od agencji reklamowych i wydawnictw poprzez muzykę i filmy, aż po strony z dziedziny parapsychologii. Kliknął myszką w najbliższą pozycję pod tytułem: Medium – Wikipedia, wolna encyklopedia, ale tam oprócz pakietu informacji o amerykańskich filmach, które w tej chwili w ogóle go nie interesowały nie znalazł nic ciekawego. Były tam informacje na przeróżne tematy, tylko nie te z dziedziny, która go w tej chwili najbardziej interesowała. Wyszedł z Wikipedii i zaczął szukać w innych miejscach. Po chwili zauważył pozycję „medium osoba". Dalej już było dużo łatwiej.

- No cóż według autora medium, to osoba, która posiada umiejętność postrzegania duchowego świata. Jako że tego typu umiejętność znajduje się w każdym człowieku. Spirytyzm naucza, iż „wszyscy jesteśmy mediami". Istnieje kilka różnych typów medium. Często są to osoby, które doświadczają wizji fizycznego lub psychicznego kontaktu z siłami paranormalnymi. Inne utrzymują, iż duchy przejmują kontrolę nad ich głosem i mową, których używają do przekazywania wiadomości. Kolejne osoby przekonują, że potrafią skłonić duchy do manifestacji swojej obecności, na przykład poprzez telekinezę – przerwał na chwilę i spojrzał na pustą szklankę.

- Czy to w ogóle możliwe, żeby przesuwać przedmioty siłą woli? – Przerwał na moment i spojrzał wyczekująco na psa. Przez moment czekał, ale pies nie miał ochoty na konwersację. – Dobra, nie chcesz gadać, to nie. Wróćmy lepiej do czytania. „Należy jednak zaznaczyć, że gdy w spirytyzmie mowa o zdolnościach medialnych, odnosi się to do osoby, której świadomość duchowego świata osiągnęła poziom, na którym zdaje sobie sprawę z istnienia zjawisk duchowych oraz, na którym bezpośrednia, kontrolowana komunikacja jest przynajmniej teoretycznie możliwa".

Czytał teraz na głos, artykuł wciągał go coraz bardziej, choć nie wiedział do czego, to zmierza.

- „We wszystkich zjawiskach tego rodzaju medium jest tylko pośrednikiem w komunikacji, a nie jej źródłem. Kontakty ze zmarłymi lub innymi siłami nadprzyrodzonymi są zakorzenione od bardzo dawna w wielu wierzeniach na całym świecie, między innymi w szamanizmie, mitologii greckiej, voodoo, umbanda, birmańskim kulcie natów, chrześcijaństwie i New Age. Rozkwit działalności medium przypada na XIX wiek, jednak w wyniku szeroko zakrojonych badań, które podważyły ich prawdziwość, spirytyzm utracił wiarygodność i co za tym idzie popularność. Po dziś dzień nie udało się nikomu potwierdzić w ani jednym przypadku paranormalnych umiejętności osób podających się za medium. Nie przeszkadza to jednak zwolennikom teorii istnienia komunikacji ze światem astralnym, obecnych wśród przedstawicieli wszystkich kultur na całym świecie".

Czytając ten tekst poczuł się naprawdę nieswojo. To co dla niego do tej pory było tylko czystą fantazją i zabobonami, zaczynało nabierać głębszego sensu. Dzięki temu przez co ostatnio przechodził zaczynał wierzyć w nieprawdopodobne. Choć patrząc z drugiej strony, przed chwilą wyczytał, że nigdy nie potwierdzono istnienia życia po śmierci. Postanowił jednak podążyć tą ścieżką dalej.

- Spróbujmy może teraz poszukać w okolicy kogoś kto mógłby mi jakoś pomóc. – Spojrzał znacząco na psa. – Swoją drogą ciekawe, czy analizując ogłoszenia można oddzielić ziarno od plew. Jak znaleźć poważnego człowieka, a odrzucić jakiegoś szarlatana i oszusta. Wpiszemy teraz hasło „medium kontakt Poznań" i zobaczymy, co wyskoczy. O proszę mamy to, ale dlaczego tylko trzy? Może źle szukam, może źle wpisuję słowa kluczowe.

Przeciągnął się energicznie na krześle i rozciągnął na boki zdrętwiałe ramiona.

- No dobrze. Na początek zobaczmy kogo tu mamy. „Wróżka Sabrina pomoże ci odnaleźć spokój i harmonię". O nie dziękuję, pani bardzo, ale harmonię to miał mój dziadek i z tego, co pamiętam, to strasznie na niej rzępolił – sam zaśmiał się z własnego kiepskiego dowcipu. – „Wróżbita Roger serdecznie wszystkich zaprasza. Tarot, wróżenie z dłoni i szklanej kuli. Seanse spirytystyczne na życzenie klienta w domu i u siebie". Kontakt: numer telefonu... Nawet nie doczytał tego do końca. Coś mu mówiło, że to nie jest to. I teraz ostatni. O ten wygląda zdecydowanie najlepiej. „Medium zaprasza wszystkich chętnych i potrzebujących pomocy na spotkanie. Każdy poważnie zainteresowany kontaktami ze światem pozazmysłowym będzie mile widziany. Oferuję pełen profesjonalizm i absolutną dyskrecję. Szczegóły do uzgodnienia podczas pierwszego spotkania. Serdecznie zapraszam wszystkich naprawdę poważnie zainteresowanych do kontaktu. Najpierw kontakt telefoniczny, a później uzgodnienie szczegółów oraz ewentualnie spotkanie". Imię i nazwisko, telefon kontaktowy.

Stanisław był poważnie zainteresowany tą ostatnią ofertą. Poszedł do drugiego pokoju po kartkę i długopis, aby spisać numer kontaktowy. Wrócił po minucie, przepisał numer telefonu, wyłączył komputer i postanowił, że zadzwoni za jakąś godzinę, gdy tylko wróci z zakupów. Spojrzał ukradkiem na zegarek, zapisał na kartce, na której widniał ten ważny numer, przypomnienie, że ma koniecznie zadzwonić.

- Reks chodź idziemy. Pójdziemy do najbliższego sklepu. Tym razem połączymy przyjemne z pożytecznym. – Wstał, zabrał smycz leżącą na fotelu, podszedł do drzwi na korytarzu i pośpiesznie ubrał buty. Pies tym razem bez cienia entuzjazmu, ale jednak posłusznie dreptał tuż za nim.

- Nie wiem może robię z siebie kretyna umawiając się z tym facetem, ale coś podświadomie mówi mi, że dobrze robię. Ktoś musi nam pomóc, bo to chyba nie prędko się skończy – idąc z psem przy boku zastanawiał się, co go w najbliższym czasie czeka.

- No co Reks, samo się nie zadzwoni. Trzeba wziąć telefon i porozmawiać. Kto wie, może facet nam pomoże, a jeśli nie to trzeba będzie szukać, gdzie indziej pomocy. Gdybyś potrafił mówić, to tobie zleciłbym przeprowadzenie tej rozmowy, bo ja wolę rozmowę bezpośrednią, gdy na własne oczy widzę swojego rozmówcę, ale niestety pan – spojrzał w notatki biorąc telefon do ręki – Kajetan Antoniak nie podał swojego adresu, tylko nazwisko i numer telefonu.

Wystukał podany numer i chwilę czekał na sygnał, ale okazało się, że telefon jest zajęty. – Denerwuję się, cholera, jakby chodziło tu o jakąś randkę. Psu na budę taka odwaga.

Pies, który leżał tuż obok, podniósł łeb i spojrzał na swego pana, ale szybko się znudził.

- O przepraszam Reks nie to miałem na myśli.

Zadzwonił raz jeszcze, ale to podejście również było nieudane. Po minucie powtórnie zadzwonił.

- Antoniak, słucham – odezwał się silny, męski głos w telefonie.

- Dzień dobry panu. Moje nazwisko nic panu nie powie...

- A ponieważ nic mi nie powie, to nie zamierza się pan przedstawiać… dobrze rozumiem?

- W sumie to chciałbym pozostać – szukał przez chwilę odpowiedniego słowa – incognito.

- Jeżeli nie chce się pan przedstawić to nasza dalsza dyskusja nie ma najmniejszego sensu – przerwał mu nagle mężczyzna.

- A dlaczego? – próbował się ratować.

- Proszę mi wierzyć, że dosyć już mam wszelkiego rodzaju kretynów i żartownisiów, którzy próbują zakpić sobie ze mnie. To pan przed chwilą do mnie zadzwonił, więc to jasne, że to panu bardziej niż mnie zależy na tej rozmowie. Czy mam rację?

- Tak oczywiście, ma pan rację, to ja potrzebuję pańskiej pomocy, a nie odwrotnie – przez krótką chwilę w słuchawce panowała niezwykle krępująca cisza.

- A więc, to mielibyśmy już wyjaśnione. W takim razie słucham.

- No dobrze przedstawię się. Otóż nazywam się Stanisław Sowalski i mieszkam w Poznaniu.

- Teraz już lepiej, choć muszę przyznać, że i tak nie mam absolutnie żadnej pewności, że naprawdę tak się pan nazywa. Proszę mi powiedzieć panie Sowalski, co pana skłoniło do tej rozmowy. Tylko proszę być szczery, bo ja od razu wyczuję fałsz.

- Znalazłem pana ogłoszenie w internecie wraz z numerem telefonu. Trochę się zastanawiałem, czy do pana zadzwonić, ale mam poważny problem i potrzebuję pańskiej pomocy.

- Może pan coś więcej powiedzieć? Nie wiem, czy pomoc, której pan oczekuje znajduje się w sferze moich kompetencji.

- Przeczytałem pańskie ogłoszenie, czy raczej reklamę, i proszę mi wierzyć, że mój problem to na pewno pańska działka.

- Brzmi pan dosyć przekonująco, ale...

Stanisław na dźwięk słowa „ale" zareagował błyskawicznie.

- Wiem, że może pan mieć jakieś obiekcje lub opory, ale ja naprawdę muszę się z panem spotkać. Nie lubię rozmawiać przez telefon, szczególnie o tak ważnych dla mnie sprawach. Jeżeli ma pan jakieś obawy odnośnie nieznanej osoby, to możemy się spotkać w jakimś miejscu publicznym.

- Nie, nie, już jest wszystko dobrze. Zaraz prześlę panu SMS – em mój adres i spotkamy się powiedzmy dzisiaj o 18.00 u mnie. Jeżeli nie da pan rady dzisiaj, to z powodu mojego wyjazdu będzie pan musiał poczekać kilka dni, aż do czasu mojego powrotu. I na koniec najmniej dla pana przyjemna część rozmowy, otóż wizyta u mnie kosztuje 200 złotych. Czy to będzie stanowiło jakiś problem?

Koszt wizyty zszokował go. Szczerze mówiąc nawet nie pomyślał, że można za coś takiego płacić i to jeszcze dwukrotność jego dniówki.

- Nie to nie będzie problemem, dziękuję panu. Przyjadę do pana punktualnie.

Była 16.15, a on nadal jeszcze nie wiedział, gdzie ma się udać. SMS z adresem jeszcze nie przyszedł, a w grę mógł wchodzić każdy kierunek, no i odległość na terenie tego wielkiego miasta. Postanowił, że zda się na wiedzę taksówkarzy. Nie zamierzał błądzić po mieście, przesiadać się nie wiadomo, ile razy lub pytać o drogę. Tym bardziej, że do ustalonej godziny było coraz mniej czasu.

Postanowił poprosić o pomoc przy Reksie swoją sąsiadkę. Mieszkała dosłownie drzwi obok. Wyszedł z mieszkania i od razu skierował się do mieszkania kobiety. Nacisnął na dzwonek i cierpliwie czekał.

- Dzień dobry, pani Kasiu. Mam do pani prośbę. Muszę pilnie wyjść na kilka godzin, no i muszę zostawić Reksa w domu. Zostawię pani klucze. Wyprowadzi go pani za dwie godziny na krótki spacer?

- Oczywiście Stasiu, że go wyprowadzę. Powiedz mi tylko, czy ta nagła randka, to coś poważnego? – Uśmiechnęła się tajemniczo. Lewą dłoń położyła na biodrze, a prawą wsparła się na futrynie. Wyglądała teraz kusząco i zapewne o tym wiedziała.

- To żadna randka. Po prostu nagle wyskoczyło mi coś naprawdę pilnego. A poza tym czy widziała pani u mnie przez te wszystkie lata jakąś kobietę?

- Stasiu, a cóż to za pytanie? Oczywiście, że tak. Do pewnego momentu nawet w miarę regularnie.

- No, ale teraz już nie – odpowiedział zmieszany.

- No właśnie i to mnie trochę niepokoi – mówiąc te słowa podrapała swojego rozmówcę za uchem.

- Pani Kasiu – wymamrotał i zmieszany cofnął głowę.

- Pamiętaj o kluczach od tego twojego gniazdka – dodała szybko i zniknęła z powrotem w swoim mieszkaniu.

Po powrocie sprawdził telefon. Sms przyszedł dwie minuty temu. Ubrał się w czyste rzeczy, skropił ulubionymi perfumami i wyszedł na zewnątrz zapolować na taksówkę. Schodząc szybko po schodach usłyszał nad głową, jak drzwi od któregoś z mieszkań się otwierają i po chwili dobiegł do niego z góry kobiecy głos.

- Stasiu, a co z kluczami?

- Na Boga zapomniałem! – wymamrotał pod nosem i ruszył biegiem z powrotem na górę.

Na taksówkę czekał dosłownie kilka minut, a po chwili dowiedział się, że podany adres jest dwie dzielnice dalej. Taksówkarz przez całą drogę strasznie trajkotał, więc podróż minęła mu momentalnie. Nie był to jednak dialog, a raczej długi, szekspirowski wręcz monolog, Stanisław nie był w tej chwili w nastroju do jakichkolwiek rozmów. O 17:43, był na miejscu. Wysiadł z taksówki, bogatszy w najnowsze plotki i komentarze ze świata polityki i show biznesu oraz uboższy o trzydzieści pięć złotych.

Auto zatrzymało się przy kutej metalowej bramie, z dużą furtką tuż obok. Za bramą stał czerwony Ford Focus, z wyraźnym wgnieceniem na bagażniku. Szybko ogarnął wzrokiem podwórze i dom. Zdecydowanie nie mieszkał tu człowiek zamożny.

Przyjechał za wcześnie. To jednak nie stanowiło problemu. Został poproszony o przybycie, o konkretnej godzinie, to o tej godzinie zadzwoni do drzwi, nie wcześniej ani nie później. Zaczął się powoli przechadzać wzdłuż ogrodzenia w tę i z powrotem zastanawiając się, z kim będzie miał za chwilę do czynienia. Próbował sobie wyobrazić, jak będzie wyglądało pomieszczenie, w którym się za chwilę znajdzie i jaki przebieg będzie miało samo spotkanie.

Przechadzając się wzdłuż bramy zauważył mężczyznę wychodzącego z budynku i kierującego się wąskim prostym chodnikiem w stronę bramy. Logiczne wydało mu się więc, że ma do czynienia z gospodarzem.

- Dzień dobry, Kajetan Antoniak. Jak pan zapewne już wie, jestem tym słynnym oczywiście w cudzysłowie medium, a przynajmniej za kogoś takiego uchodzę i zapraszam serdecznie do środka. – usłyszał niewątpliwie żartobliwe słowa z ust gospodarza. – Oczywiście żartowałem, niech pan nie patrzy na mnie jak na wariata i szybko wchodzi.

Stanisław miał przed sobą wysokiego mężczyznę, z lekką nadwagą. Wyglądał na kogoś niewątpliwie inteligentnego, a jednocześnie kontrowersyjnego, choć sympatycznego. Ciemny brunet obcięty na jeża, z zielonymi lub szarymi oczami, orlim nosem i lekko odstającymi uszami, ubrany w elegancką koszulę i takież spodnie gestem ręki zaprosił go do środka.

Jego gospodarz wszedł jako pierwszy do środka i gestem ręki pokazał, że ma iść za nim. Znalazł się w dość skromnie urządzonym mieszkaniu Przeszli przez jeden duży pokój i weszli do drugiego, mniejszego. Pokój był niezwykle skromnie urządzony i o dziwo nie było w nim gadżetów, których spodziewał się w mieszkaniu kogoś takiego, co bardzo go zaskoczyło. Pomieszczenie było czyste i bardzo jasne. Okno wychodzące na południową stronę sprawiało, że do środka wpadało naprawdę dużo światła. Pod ścianą z prawej strony stała wysoka i dosyć masywna szafa z kilkoma szufladami. Na środku stał duży okrągły stół z pięcioma krzesłami, a po lewej niska komoda. Duża wersalka pod oknem dopełniała całości wyposażenia. Spodziewał się raczej innego wystroju, czegoś mrocznego i tajemniczego. Dopiero po dłuższej chwili zauważył, że jego gospodarz obserwuje go ciekawie, a z ust nie znika mu ironiczny uśmieszek.

- Widzę, że jest pan zaskoczony, prawda? Nie tego się pan spodziewał. Nie mam tu ani szklanej kuli, ani czarnego kruka w klatce. Mogę też panu zagwarantować, że nie mam nigdzie w szufladzie ludzkiej czaszki. Porozmawiajmy proszę – dodał, po czym wskazał ręką na jedno z krzeseł. – Aha i jeszcze jedno... nigdy nie zobaczy mnie pan w turbanie. – To akurat zdanie wypowiedział niezwykle poważnie.

Stanisław usiadł na krześle, a Antoniak na chwilę zniknął. Miał przemożną i nieodpartą pokusę, aby zajrzeć do którejś z szuflad. Strach przed dekonspiracją, gdyby wrócił gospodarz i złapał go na szperaniu w jego rzeczach sprawił, że choć z trudem to jednak odpuścił sobie ten poroniony pomysł. Ten człowiek zrobił na nim naprawdę dobre wrażenie. Od razu wyczuł w nim dobrego człowieka o pogodnym charakterze. Jedyne co mu nie pasowało, to było to, że nie miał do czynienia z poważnym człowiekiem. Nie spodziewał się spotkać żartownisia, choć nie miał nic przeciwko poczuciu humoru. Po minucie ponownie byli w dwójkę, a na stole stała na tacy butelka wody mineralnej i dwie szklanki.

- Pora przejść do czynów, panie Sowalski. W czym mogę panu pomóc? – splótł ramiona na piersiach i odchylił się nieco do tyłu.

- Trochę głupio się czuję...

- Dlaczego głupio, przecież pan tu przyszedł nie pod wpływem impulsu, tylko po głębokim namyśle. Tak przynajmniej pan twierdził. Mam rację? Czyżby pan uważał, że tylko skończeni idioci korzystają z mojej pomocy? Proszę mi przerwać, jeżeli się pomylę. Należy pan, a raczej należał do grona ludzi raczej delikatnie mówiąc słabowierzących. Gdyby jakiś czas temu, dowiedział się pan, że któryś z pańskich znajomych odwiedza takiego człowieka, jak ja, to uznałby go pan, za kogoś delikatnie mówiąc… bardzo naiwnego. Jeśli zaś chodzi o moją profesję, to zapewne uważał pan mi podobnych za oszustów albo psychicznie chorych. Czy mam rację?

Stanisław skinął głową na znak, że jego rozmówca ma absolutną rację i zawstydzony spuścił wzrok.

- Jednak coś się ostatnimi czasy wydarzyło, że zmienił pan zdanie, a może nawet światopogląd. Słucham więc pana uważnie. Zatem jeszcze raz. W czym mogę panu pomóc?

Nie bardzo wiedział od czego zacząć, dlatego też po krótkim zastanowieniu postanowił po prostu opowiedzieć całą historię.

- Jakiś czas temu proszę pana, byłem niestety dla siebie, świadkiem tragicznego wypadku. Praktycznie na moich oczach samochód osobowy w jednej z bocznych ulic w Poznaniu potrącił młodą kobietę.

- Rozumiem, że ona zmarła? – przerwał mu Antoniak.

- Tak właśnie. Próbowałem ją ratować, przystąpiłem do resuscytacji, ale to nic nie dało.

- I od tego czasu zaczęło się dziać coś dziwnego?

- Tak, dziwnego i wręcz niesamowitego, ale zanim o tym opowiem, chciałbym wiedzieć, jak mam się do pana zwracać?

- Widzę, że lubi pan rozmawiać w oficjalnym tonie. No cóż, ja również mam podobną fobię, ale przecież nie oto chodzi. Niech pan nie mówi do mnie czasami, panie medium, bo to po prostu głupie. Panie wróżbito też nie, gdyż źle mi się kojarzy. No to jak? Panie specjalisto od parapsychologii… też nie. Proszę mi więc mówić po imie-

niu. Myślę, że tak będzie najprościej – wstał i podał mu dłoń mówiąc:
- Jestem Kajetan.

Stanisław uścisnął mu dłoń i również się przedstawił. Chwycił butelkę i nalał sobie wody do szklanki, wypił małego łyka i kontynuował.

- Od tamtego wypadku zaczęły się dziać coraz dziwniejsze rzeczy. Najpierw śniłem naprawdę bardzo dziwny sen. Wiedziałem doskonale, że śnię, ale jednocześnie było to tak realne, że aż material...

- Opowiedz mi ten sen ze szczegółami! – przerwał mu w pół słowa.

- Znalazłem się powtórnie na ulicy, gdzie doszło do tamtego wypadku, ale już w zupełnie innym miejscu. Oglądałem całe tamto zdarzenie z innej perspektywy, a nawet czasu. Pojawiłem się tam kilka minut przed wypadkiem, którego byłem świadkiem i którego sam doświadczyłem. Najciekawsze, a właściwie najbardziej niesamowite było to, że ja nie szedłem na swoich nogach, tylko płynąłem. Czułem jakbym się unosił kilkadziesiąt centymetrów nad ziemią, a jakaś siła popychała mnie w wybranych kierunkach.

Stanisław opowiedział ze wszystkimi szczegółami sen. Spodziewał się, że po skończeniu opowieści zostanie zasypany pytaniami, ale nie usłyszał ani jednego.

- Nie jesteś pierwszą osobą, która śniła coś takiego. Taki rodzaj snu, czy też raczej wizji, opisywano mi już kilka razy. Doświadczyłeś zjawiska zwanego eksterioryzacją, czyli wrażenia postrzegania świata spoza własnego ciała fizycznego. Osoby uważające, że tego doświadczyły twierdziły, że wydostawały się z własnego ciała i że mogły poruszać się, dokonywać obserwacji, a nawet w nielicznych przypadkach komunikować się innymi inteligentnymi istotami z zaświatów.

Gospodarz przerwał swój wywód i wstał nagle od stołu. Popatrzył na niego z góry, po czym złożył dłonie jak do modlitwy, przyłożył je do ust i zaczął przechadzać się po pokoju. Chodził w tą i z powrotem, od okna do drzwi. Widać było, że intensywnie o czymś myśli. Stanisław nie śmiał mu przerywać. Po kilku minutach usiadł z powrotem na krześle. Przez chwilę przyglądał mu się ciekawie, jakby oglądał jakiś eksponat, co wprawiło Stanisława w lekkie zażenowanie.

-Stanisław chwilę pomyśl i potem powiedz, czy wierzysz w ogóle w duchy?

Stanisława kompletnie zaskoczyło tego rodzaju pytanie. Zgodnie z sugestią chwilę się zastanawiał, lecz zupełnie nie wiedział ,co ma mu odpowiedzieć.

- Nie, no nie wiem… – wzruszył ramionami – a może jednak tak? Nie wiem, do cholery, co niby mam powiedzieć? Nigdy nie zgłębiałem tego zagadnienia. Sprawy duchowe nigdy mnie specjalnie nie pociągały. Kiedyś pewnie po głębszym zastanowieniu odpowiedziałbym, że raczej nie. Teraz jednak po tym, co mnie spotkało mam mętlik w głowie ze wskazaniem na tak – przerwał na chwilę dla zastanowienia i odpowiedniego dobrania słów. – Tak sobie myślę, że jeżeli odrzucimy tezę, że cierpię na jakąś chorobę psychiczną to tak, duchy zdecydowanie istnieją.

- Wiesz Stanisławie, że z naukowego punktu widzenia coś takiego jak duch nie istnieje. Naukowcy niestety mają tak skonstruowane umysły, że aby w coś uwierzyć muszą to najpierw zobaczyć, usłyszeć lub ewentualnie zważyć albo zbadać wpływ tego czegoś na otoczenie. Matematycy i fizycy trochę odbiegają od tego wzorca, gdyż im wystarczy, że za pomocą obliczeń matematycznych będą w stanie udowodnić istnienie czegoś hipotetycznego. Jeżeli jeszcze będą w stanie potwierdzić swoją teorię laboratoryjnie, wtedy będą w siódmym niebie. Ja osobiście uważam, że Bóg, czy też jakieś inne istoty nadprzyrodzone, duchowe, nigdy nie pozwolą nam na naukowe potwierdzenie swojego istnienia. Cóż to za przykład ludzkiej bufonady twierdzić, że można udowodnić, lub zaprzeczyć istnieniu Boga. Jesteśmy tak maluczcy, a próbujemy na siłę uczynić z nas wielkich.

- Ale widziałem kiedyś w telewizji taki program, podczas którego grupa zapaleńców poszukiwała duchów w pewnych miejscach i nawet nagrywała pewne rzeczy kamerą – wtrącił Stanisław.

Antoniak pokręcił powoli głową na boki i nawet uśmiechnął się, jak gdyby z politowaniem na jego uwagę.

- Zapamiętaj sobie, że dzisiejsza telewizja rządzi się swoimi prawami. Dzięki efektom specjalnym wszystko teraz jest możliwe.

Wróćmy jednak do tematu twoich doznań. Przerwałem ci niepotrzebnie i trochę zboczyliśmy z obranego tematu. Proszę kontynuuj.

Stanisław musiał chwilkę się zastanowić, do którego momentu dotarł w swoim opowiadaniu.

- Na początku opowiedziałem ci swój niezwykły sen, ale doświadczyłem również innych dziwnych rzeczy. Kobieta, którą ratowałem używała bardzo ładnych i mocnych perfum. Od razu to wyczułem, gdy tylko się do niej zbliżyłem. Otóż ten właśnie zapach zaczął mnie nagle i nie wiadomo, dlaczego prześladować. Najpierw poczułem go w mieszkaniu i tylko tam. Gdy tylko wyjrzałem przez okno, czy wyszedłem na klatkę schodową zapach znikał. Później zauważyłem, że czuję go tylko w jednym z pomieszczeń w moim mieszkaniu. Niestety za jakiś czas prześladował mnie w przeróżnych miejscach, ale zawsze był jakiś taki ulotny, ale nie zawsze tak było. Za pierwszym razem zapach w jednym z moich pokoi był tak intensywny, że aż zwymiotowałem.

- A tutaj to czujesz?

Stanisław odruchowo pociągnął nosem. – Nie, na szczęście nie.

Tym razem Antoniak zrobił krótką przerwę i nalał sobie wody. Pośpiesznie wypił dwa łyki i odstawił szklankę na tacę.

- Kontynuuj. – kiwnął głową w stronę Stanisława.

- Prześladuje mnie też melodia, którą jak później sobie przypomniałem, nuciła ta kobieta, kiedy szła ulicą krótko przed tamtym wypadkiem. To akurat specjalnie mi nie przeszkadza, choć z czasem może stać się uciążliwe.

- Co to za melodia?

- Kiedyś to był znany przebój, jakiejś polskiej grupy, ale niestety nie potrafię tej piosenki do nikogo przykleić.

- Na razie to co opowiadasz, było, że się tak wyrażę, dość – przez chwilę szukał właściwego słowa – ulotne.

- Tak, ale to, co mnie spotkało ostatnio, już do tej kategorii nie zaliczymy.

- Zamieniam się w słuch.

- Spałem sobie w nocy w najlepsze, gdy nagle poczułem, że muszę pilnie udać się za potrzebą do łazienki. Znam swoje mieszkanie niemalże na pamięć, dlatego też nie zapalałem światła. Włożyłem kapcie i wstałem. Zrobiłem chyba dwa kroki, gdy usłyszałem kobiecy głos.

- Dokąd idziesz? – kobiecy głos zadał pytanie. Odpowiedziałem odruchowo bez zastanowienia, że idę do łazienki i wtedy dopiero sobie uświadomiłem, że przecież jestem sam. Szybko zapaliłem światło w pokoju, ale oprócz mnie nikogo tam nie było. To nie były żadne majaki rozespanego umysłu, to była ona. Jestem tego całkowicie pewien. Ona... ta kobieta mnie prześladuje, tylko nie wiem czemu.

- Zadałem ci wcześniej pytanie, czy wierzysz w duchy. Odpowiedziałeś po namyśle, że tak, ale czy w ogóle wiesz, co to są duchy?

- To my po śmierci? – odpowiedział, a właściwie to zapytał bezwiednie Stanisław.

- Niezupełnie. Duchy to nie są ludzie, którzy już nie żyją, choć poniekąd tak. Człowiek jak wiesz to nie tylko ciało, ale i energia, świadomość, umysł, dusza. Jak zwał tak zwał. W największym skrócie chodzi o to, że gdy kończymy nasz żywot część naszego jestestwa przechodzi do wyższego wymiaru. Niektórzy nazywają to rajem, niebem, edenem, piekłem, czyśćcem i Bóg wie jeszcze jak. Chodzi o to, że cząstka nas po śmierci ciała wędruje, gdzieś dalej. Niestety czasami nie wędruje i wtedy pojawia się problem. Niektóre dusze – bo o dusze tu chodzi – pozostają w naszym świecie zamiast odejść tam, gdzie ich miejsce. Zostają z nami dlatego, bo mają tak zwane niezałatwione sprawy, a czasami bywa tak, że śmierć dosięgła ich tak szybko, że nawet jej nie zauważyli. Wtedy po prostu są to zbłąkane dusze, które nie wiedzą, że ich fizyczne ciało nie żyje i próbują nadal w miarę normalnie egzystować w świecie żywych. Żyją w swoim mniemaniu normalnie i tylko czasami się dziwią, że ludzie wokół nich, nie wiadomo, dlaczego, zupełnie ich ignorują. Czasami reagują na takie zachowanie przyjaciół czy bliskich smutkiem, ale bywa, że i zdenerwowaniem lub nawet furią. Wtedy taką istotę nazywamy złym duchem, demonem lub poltergeistem.

- Z internetu dowiedziałem się, że mogę być opętany. Co ty o tym sądzisz? – Stanisław powiercił się niespokojnie na krześle.

- Że zdecydowanie za dużo czytasz, no ale bądźmy poważni. Opętanie według internetowej Wikipedii to stan umysłu, w którym poszczególny człowiek (indywiduum) odczuwa, że znajduje się pod wpływem zewnętrznej, nie fizycznej, najczęściej osobowej siły lub zachowuje się w sposób, który sugeruje taki stan osobom trzecim. Ale znów według pewnego znanego amerykańskiego psychiatry opętanie demoniczne lub to, co nazywamy "syndromem opętania", to zjawisko archetypiczne, które towarzyszy człowiekowi od tysięcy, a może nawet setek tysięcy lat. Według niego to rodzaj psychologicznego i duchowego kryzysu, kiedy osoba cierpiąca czuje, że znajduje się pod wpływem lub kontrolą kogoś z zewnątrz – bytu bardziej potężnego, obcego, przejmującego władanie nad jej umysłem i ciałem. Tradycyjnie to subiektywne doznanie interpretuje się jako atak i przejęcie kontroli nad człowiekiem przez nadprzyrodzoną istotę – demona lub diabła. Jeśli zaś wierzyć pewnemu znanemu portalowi internetowemu, który zajmuje się problematyką okultystyczną opętanie to stan człowieka, którego ciałem zawładnął szatan.

Jest to skrajny stan oddziaływania diabelskiego na człowieka. Jak można to rozpoznać? – spojrzał znacząco na Stanisława. – W przypadku takiego opętania diabeł rozporządza ciałem owładniętej osoby, jak własnym. Może przebywać w ciele opętanego i ujawniać się tylko w specyficznych sytuacjach: kiedy chce lub kiedy musi (np. podczas egzorcyzmu). W czasie takiego ujawnienia osoba opętana nie ma władzy nad swoim ciałem. Zły duch może wypowiadać swoje słowa jej ustami, a także dokonywać złych czynów. Według wielu religii oraz wierzeń ludowych opętanie może być formą zawładnięcia ciałem przez duchy lub demony. Jednak według mnie to po prostu rozpaczliwa próba zwrócenia na siebie uwagi. Taki duch robi po prostu wszystko, aby tylko nawiązać z wybraną osobą jakiś kontakt. Często chodzi tutaj o przekazanie jakiejś ważnej z punktu widzenia ducha, zjawy informacji.

Mówiąc w największym skrócie „twoja pani" chce ci coś powiedzieć lub przekazać. Jak więc zapewne zauważyłeś samych definicji opętania jest naprawdę mnóstwo. Różnią się one od siebie w różnym stopniu w zależności od tego z czyimi opiniami się spotykamy.

- Zasypałeś mnie tu wiedzą encyklopedyczną. Nie powiem, zaimponowało mi to, ale ja chcę czegoś więcej.

- Tak? – Antoniak spojrzał na niego zaintrygowany.

- Jak myślisz, czy to dobry czy zły duch?

- Ja nie wierzę w zło, w demony czy diabła. To wymysł człowieka. Podobnie jak nie wierzę, że są złe i dobre duchy. Po tamtej stronie nie ma dobra czy zła. Jest tylko całkiem inna rzeczywistość. Ja uważam, że są tylko duchy spokojne i niespokojne i od tego zależy ich sposób kontaktowania się z nami. Istota, z którą ty masz do czynienia zaplanowała sobie, że musi przekazać ci jakąś ważną dla niej albo dla ciebie wiadomość. Problem niestety polega na tym, że ty nie potrafisz lub nie chcesz tego zrozumieć.

- Ale ja tego nie chcę, to mnie przeraża! Rozumiesz?! Czy możesz coś… z tym zrobić?

- Nikt nie przywoła ducha tylko po to, by spełnić jakąś zachciankę materialną, czyli niższego rzędu potrzebę. Aby spotkać się z duchem należy przedsięwziąć kilka środków ostrożności i wiedzieć, że tak samo jak dla żywych śmierć jest szokująca, tak samo może zareagować zmarły na kontakt z nami. Ponadto zwykle dusza potrzebuje przynajmniej roku, by mogło dojść do spotkania. Potrzeba sporo czasu, aby się zaaklimatyzować do tamtych warunków, inaczej podczas kontaktu może zapanować totalny chaos. Nie możesz więc prosić mnie, abym przeprowadził seans spirytystyczny, bo się jeszcze teraz na to nie zgodzę, ale za jakiś czas pewnie tak. Zaczekaj chwileczkę. – Pokiwał kilkukrotnie dłonią z góry na dół, jak gdyby mówił – wyluzuj.

- Łatwo ci mówić. To nie ty masz ducha w domu.

- I nie ty jeden tego doświadczasz.

Wypowiedział te słowa, podniósł do góry prawą dłoń i na chwilę zamknął oczy. Siedział tak może przez minutę całkowicie nieruchomo. Stanisław nie wiedział, co się dzieje. Zastanawiał się czy ma coś zrobić, odezwać się, czy też może siedzieć cicho. W jego zmysłach pojawiło się przeświadczenie, że zaraz zobaczy białą postać, która rzuci się na niego i spróbuje go skrzywdzić.

- Ona tu jest, Stanisławie – gospodarz wypowiedział te słowa powoli i stanowczo.

- Kto tu jest? – zapytał zszokowany. Nie wiedział, dlaczego zadał to pytanie, bo przecież doskonale wiedział o kogo chodzi.

- Tak, to na pewno ona – powiedział i otworzył oczy – widzę ją.

Stanisław chwycił dłońmi za oparcia i podniósł się kilkanaście centymetrów nad krzesło. Wsparty na wyprostowanych ramionach rozglądał się niespokojnie, a jednocześnie z zaciekawieniem na boki. Antoniak zachowywał się nieco komicznie i w innej sytuacji być może byłby się zaśmiał z przekąsem, ale teraz nie było mu do śmiechu.

- O Boże, Kajetan nie strasz mnie. Gdzie ona niby jest? – zapytał przerażony.

Mężczyzna, który do tej pory był jego rozmówcą, teraz zachowywał się zupełnie inaczej. Właśnie tak Stanisław wyobrażał sobie zachowanie medium na seansie spirytystycznym. Wzrok miał jak gdyby nieobecny, a na twarzy zastygł mu delikatny uśmieszek, a może grymas, który towarzyszył mu od kilku minut. Wpatrywał się w miejsce gdzieś na prawo od krzesła Stanisława, tak jakby kogoś tam widział. Nagle wstał i wyciągniętą ręką wskazał na miejsce, na którym skupiał ostatnio wzrok.

W tym momencie Stanisław poczuł dotknięcie czyjejś dłoni na prawym ramieniu, a ponieważ w tym pokoju był tylko gospodarz i on, dlatego wiedział, co to oznacza. Przerażony zerwał się z krzesła, na którym siedział i prawie je przewracając odskoczył na bok, cały czas spoglądając w stronę, którą wskazywał Antoniak.

- Co?! Gdzie to jest?! Ja nic nie widzę, co się dzieje?! – Stanisław prawie krzyczał z przerażenia.

Gospodarz nie reagował na jego zachowanie. W przeciwieństwie do Stanisława zachowywał stoicki spokój.

- Nie chcę jej widzieć, rozumiesz co mówię?!

- Mówi, że przyszła tu razem z tobą, że była tuż przy tobie przez całą drogę tutaj. Nie chciała ci się narzucać, ale teraz widzi, że musisz zmienić swoje nastawienie do niej.

- Co?! Powiedz jej, że ma mnie zostawić. Nie chcę jej!

Zaczął się teraz zwracać do istoty, której lokalizacji jedynie się domyślał, ale pomimo starań nie był w stanie jej zobaczyć.

- Zostaw mnie, słyszysz co mówię?! Nie chcę cię widzieć ani czuć, czy też słyszeć! Mam tego dosyć! Nie chciałem tego! Dlaczego to mnie wybrałaś?! Prześladujesz mnie tylko, a powinnaś być mi wdzięczna! Przecież to ja wtedy ratowałem ci życie, a że mi się nie udało, to nie moja wina!

W tym momencie zakrztusił się własną śliną i zaczął kaszleć.

- Ona właśnie powiedziała, że nie rozumie, dlaczego się tak bardzo denerwujesz? Wybrała cię, bo chce, abyś jej w czymś pomógł – Antoniak cały czas mówił tym swoim beznamiętnym, jakby automatycznym głosem.

- Kajetanie, zapytaj ją jak się nazywa?! Słyszysz mnie, to bardzo ważne?! – Stanisław był teraz bardzo pobudzony. – Niech ci powie, jak się nazywa, zapytaj ją?!. Czy ty mnie słyszysz, do cholery?!

Nagle w pokoju zrobiło się przeraźliwie zimno. Coś jakby podmuch wiatru, czy też nagły intensywny przeciąg przemknął przez pokój i nagle wszystko ucichło. Zniknęła ta dziwna, wypełniająca całe pomieszczenie oraz przenikająca wszystko specyficzna energia. Stanisław przestał kaszleć, Antoniak mówić, a w pokoju zrobiło się nagle cicho i dziwnie spokojnie. Obydwaj usiedli z powrotem na swoich krzesłach. Obaj byli bardzo podnieceni, ale emocje już powoli z nich opadały.

- Pierwszy raz w życiu dałem się tak zaskoczyć. Zupełnie nie wyczuwałem jej obecności, a przecież zawsze wiedziałem, kiedy obca energia była gdzieś w pobliżu. Ona jest bardzo silna, aż za silna. Nie można mieć takiej siły, tak krótko po przejściu na drugą stronę. To naprawdę bardzo dziwne – ostatnie słowa Antoniak wypowiedział już całkiem spokojnym głosem.

- Powiedz, widziałeś ją? – zapytał Stanisław.

- Rozmawiałem z tobą, jak gdyby nigdy nic, aż tu nagle, bez żadnej zapowiedzi wyczułem jej obecność, a chwilę później zaczęła się szybko materializować tuż obok po twojej prawej stronie.

- Opisz, jak wyglądała.

- Najpierw zobaczyłem białą plamę, która szybko zaczęła przybierać ludzkie kształty. W końcu ujrzałem kobietę, a po chwili mogłem rozpoznać szczegóły. Przede mną stała dość młoda, piękna kobieta z długimi ciemnymi włosami i naprawdę bardzo ładną buzią. Ubrana była w białą sukienkę, taką obcisłą w talii i długą za kolana. Była tuż obok ciebie i zupełnie nie zwracała na mnie uwagi. Stała tam i patrzyła wyłącznie w twoją stronę. Tylko ty ją interesowałeś. Tylko ty i nikt ani nic więcej. Po kilku sekundach położyła swoją dłoń na twoim ramieniu. Patrzyła z góry na ciebie, chyba z lekkim politowaniem, a jednocześnie z głębokim uczuciem i fascynacją. To trwało chwilę, dopóki nagle nie odskoczyłeś na bok, jakbyś ją fizycznie poczuł. Wtedy powoli zaczęła się dematerializować, aż w końcu zniknęła.

- Zgadza się to na pewno była ona. Nie rozumiem jednak zupełnie takiego zachowania. Jak myślisz, czego ona ode mnie chce.

- Nie mam pojęcia. Naprawdę. Wiem tylko, że ona nie chce i nie będzie się z tobą kontaktować poprzez moją osobę.

- Dlaczego? – zapytał już teraz całkowicie rozkojarzony.

- Nie wiem, nie mam zielonego pojęcia. Ona po prostu mnie nie chce. Z jakiś niezrozumiałych dla mnie powodów nie akceptuje mojej osoby. Może moja aura jej nie odpowiada, a może po prostu nie podobam jej się jako człowiek.

- Co teraz ze mną będzie?

- Nie wiem, ale ja na pewno ci nie pomogę. Przykro mi, ale to naprawdę nie zależy już ode mnie. – Patrzył na Stanisława ze współczuciem

- Więc mi nie pomożesz? Tak dalej nie da się żyć. Co ja mam według ciebie zrobić? Może porozmawiać z księdzem?

- Porozmawiać z księdzem nigdy nie zawadzi. Polubiłem cię, dlatego po moim powrocie mogę cię odwiedzić, jeśli oczywiście sobie tego zażyczysz. I pamiętaj, że nie możesz z tym walczyć. Jeżeli poczujesz, że się zbliża stanowczo nakaż jej, by zostawiła cię w spokoju. Biadolenie i chowanie się nic nie da. Możesz powiedzieć: „Będę się za ciebie modlić, ale musisz odejść. Idź w stronę światła". Powiedz to z przekonaniem i postaraj się nie ulegać niepokojącym odczuciom.

Nie pozwól, by strach przejął nad tobą kontrolę i stworzył mylne poczucie, że otacza cię energia złego ducha. Nasz umysł ma potężną moc i naprawdę potrafi czasem przysporzyć nam sporo stresu i zmartwień, ale i sprawiać wiele dobrego. A teraz najważniejsze, Stasiu!

Antoniak powiedział to takim tonem i zrobił przy tym teatralną przerwę, że Stanisław bardzo był ciekaw, co też za chwilę usłyszy, choć jednocześnie bał się tego.

- Nie bój się, ona cię nie skrzywdzi. Darzy cię jakimś trudnym do sprecyzowania uczuciem, ale na pewno nie życzy ci źle. Powiem więcej, ona według mnie, ale zaznaczam, że to tylko moje zdanie, otacza cię opieką.

Gospodarz wstał, podciągnął delikatnie lewy rękaw i spojrzał na swój zegarek.

- O Boże, już dwudziesta. Zaraz przyjdzie moja żona, a ja się jeszcze nie przygotowałem do wyjazdu.

- Żona? – wyskoczył Stanisław. – Ty masz żonę?

- A co myślałeś, że medium żyje w celibacie? Niestety musimy już kończyć. Mam twój numer, obiecuję, że będziemy w kontakcie.

Podeszli do drzwi wyjściowych i uścisnęli sobie ręce. Stanisław zaczął schodzić po schodach, gdy nagle usłyszał za plecami.

- Stasiu!

Odwrócił się szybko z powrotem w kierunku drzwi wejściowych, gdyż teraz dopiero przypomniał sobie o pewnym ważnym szczególe.

- Ach tak rzeczywiście, przepraszam – sięgnął ręką do tylnej kieszeni.

- Daj spokój nie wezmę od ciebie pieniędzy, w niczym ci przecież nie pomogłem – Antoniak uniósł prawą rękę w górę, jakby chciał go zatrzymać.

- Bardzo mi pomogłeś, choć nie w takim sensie, jak przewidywałem. Olbrzymi kamień spadł mi z serca. Jestem teraz dziwnie spokojny. Przynajmniej wreszcie komuś to wszystko opowiedziałem.

Stanisław wyciągnął odliczone pieniądze z portfela i pomimo protestów wcisnął Antoniakowi do kieszeni spodni. Już miał się powtórnie zabrać do odejścia, gdy gospodarz na odchodnym zapytał.

- Czy wiesz, drogi Stanisławie albo czy kiedykolwiek zastanawiałeś się, co czuje i czego doświadcza człowiek, który właśnie umiera?

- Nie, nie wiem, przecież jeszcze nigdy nie umierałem – Spróbował zażartować.

- A co, jeśli już kiedyś umarłeś, tylko nic z tego nie pamiętasz?

Dostał wczoraj powtórne wezwanie na komendę. Znowu zadzwonił jego ulubieniec młodszy aspirant Lewandowski. Najpierw kategorycznym tonem oznajmił mu, że jest wzywany, a po chwili, gdy Stanisław impulsywnie zareagował zmienił ton, przeprosił i grzecznie poprosił go o wizytę. Tym razem jechał tam zupełnie bez stresu. Podobno chodziło tylko o porządek w papierach. Miał podpisać kilka dokumentów i to wszystko, czego od niego wymagano. Przynajmniej tak mu powiedziano. Dojechał bez przeszkód do komendy autobusem miejskim, przeszedł około dwustu metrów i już był przy wejściu do budynku. Rozejrzał się na boki, bo teraz już niczego nie mógł być pewnym. A kiedy jego wzrok nie wychwycił niczego śnieżnobiałego uśmiechnął się zadowolony i spojrzał na zegarek. Do ustalonej godziny brakowało jeszcze dwadzieścia minut. Postanowił, że znajdzie gdzieś ustronne miejsce i zapali papierosa. Usiadł na ławce wciśniętej głęboko pomiędzy dwa rozłożyste krzewy i rozejrzał uważnie wokół, czy można zapalić papierosa unikając przy tym mandatu.

Ten zakaz palenia w miejscach publicznych to zupełny kretynizm. Komu to do cholery przeszkadza, pomyślał i zaciągnął się dymem.

Zamknął oczy i delektował się każdym wdechem. Nagle usłyszał tuż nad głową kobiecy głos.

- Można się przysiąść?

Otworzył szybko oczy i zobaczył tuż przed sobą dwie młode umundurowane policjantki. Zaskoczony dopiero po chwili zrozumiał, że one również przyszły na papierosa.

- Tak oczywiście, proszę. Ja już skończyłem – odpowiedział, szybko wstał, wrzucił niedopałek do kosza i od razu skierował swoje kroki w stronę wejścia do komendy.

Rudy policjant obserwował go wnikliwie, jakby widział go pierwszy raz w życiu, chociaż spotkali się już kilka razy. Stanisław czuł, że mężczyzna, którego tak nie lubi zaraz go zaatakuje, spróbuje zdominować albo po chamsku się do niego odezwie.

- Panie Sowalski, czy mogę zadać panu prywatne pytanie?

Zaskoczył go, a jednocześnie co trzeba niewątpliwie przyznać, wzbudził jego ciekawość. Nie wiedział czego powinien się teraz spodziewać. Krótkim „nie" mógł przecież przerwać to w zarodku.

- Słucham, proszę pytać. – Powiedział niejako wbrew sobie.

- Już przy pierwszym naszym spotkaniu zwróciłem na pana uwagę, gdyż wydał mi się pan znajomy. Po kilku naszych spotkaniach nabrałem pewności, że już się kiedyś spotkaliśmy. Czy ma pan podobne odczucia?

Stanisław przyjrzał mu się uważnie, lecz z nikim znajomym nie potrafił go powiązać. Wzruszył więc jedynie ramionami i pokręcił głową.

- Dobrych dziesięć lat temu, w Bydgoszczy, pewien młody chłopak został potrącony na przejściu dla pieszych, a pan jak mi się zdaje był jedyną osobą, która zainteresowała się losem tego dzieciaka. Nie muszę chyba mówić, że tamtą osobą, byłem ja.

Policjant spojrzał na niego życzliwie, jakby czekał na zaproszenie do dalszej dyskusji.

Stanisław dopiero teraz, po chwili namysłu i przywołaniu dawnych wspomnień rozpoznał w swoim rozmówcy dzieciaka sprzed lat, ale na złość tamtemu postanowił zaprzeczyć.

- Przykro mi, ale musiał mnie pan z kimś pomylić – powiedział to nie bez satysfakcji.

Jego rozmówca przybrał na powrót obojętny wyraz twarzy, spuścił wzrok i nie odzywał się więcej.

- Panie aspirancie – przerwał mu Stanisław.

- Tak, słucham.

Usłyszał dwa słowa wypowiedziane wyćwiczonym, bardzo znudzonym tonem.

- Proszę mi powiedzieć czy ustalono wreszcie, kto wezwał pomoc na miejsce morderstwa? Tak się składa, że jestem tego bardzo ciekaw.

Pomyślałem sobie, że mógłbym za waszą zgodą podziękować temu człowiekowi.

- Pomoc wezwał ktoś anonimowo, z telefonu na kartę. Jak dotąd nie udało nam się zidentyfikować tej osoby, ale ciągle pracujemy nad tym. Kto wie może to skruszony morderca wezwał pomoc na miejsce zbrodni. Tak właśnie, kto to może wiedzieć?

- Byłem tam niedawno, ale nie było, z kim rozmawiać, to zupełne odludzie. – powiedział stanowczym tonem, bo był pewny swoich słów.

- Odludzie, mówi pan? – Policjant popatrzył na niego ze zdziwieniem. – No cóż, to miejsce generalnie nie kwalifikuje się do przyprowadzania wycieczek, ale bez przesady, to nie jest zupełne odludzie.

- Stałem tam i przez dłuższy czas nie widziałem żywej duszy, no może oprócz jednej osoby, która mignęła mi w oknie.

Policjant tym razem spojrzał na niego ciekawie. W jego oczach można było dostrzec zarówno ciekawość, jak i niewątpliwie pewne zalążki kiełkującej w nim manii wielkości.

Nawet nie stara się tego ukryć. O tak, kiedyś będzie z niego kawał gnoja. Już teraz współczuję jego przyszłym podwładnym, pomyślał. Obserwował go jeszcze przez chwilę, czym zapewne wytrącił go z równowagi.

- Co mnie pan tak lustruje?!... – policjant nie krył zdenerwowania. To spotkanie nie miało sensu i chyba obaj o tym wiedzieli. – I o czym dokładnie pan mówi, panie Sowalski, bo chyba nie do końca pana nie rozumiem? Proszę mówić jaśniej, jeśli łaska!

- Chodzi mi o to, że wszystkie kamienice na tej ulicy stoją puste, są przeznaczone do wyburzenia i nie ma tam żywej duszy – znowu zaczynał się irytować.

Teraz nastąpiła kolejna ewolucja w odbiorze słów Stanisława. Tym razem spojrzał na niego, jak na idiotę i po chwili z ironicznym uśmiechem na ustach dodał: – A na pewno był pan na właściwej ulicy?

Po tych słowach, szybko wstał zza swego biurka, pozbierał wszystkie leżące na nim dokumenty, po czym powiedział:

- Do widzenia, panu! – chwilę jeszcze postał, jakby na coś czekał, po czym spróbował wyjść z pokoju.

- Zaraz, zaraz, nie tak szybko! Do widzenia?! Jak to, do widzenia?! – zacisnął pięści z wściekłości. – To po, jaką cholerę ja tu przyszedłem? To ma być jakiś żart?! Policja robi sobie żarty z obywateli?! Co to ma być?!

- Nie, to żadne żarty. Wprawdzie nie usłyszałem tego, co chciałem usłyszeć, ale cieszę się, że mogłem sobie wyrobić pewne zdanie o panu. – Uśmiechnął się, ale to nie był życzliwy uśmiech. Wyglądało to raczej, jak gdyby z niego szydził.

- Pan sobie ze mnie kpi?! – nie krył oburzenia. Ten rudzielec był albo psychicznie chory, albo… I tu się Stanisław zawiesił, bo nie widział żadnej alternatywy dla zachowania tego gnojka, którego przed laty ratował.

- Nigdy bym się nie odważył i nie zdobył na coś takiego. Nie na tym polega moja praca, a poza tym… – na moment przerwał – i tak wiem, że to był pan. – Przewrócił oczami i uśmiechnął, tym razem złośliwie i wyszedł z pomieszczenia

Kretyn – pomyślał Stanisław i powoli ruszył w ślad za nim. – Więcej mnie tu nie zobaczycie! – zawołał.

Rozdział czwarty

„Lekarstwo bywa czasami gorsze od choroby"

Był chyba właśnie środek nocy. Choć okno w pokoju było zaciągnięte ciemnymi zasłonami, to jednak było między nimi tyle prześwitu, aby można było stwierdzić, że na zewnątrz jest ciemno i co za tym idzie, jeszcze noc trwa w najlepsze. O tej porze roku słońce wschodzi bardzo wcześnie i przy w miarę bezchmurnej pogodzie robi się jasno około godziny trzeciej, czwartej. Za oknem był gęsty mrok, ptaki jeszcze nie zaczęły swej porannej pieśni, a w pokoju panowała kompletna ciemność. Poszedł wczoraj dość późno spać, ponieważ jeszcze o 22:30 czytał książkę. Powieść była tak ciekawa, że ilekroć chciał już skończyć, jakiś wewnętrzny głos sugerował mu, że jeszcze tylko kilka stron i koniec. I tak się to wszystko przeciągało, że w pewnym momencie wzrok w końcu odmówił mu posłuszeństwa. Oczy zaczęły łzawić, a umysł zrobił się dziwnie ociężały, tak że łapał się na tym, że nie bardzo wie o czym przed chwilą czytał. Nie wypił wczoraj wieczorem żadnego piwa, dlatego stwierdził, że jego stan nie jest skutkiem alkoholowego upojenia, lecz raczej zwykłego zmęczenia.

- Nie to nie ma większego sensu, trzeba kłaść się spać. Nic na siłę, natury się przecież nie oszuka! Na szczęście albo nieszczęście we wszystkim trzeba mieć umiar – wymamrotał zmęczony, ale zadowolony, że nie wypił dziś ani grama.

- Chodź, idziemy już spać, Reks – zwrócił się ciepłym głosem do psa. Adresat jego słów podniósł się powoli, ociężale i skierował do drzwi wyjściowych. – Nie, nigdzie nie idziemy, musisz wytrzymać do rana. Padam z nóg. W razie czego mnie obudzisz. Jesteś już dużym psem , to parę godzin wytrzymasz.

I tak wyglądało późnowieczorne układanie się do snu Stanisława Sowalskiego. Trzeba przy tym zaznaczyć, że tylko wtedy, kiedy nie pił, a to niestety, zdarzało mu się coraz rzadziej.

Coś dziwnego, go obudziło, wyrwało nagle z głębokiego snu. Znał siebie i wiedział, że o tej porze powinien przecież spać jak zabity. Nawet psu trudno było go w takich godzinach dobudzić. Jednak coś ulotnego, coś dziwnego wybudziło go momentalnie ze snu i co dziwne, był od razu wszystkiego świadomy i miał czysty umysł. Zwykle bywało tak, że gdy tylko musiał nagle wstać, to nawet przypomnienie sobie swojego adresu przychodziło mu z trudem i potrzeba było kilku minut, aby zaczął w miarę logicznie rozumować.

Leżał nieruchomo, na lewym boku w łóżku, które zafundował sobie jakiś rok temu. Było to typowe dwuosobowe łoże i jak do tej pory nie gościło ono jeszcze żadnej innej osoby prócz niego. Nie miało to dla niego teraz większego znaczenia, bo już dawno przeszedł nad tym do porządku dziennego. Kiedyś bardzo przeżywał, że nie ma obok niego nikogo bliskiego, z kim mógłby dzielić tak łóżko jak i życie, ale później doszedł do wniosku, że widocznie tak musiało być. Na tę chwilę najważniejsze było to, że mebel był bardzo wygodny, a on mógł spać w każdej pozycji, nawet w poprzek.

Miał zamknięte oczy i liczył na to, że za chwilę zaśnie ponownie. Nie zamierzał ich otwierać, bo wiedział, że wtedy będzie miał problemy z powtórnym zaśnięciem. Zawsze, ilekroć otwierał po przebudzeniu oczy i jeszcze do tego sprawdzał która jest godzina, miał pewność, że zaczną się problemy. Jego organizm miał pewną dziwną cechę, że dopóki oczy były zamknięte, to istniała duża szansa na zaśnięcie, a z chwilą ich otwarcia, zupełnie się rozbudzał.

Leżał i nasłuchiwał odgłosów z zewnątrz, ale wszędzie wokół panowała kompletna cisza. Gdzieś w oddali słychać było jedynie cichy odgłos pracy silnika jakiegoś pojazdu, chyba nocnego autobusu.

Jednak nagle tuż za jego plecami coś się delikatnie poruszyło, a chwilę potem zapanowała na powrót ta wspaniała nocna cisza. Zaskoczyło go to zjawisko, więc przez chwilę próbował nasłuchiwać, co to było lecz znowu zapanowała kompletna cisza. Wsłuchiwał się w nią i delektował brakiem jakichkolwiek dźwięków. Jednak nie, coś było słychać. Nie mógł tego zidentyfikować, było zbyt ciche i ulotne. Jeszcze mocniej zacisnął powieki i wytężył słuch. Wreszcie usłyszał wyraźniej i rozpoznał cichutki dźwięk dobiegający tuż zza swoich pleców. To był bardzo cichy, spokojny i miarowy oddech. Ktoś za jego plecami chyba spał, gdyż oddychał w równym tempie i do tego przez dłuższy czas nie poruszał się. Uśmiechnął się do siebie życzliwie, już się domyślił z czym ma do czynienia.

- Reks spadaj, wynocha mi stąd! Wiesz przecież, że masz dożywotni zakaz włażenia na łóżko. Już cię nie ma, poszedł mi stąd, ale to już!

Już chciał się odwrócić i zwalić z kołdry niesfornego psa, gdy nagle usłyszał cichy tupot psich łap, który przybliżał się od strony drugiego pokoju. Otworzył oczy, żeby sprawdzić, co się za moment wydarzy. Po kilku sekundach, do pokoju wszedł, ciężko dysząc jego ukochany pies. To oznaczało tylko jedno. Adrenalina sprawiła, że Stanisław zerwał się momentalnie i wyskoczył z łóżka, jak z katapulty.

- Jezu Chryste, co to było?! – tyle tylko zdążył krzyknąć, zanim dotknął dłonią włącznika od światła.

W pokoju w mgnieniu oka zrobiło się bardzo jasno, a jego wzrok przez kilka sekund powoli przyzwyczajał się do sztucznego oświetlenia. Spojrzał na łóżko, było puste. Oprócz skłębionej kołdry i rozrzuconych poduszek, nie było tam chyba nic godnego uwagi. W sumie to nie wiedział, czego oczekiwał? Upiora w białej sukience leżącego pod kołdrą, a może zjawy, która zdematerializowałaby się niemalże na jego oczach?

Spuścił wzrok i spojrzał pod nogi. Reks stał tuż obok z głową podniesioną do góry i patrzył na niego. Miał jak zawsze inteligentny wzrok i właśnie wpatrywał się w swego pana, tymi swoimi wielkimi, mądrymi oczami, a jego puszysty ogon kołysał się rytmicznie, choć leniwie na boki. Pies był spokojny, a on dygotał z podniecenia, a może ze strachu.

- Boże słodki , co to niby było?! Jezusie słodki, ależ się przestraszyłem!... Nie, to nie może być prawda! – przeszukał wzrokiem pokój, ale niczego nie wypatrzył. – Matko Boska, nigdy więcej takich rzeczy! A ty co robisz?! – popatrzył na psa z wyrzutem. – Jesteś psem, zauważyłeś coś?! To się, do cholery działo naprawdę, czy tylko mi się przyśniło?! A może ja śnię jeszcze, może to sen... ale jak to sprawdzić, do cholery?!

Uderzył się dość mocno dłońmi w twarz. Raz prawą i po chwili drugi raz lewą ręką. Poczuł, zadane sobie razy, oba poliki momentalnie zaczęły płonąć żywym ogniem.

- Nie, to zdecydowanie nie jest sen.

Pies w tym czasie podszedł powoli do wezgłowia łóżka. Powąchał najpierw jego pomiętą poduszkę, a za chwilę kolejne dwie, z których, przynajmniej teoretycznie, nie korzystał jeszcze tej nocy. Przy ostatniej usiadł, popatrzył przez chwilę na swego pana i cichutko szczeknął. Obwąchał poduszkę, wstał i jak gdyby nigdy nic powrócił do Stanisława.

- Zaraz, zaraz pomyślmy przez chwilę logicznie. Gdyby to się działo naprawdę, to przecież pies wyczułby, że coś się tutaj dzieje niedobrego. Psy wyczuwają takie rzeczy. Kiedyś, dawno temu, na Discovery oglądałem program o nawiedzeniach i autorzy tam sugerowali, że psy mają jakiś szósty zmysł, który sprawia, że jeszcze przed człowiekiem wiedzą, że coś jest w domu nie tak.

Starał się myśleć intensywnie, miał zamiar przeanalizować całe zdarzenie. Był przerażony tym, co się przed kilkoma minutami wydarzyło w jego domu, a jednocześnie zafascynowany tym, że może ma do czynienia z czymś dziwnym i niepojętym. Nagle rozważania Stanisława przerwał cichy sygnał dobiegający z jego komórki. Muzyczka, jaką sobie wgrał jako dzwonek, zawsze wprawiała go w dobry nastój, ale teraz go tylko zdenerwowała.

- Dobry wieczór, Sowalski, słucham! – powiedział szybko, poddenerwowany do aparatu. Po drugiej stronie panowała absolutna cisza.

Chwilę nasłuchiwał, aż w końcu postanowił się rozłączyć, rzucając głośno – Idiota!

Elektroniczny zegar w komórce wskazywał godzinę 2:07. Odłożył telefon na fotel i powoli podszedł do łóżka. Odwrócił się, aby zobaczyć, co porabia pies, ale on zniknął. Znowu był sam w pokoju. Reks najwidoczniej wrócił już do kuchni, na swoje miejsce. Stanisław ponownie skierował wzrok w stronę swojego łóżka, ale od chwili, gdy z niego wyskoczył, nie zauważył tam żadnej zmiany. Spoglądając w tę stronę, odruchowo kątem oka spojrzał na moment w ekran wyłączonego telewizora. Ponieważ ekran był teraz ciemny, więc odbijał obraz części pokoju i rzeczy w nim umieszczonych, zupełnie jak jakieś bardzo stare, prymitywne, niedoszlifowane lustro. Stał teraz w takim miejscu, że w ekranie było widać odbicie tej części pokoju, w której właśnie przebywał. Nie rozumiał po co to robi, ale skupił teraz całą uwagę na odbitym obrazie. Zobaczył zarys swojej postaci i przestrzeń za sobą oraz coś jeszcze.

Za jego sylwetką znajdowało się coś jasnego albo białego. Tkwiło zupełnie nieruchomo, ale on wiedział, co to jest. Zamazany cień stawał się coraz wyraźniejszy, a on rozumiał jaki kształt to coś za chwilę przyjmie. Bał się poruszyć, bał się krzyknąć, serce waliło mu w piersi, jak wielki stalowy młot, a adrenalina sprawiła, że cały drżał z podniecenia. Nagle usłyszał, najprawdopodobniej z kuchni, głośne szczeknięcie. To pies informował go, że dzieje się coś niedobrego.

- Reks, chodź tu, chodź piesku! – spróbował przywołać swojego pupila.

Pies momentalnie przybiegł, ale zatrzymał się w wejściu do pokoju i cicho zawarczał. Stanisław spojrzał na niego i znowu na ekran telewizora. Biała plama za plecami zniknęła i dopiero teraz zdecydował się obejrzeć za siebie. Był sam w pokoju, a właściwie on i pies, gdyż Reks wszedł już do środka i usiadł powtórnie przy jego łóżku. Adrenalina bardzo powoli opadała. Podszedł do barku i otworzył go wolnym ruchem. Rozejrzał się, aby sprawdzić, co jest w środku. Jego wzrok spoczął na butelce dwunastoletniej whisky, którą dostał niedawno od kolegów z pracy na imieniny. Prawą ręką chwycił butelkę, a w lewą wziął szklankę i ciężko usiadł w swoim ulubionym fotelu.

Odstawił na razie brązową butelkę i szklankę na stolik. Obrócił fotel tak, aby nie spuszczać oka z miejsca, gdzie jeszcze przed chwilą znajdowało się to coś. Nalał sobie pół szklanki, wypił szybko dwa łyki i znieruchomiały zamknął oczy. Otworzył je jednak szybko i omiótł wzrokiem łóżko i ponownie tamto miejsce.

- Dobrze, już teraz dobrze – westchnął ciężko. – niech mi ktoś przyjdzie z pomocą, bo zwariuje.

Alkohol bardzo powoli zaczynał w organizmie robić swoje, a on się stopniowo uspokajał. Czuł miłe ciepło w żołądku, które rozlewało się powoli po całym ciele. Już się nie bał, już nie był zdenerwowany. Teraz już tylko pragnął tyle wypić, żeby móc powtórnie zasnąć.

Siedząc w fotelu przez nieokreślony odcinek czasu, z zamkniętymi oczami i szklanką w ręku, nie myślał o niczym konkretnym. Chciał się tylko zrelaksować, dopił zawartość szklanki i wyłączył się zupełnie. Trwał tak przez kolejnych kilkanaście minut powoli nabierając odwagi. Otworzył oczy i spojrzał w kierunku okna, świtało.

- No dobra, czyżbym się zdrzemnął? – powiedział na głos ani do psa, ani do siebie.

Odłożył pustą szklankę na stolik, wstał z ciężko fotela, podszedł do okna i rozsunął zasłony. Na dworze noc powoli ustępowała porankowi, a ptaki zaczynały się budzić, oznajmiając śpiewem nadejście kolejnego dnia. Odwrócił się, podszedł do stolika i nalał sobie kolejne pół szklanki. Wypił łyk i wrócił do krawędzi łóżka. Chwilę tam postał ze szklanką w ręku, znów upił łyka i zaczął bardzo dokładnie badać powierzchnię materaca i skołtunioną kołdrę. Znowu złapał się na tym, że działa niejako wbrew sobie. Robił coś czego nie chciał robić i przy tym liczył, że jego starania spełzną na niczym.

Wyskakując z łóżka narobił niezłego bałaganu. Jego próba analizy na nic się nie zdała, ale jego wzrok przykuło coś na poduszce obok. Pochylił się nad nią i przez chwilę wpatrywał uporczywie, aż wzrok na tyle się wyostrzył, że wreszcie rozpoznał, co też przykuło jego uwagę. To, że to zauważył graniczyło niemalże z cudem. Przybliżył twarz jeszcze bliżej do dużej poduszki. Jego nos znajdował się teraz od niej o jakieś dwadzieścia centymetrów. Wziął to coś do prawej ręki, wyprostował plecy, a następnie złapał za oba jego końce. Trzymał w dłoniach bardzo długi ludzki włos, ciemnego, może czarnego koloru. Przez chwilę go obserwował, a gdy zrozumiał skąd on mógł się tu wziąć, przerażony upadł na wyłożoną grubym dywanem podłogę, z głośnym łoskotem przewracanych mebli.

Stanisław stracił przytomność.

- Co tak, na Boga wyje?! – otworzył na chwilę oczy i szybko je zamknął. – A to ty Reks. Zamknij się wreszcie.

Znowu je otworzył i podniósł głowę. Rozejrzał się po pomieszczeniu, w którym przebywał. Leżał na podłodze i przez chwilę nie mógł przypomnieć sobie, co tutaj robi. Podniósł się powoli, nieco niedołężnie i usiadł na łóżku całkowicie zdezorientowany. Psa nie było przy nim i co ważne nie było słychać jego przeraźliwego wycia, ale za to słychać było coś innego. Ktoś dobijał się do drzwi z zewnątrz.

- Zaraz, zaraz, już idę, już otwieram – powiedział na tyle głośno, aby za drzwiami było go dobrze słychać.

Okazało się jednak, że z tym otwieraniem, to wcale nie będzie tak prosto, jak mu się pierwotnie zdawało. Najpierw nie mógł wstać, gdyż bardzo kręciło mu się w głowie, a gdy wreszcie mu się udało, to przewrócił się zahaczając nogą o pufkę, która leżała przewrócona na dywanie. Łomotanie do drzwi nie ustawało, ale teraz za to mógł rozróżnić dodatkowy odgłos dobiegający zza drzwi. Wyraźnie słyszał kobiecy głos. To była jego sąsiadka.

- Panie Stanisławie, niech pan otworzy, słyszy mnie pan? Jest tu ze mną pogotowie i jeżeli pan nie otworzy, to zaraz rozwalimy drzwi. – Panie Stanisławie!

- Spokojnie! Nie trzeba niczego rozwalać, już otwieram pani Nowak! – rzucił szybko.

Cały czas kręciło mu się w głowie, dlatego bardzo wolno zbliżył się do drzwi i przekręcił klucz w zamku. Otworzył skrzydło drzwi i stanął z boku, aby wpuścić zebranych przed drzwiami do mieszkania. W drzwiach stała jego sąsiadka, a za nią dwóch ratowników medycznych, za nimi zaś nieco z boku drugi z sąsiadów.

- Ale nas pan wystraszył, panie Stasiu. Jak pan się czuje? Proszę nas natychmiast wpuścić, do środka, ci panowie muszą pana przebadać – sąsiadka trajkotała jak nakręcona wchodząc do środka.

Cała czwórka weszła do wnętrza. Jeden z ratowników złapał Stanisława pod rękę i wspólnie weszli do pokoju. Karol Lipnicki, jego sąsiad poszedł zamknąć psa w drugim pokoju, aby im nie przeszkadzał, a Nowakowa, chociaż nikt jej o to nie prosił zaczęła robić porządki w pomieszczeniu, w którym przebywali. Poustawiała poprzewracane meble, zebrała wszystko ze stolika, łącznie z alkoholem i wyniosła do kuchni. Stanisław usiadł na łóżku, a obok spoczął sanitariusz.

- Proszę odpowiedzieć mi na dwa pytania. Po pierwsze – Co tu się wydarzyło i po drugie, jak pan się czuje? Słucham pana, niech pan śmiało mówi, obowiązuje mnie przecież tajemnica lekarska. To tak jak ze spowiednikiem.

Mówiąc te słowa cały czas uważnie go obserwował, choć już teraz jego zainteresowanie nie miało typowego służbowego charakteru. Mógł mieć około trzydziestu lat i wyglądał na inteligentnego człowieka. Mężczyzna patrzył na niego niewątpliwie z ciekawością, ale w taki sposób, jakby oglądał eksponat w muzeum. Być może w taki właśnie sposób oceniał stan każdego pacjenta.

Stanisław postanowił, nie wiedząc, dlaczego być szczerym w stosunku do tego nieznanego mu człowieka, chociaż nie na tyle, aby mu o wszystkim opowiadać. Przełknął głośno i nieco teatralnie ślinę. Złożył dłonie jak do modlitwy i zaczął:

- Kilka dni temu miałem pewien wypadek. Zostałem uderzony czymś w tył głowy. Byłem w szpitalu i nałożono mi szwy, a lekarz powiedział, że według niego nic mi nie jest. Dzisiaj natomiast po prostu straciłem na jakiś czas przytomność.

- Rozumiem, proszę zdjąć górę od piżamy – powiedział ratownik i wstał z łóżka, aby wziąć stetoskop, który minutę wcześniej położył na stoliku. Powrócił na miejsce, założył urządzenie i przyłożył zimną końcówkę do jego piersi.

- Proszę oddychać – usłyszał.

- Myśli pan, że mogę mieć chore płuca – spróbował zażartować oddychając przy tym w kontrolowany sposób.

Sanitariusz w ogóle nie zareagował na jego żart, cały czas robiąc swoje. Posłuchał chwilę jak oddycha, zbadał mu puls i zaświecił lampką w oczy.

- Proszę mi powiedzieć, czy coś pana boli?

- Głowa, tylko głowa – odpowiedział błyskawicznie.

Mężczyzna pochylił się nad nim i pomacał jego głowę. Jego palce przesuwały się delikatnie i systematycznie wśród włosów, po całej powierzchni głowy. Stanisław zdziwił się, czemu to robi, bo przecież opatrunek skrywający ranę był doskonale widoczny.

- Muszę zdjąć ten opatrunek, aby sprawdzić, czy szwy panu nie puściły, gdy pan upadł. Mogę?!... Pozwoli pan?! – spojrzał mu pytająco w oczy. – Czy mogę? – powtórzył tym razem retorycznie.

- Yhy! – niejako chrząknął na potwierdzenie i skinął delikatnie głową. – Tak, oczywiście, co za pytanie?! Z naszej dwójki to pan wie najlepiej, co trzeba robić! – Stanisław uśmiechnął się krzywo, uniósł rękę jak do odpowiedzi i dokończył. – A czy mogę panu zadać pytanie?

- Tak oczywiście, że można, proszę pytać – odpowiedział zaskoczony ratownik.

- Jak się do was zwracają ludzie, chodzi mi o to jak was tytułują? Panie ratowniku medyczny, panie sanitariuszu? W przypadku lekarzy czy pielęgniarek, sprawa jest prosta, a tutaj mam niezłą zagwozdkę.

Mężczyzna spojrzał na niego z zaciekawieniem i zapytał.

- Ma pan na tym tle jakąś fobię?

- Nie, raczej nie – odpowiedział Stanisław wzruszając przy tym ramionami. – Przepraszam, gadam od rzeczy. Może rzeczywiście walnąłem się za mocno w głowę. – tak naprawdę mało go obchodziło, jak ludzie się do nich zwracają. Chciał tylko pełnić obowiązki gospodarza i z grzeczności zagadać.

- Zwykle ratownik medyczny, gdy przyjedzie na miejsce ambulansem, to ma za zadanie udzielić podstawowej pomocy medycznej, zdiagnozować schorzenie oraz określić stopień zagrożenia zdrowia lub życia pacjenta. Proszę mi wierzyć, że takie konwenanse, to ostatnia rzecz o jakiej myśli w tym czasie personel medyczny – mówiąc te słowa zaczął grzebać przy jego ranie z tyłu głowy.

- To jak mam się do pana zwracać? – Stanisław nie zamierzał ustąpić.

- W moim przypadku, to akurat panie doktorze, gdyż przyjechałem tu w zastępstwie... wie pan wypadki losowe.

- Rozumiem i przepraszam – odpowiedział zaskoczony.

- Nic się nie stało. A tak w ogóle to nazywam się Marek Niezgoda. Szwy nie puściły, to dobrze, a proszę mi powiedzieć panie Sowalski, czy ma pan mdłości?

- W sumie to tak, zbiera mi się na wymioty i kręci mi się troszeczkę w głowie.

- Objawy jak przy wstrząśnięciu mózgu. Dodatkowo, kilka centymetrów nad raną ma pan dużego guza. W związku z tym obawiam się, że będę musiał zabrać pana do szpitala na obserwację.

- Nie, kategorycznie nie! – odpowiedział wyraźnie zaskoczony, ale i jednocześnie przestraszony. Nie chciał powtórnie trafić do szpitala.

- Żadnego szpitala, nigdzie z wami nie pojadę. Jeżeli chcecie, to mogę wam podpisać jakiś dokument, że odmawiam i nie wyrażam zgody na pobyt w szpitalu.

- To jest pańska decyzja i nie zamierzam dalej drążyć tego tematu. Jednak chciałbym zadać panu jedno pytanie.

Zaskoczony Stanisław spojrzał w górę na twarz lekarza, a ten usiadł obok niego ciężko wzdychając.

- Panie Stanisławie, cały czas czuję od pana alkohol, czy dużo pan pije?

Stanisław zebrał się z trudem na odwagę.

- Pewnie każdy alkoholik wychodzi z założenia, że nie ma problemu z alkoholem. Pewnie tak. Ja mogę panu powiedzieć tylko tyle, że w ciągu ostatniego tygodnia w moim życiu wydarzyło się więcej niż przez ostatnich dziesięć lat. Coś się ze mną dzieje niedobrego, proszę pana i myślę, że w najbliższym czasie będę potrzebował pomocy psychologa lub psychiatry. Jeżeli to co się ostatnio wokół mnie dzieje nie jest realne, to zdecydowanie będę musiał skorzystać z pomocy jakiegoś specjalisty.

Lekarz wstał i na odchodnym powiedział.

- Zostawiam panu wizytówkę. Gdyby potrzebował pan kiedyś pomocy specjalisty, to proszę zadzwonić. Dam panu wtedy namiary na dobrego psychiatrę. Proszę jeszcze tylko tu podpisać, że odmawia pan przewozu pana do szpitala – podał mu pewien blankiet i palcem wskazał, gdzie ma podpisać. Złożył podpis i delikatnie opadł na posłanie. Chwilę obserwował wychodzących.

Stanisław pozostał sam w pokoju, chociaż jednak nie. W tym momencie dopiero zauważył, że tuż przy oknie stała cały czas Katarzyna Nowak, jego sąsiadka. Patrzyła na niego ciekawie i uśmiechała się życzliwie. Nie miał pojęcia, czy słyszała o czym rozmawiał z lekarzem. Chociaż tak naprawdę niewiele go to w sumie teraz obchodziło.

- Ale nas Stasiu nastraszyłeś, a Karolowi to jesteś jak mi się wydaje winny dużą wódkę. Ja zupełnie nie wiedziałam, co robić, a on od razu podjął decyzję, żeby wezwać pogotowie.

- Naprawdę bardzo, ale to bardzo wam wszystkim dziękuję za pomoc – powiedział wyraźnie onieśmielony.

- Pies tak strasznie zawodził, ty się nie odzywałeś, a my nie wiedzieliśmy, co ci się, Stasiu stało. Byliśmy bliscy paniki.
Powiedz co tu się ostatnio dzieje, mój drogi? Mieszkamy przecież przez ścianę, a jak wiesz ściany mają uszy.

- Rzeczywiście pani Kasiu, ostatnio wiele się u mnie działo, ale teraz jestem zmęczony i chciałbym się już położyć spać.

- Tak, oczywiście rozumiem, że może ci być ciężko, ale też wiesz, że zawsze możesz na mnie liczyć. Jeżeli chcesz, to mogę wyjść zaraz z twoim Reksem.

- O tak, byłbym naprawdę bardzo wdzięczny, ale teraz proszę mi wybaczyć, ale naprawdę padam z nóg.

- W takim razie idę. Przymknę tylko drzwi, a jak wrócę wpuszczę psa tak, żeby cię nie obudzić.

- Dziękuję, jest pani aniołem.

- Nie dziękuj, Stasiu. Wierz przecież, że zawsze mi się podobałeś – odpowiedziała cicho.

- Tak, tak, Kasiu. Nie wiem czemu, ale wiedziałem, że kiedyś coś takiego od ciebie usłyszę.

Nagle usłyszeli w kuchni dźwięk tłuczonego szkła. Z odgłosów można było wysnuć jedyny właściwy wniosek, że coś szklanego spadło na podłogę i roztrzaskało się w drobny mak.

- Reks – oboje wypowiedzieli to słowo niemalże jednocześnie. Spojrzeli na siebie i parsknęli równocześnie śmiechem.

- Idź Stasiu odpocznij, ja posprzątam! Jesteś na boso i jeszcze tego by brakowało żebyś pokaleczył sobie stopy – powiedziała i natychmiast poszła do kuchni, a dwa metry za nią podreptał Stanisław, tym razem już w kapciach na nogach. Pod oknem w pewnym oddaleniu od stołu i kredensu leżała rozbita szklanka. Nie miała skąd upaść w takim miejscu. Wyglądało raczej na to, że ktoś ją tam celowo rzucił, jakby w ataku wściekłości.

Żadne z nich nie zwróciło uwagi na oczywisty fakt, że psa w tym czasie w kuchni nie było. Leżał skulony w drugim pokoju i cicho warczał. Kobieta posprzątała starannie szkło, a później jeszcze przyjrzała się uważnie podłodze.

- No dobra, to ja już sobie pójdę, mam nadzieję, że nie pominęłam jakiegoś kawałka szkła. Nie chciałabym, żeby Reks pokaleczył sobie łapy. Byłby dosłownie i w przenośni spory problem. Reks chodź tu do mnie, idziemy na spacer!

Zaraz po tym, jak został sam zapadł w głęboki sen. Było to zasługą leku jaki przed chwilą otrzymał lub też nadmiaru stresu, który został mu zaserwowany ostatnimi czasy albo kumulacji jednego i drugiego. Nie spał długo, ale za to mocno i głęboko. Nie słyszał nawet jak sąsiadka powróciła z psem i wpuściła go do mieszkania. Około siódmej rano był już na nogach. Bolała go mocno głowa i stłuczone przy upadku lewe ramię. Wstał powoli, pies krzątał się podniecony po całym mieszkaniu. Wszedł do łazienki, przepłukał twarz zimną wodą i zaczął myć zęby. W trakcie szczotkowania wpadł na pomysł, który zakiełkował nagle w jego umyśle.

- To jest myśl! – wyraźnie podniecony powiedział te słowa, a pasta do zębów wymieszana ze śliną bryznęła na łazienkowe lustro.

- Już dawno powinienem o tym pomyśleć. Kupię sobie jeszcze dzisiaj kamerę cyfrową. Tak zrobię, a jeśli to się powtórzy, to będę mieć dowód, że nie zwariowałem. Skończę myć te pieprzone zęby, ubiorę się i pójdę do Karola. To jest młody chłopak, więc coś mi doradzi w kwestii zakupu.

Ubrał się pośpiesznie, wyszedł z mieszkania i już po chwili pukał do drzwi sąsiada. Pukał długo, zbyt długo. Już zaczynał się niepokoić, że może tym razem to sąsiadowi się coś przytrafiło, ale w końcu usłyszał ciche odgłosy dobiegające zza drzwi.

- Co jest, kto tam?! – usłyszał znajomy głos, a chwilę później głośne kaszlnięcie.

- To ja Stanisław, wpuść mnie na chwileczkę!

Drzwi się otworzyły, a w wejściu do mieszkania tkwił niezbyt szczęśliwy sąsiad. Patrzył na niego wyraźnie zniesmaczony, a Stanisławowi natychmiast zaświtało, że właśnie przeholował.

- Jezu Chryste, człowieku, jest siódma rano, czy jakoś tak! Czyżbyś zapomniał, że zafundowałeś nam dzisiejszej nocy niezłą rozrywkę? Co się stało?

- Przepraszam, nie pomyślałem o tym!

- No dobra – pokiwał głową i mlasnął lekko ustami. – I tak już nie śpię to mów szybko, o co chodzi i wchodź do środka. Nie będziemy przecież rozmawiać na korytarzu.

Stanisław wszedł do mieszkania i zaczekał chwilę, aż Karol zamknie drzwi i wprowadzi go do pokoju. Przez chwilę czuł się jak intruz, a z miny sąsiada wywnioskował, że nie jest tu teraz mile widziany, no przynajmniej nie o tak wczesnej godzinie. Usiedli naprzeciw siebie, a Karol czekał na to, co ma mu do powiedzenia Stanisław.

- Jeszcze raz cię przepraszam! Ale naprawdę nie zdawałem sobie sprawy z tego, że ktoś może jeszcze spać, skoro ja już wstałem – było mu naprawdę przykro na myśl, że ktoś mógłby ucierpieć przez niego.

Karol pokiwał głową na znak, że już wszystko dobrze i że ma kontynuować. – Dobra, mów.

- Słuchaj mnie uważnie, pilnie muszę kupić jakąś kamerę. Wiesz taką ze średniej półki cenowej, ale dobrej jakości.

- A ,co, chcesz sąsiadkę podglądać?! – zażartował.

- Może! – odpowiedział tym samym. – Poradziłbyś mi, co wybrać?

- Powiedziałeś pilnie, a ja znając cię wiem, że to znaczy dzisiaj. Dzisiaj nie mogę z tobą biegać po sklepach, ale zrobimy tak, że wybierzemy coś w internecie, a ty tylko pójdziesz do sklepu i za nią zapłacisz. Powiedz mi tylko ile chcesz wydać „Polskich Nowych Złotych"? – wypowiadając te słowa, Karol już siadał do komputera.

- Nie wiem, może tysiąc złotych? – mówiąc te słowa podniósł brwi i spojrzał pytająco na rozmówcę.

- Za te pieniądze nie będzie to rewelacja, ale na pewno przyzwoity sprzęt. Zobaczmy, co tu mamy.

Po kilku minutach wybrał mu typ, podał nawet adres sklepu, gdzie ma się udać i doradził, aby dodatkowo zakupił jeszcze jakąś kartę pamięci. Stanisław podziękował mu i wrócił do swojego mieszkania.

- Reks, kundlu jeden, gdzie jesteś?

Pies nie przybiegł jednak, jak zwykł to czynić, gdy pan go przyzywał. Stanisław zaczął się rozglądać po mieszkaniu w poszukiwaniu swojego pupila. Znalazł go w kuchni. Leżał przy oknie i w ogóle nie zareagował na jego wejście. Pochylił się nad nim zaczął go czule głaskać. Reks w odpowiedzi jedynie podniósł łeb i zaraz go złożył na podłodze. Stanisław odpuścił, wyprostował się i rozejrzał po kuchni. Spojrzał na stół i cały zdrętwiał. Na stole, w miejscu, gdzie wczoraj rozsypał i pozostawił trochę mąki zobaczył odcisk małej dłoni.

- Czyje to?! Skąd to?! Boże ...mam nadzieję, że Kasi? – powiedział podniesionym tonem i spojrzał w dół w stronę psa. Reks właśnie spojrzał w górę. Tylko tak zareagował na jego słowa.

- Co jest psiaku? – powiedział czule i ponownie się nad nim pochylił. Pies zaczął delikatnie merdać ogonem, ale nie to przykuło jego uwagę. Na karku psa zobaczył biały ślad. Wyglądało to tak, jakby ktoś brudną od mąki ręką pogłaskał jego psa.

Wyszli oboje z mieszkania, ale Stanisław doszedł do siebie dopiero po przejściu kilkuset metrów. Reks stawiał bierny opór, nie chciał opuścić kuchni, ale on był tym razem bardzo stanowczy i tak właściwie, to siłą wyciągnął go z pomieszczenia, a chwilę później z mieszkania. Postanowił dojść do wybranego sklepu na piechotę, aby oboje wraz z przebytymi metrami doszli jakoś do siebie. Cały czas się łudził, że to były ślady pozostawione przez Katarzynę, ale podświadomie wiedział, że tak nie jest. Pies z czasem uspokajał się coraz bardziej. Po pół godzinie powolnego marszu dotarli do wybranego przez Karola sklepu z elektroniką. Niestety musieli zaczekać przed sklepem jeszcze dwadzieścia minut, gdyż właśnie tyle brakowało do godziny otwarcia.

Psa uwiązał przed sklepem do stojaka na rowery i jako pierwszy klient przestąpił próg.

- W czym mogę panu pomóc – usłyszał standardowe pytanie z ust sprzedawcy.

Rozejrzał się chwilę po wnętrzu sklepu szukając wybranego towaru, ale nie dostrzegł nigdzie poszukiwanego modelu. Skupił więc uwagę na sprzedającym. Facet wyglądał zdecydowanie na takiego, co się zna. Kto więc miał mu doradzić, jeśli nie ktoś taki.

- Interesują mnie kamery cyfrowe, ale mam już jedną upatrzoną – odpowiedział tak, jak go pouczył Karol.

- Zapraszam! Ma pan dzisiaj szczęście – sprzedawca uśmiechnął się szeroko. Wyglądał teraz jak drapieżnik, który zwietrzył łatwą zdobycz. – Gdyż mamy akurat wyprzedaż naprawdę wspaniałego sprzętu praktycznie za półdarmo! – usłyszał, a wszystko co potem, potoczyło się niemalże automatycznie.

Wrócili do domu około południa, nie z tą kamerą, którą chciał kupić i ubożsi o pięćset złotych, które dołożył do kwoty zaplanowanej przez Karola. Po przyjściu do domu nie mógł się doczekać, kiedy uruchomi kamerę. Sprzedający zrobił mu taką wodę z mózgu, że czuł się jak jakiś sławny reżyser. Wszedł do sypialni i rozejrzał się po całym pokoju.

- Muszę ustawić kamerę tak, aby swoim zasięgiem obejmowała moje łóżko, a jednocześnie jak największą część sypialni. Pytanie brzmi, jak to zrobić? – mówił sam do siebie wyraźnie podniecony. Uruchomił urządzenie i patrząc przez wizjer zaczął powoli przemieszczać się po pokoju w poszukiwaniu najlepszego miejsca do ustawienia kamery. Podszedł do szafy i odwrócił się w stronę łóżka.

- Tak sobie myślę, że to będzie najlepsze miejsce. Tylko na czym położyć kamerę, aby osiągnąć dobre ujęcie.

Przykucnął i spojrzał przez wizjer z perspektywy krzesła, na którym mógłby położyć kamerę. Nie był zadowolony z osiągniętego efektu. Wstał i spojrzał na górę szafy, która stała za nim.

- O tak to będzie zdecydowanie najlepsze miejsce. No nie, znowu gadam sam ze sobą i do tego na głos. Zdecydowanie trzeba będzie coś z tym zrobić.

Raz jeszcze zlustrował mebel i poszedł do drugiego pokoju po krzesło. Przyniósł, postawił je z boku i wspiął się na nie. Z perspektywy góry szafy widok na jego łóżko był zadowalający. Ułożył kamerę tak, aby filmowała łóżko i drzwi do pokoju. Spojrzał przez wizjer urządzenia. Obraz wyświetlony na wizjerze przedstawiał większą część jego łóżka, drzwi wejściowe do pokoju oraz sporą część przestrzeni wokół. Była zbyt wczesna godzina, aby filmować, dlatego wyłączył urządzenie i postanowił zorganizować sobie jakoś czas do wieczora. Postanowił, że włączy nagrywanie tuż przed pójściem spać.

- Jest godzina wpół do jedenastej, a mnie się nie chce jeszcze spać. Nie położę się przecież teraz do łóżka, żeby przez godzinę, czy więcej przewracać się z boku na bok. Trzeba to tak zorganizować, aby iść spać dopiero wtedy, kiedy będę pewny, że jak tylko przyłożę głowę do poduszki to od razu zasnę.

Natłok myśli oraz przeróżnych pomysłów pchał mu się do głowy. Bał się tego, co może się wydarzyć, ale jednocześnie czuł się pobudzony. Perspektywa ujrzenia czegoś w kamerze była wręcz podniecająca. Jak to bywało ostatnio coraz częściej, jego uwaga skupiła się ponownie na alkoholu. Już miał wstać i pójść do kuchni, gdy niespodziewanie usłyszał dobiegający z drugiego pokoju dźwięk telefonu.

- Kto może dzwonić o tej godzinie – zastanawiał się z lekka wystraszony. Telefony o tak późnej godzinie zwykle nie zwiastowały niczego dobrego. Wszedł do pomieszczenia skąd dochodziły dźwięki, rozejrzał się chwilę i wziął telefon do ręki. Z wyświetlacza odczytał napis „Brat", co tym bardziej wprawiło go w stan lękowy.

Chwilę pomyślał, czy na pewno powinien odebrać, ale po zastanowieniu doszedł do wniosku, że lepiej wiedzieć najgorsze niż tkwić w niepewności.

- Halo!

- No cześć Stanisław, obudziłem cię?

- Nie, nie obudziłeś, ale czy coś się stało, że dzwonisz o takiej późnej porze?

- Nie, wszystko w porządku, jestem te...

- Kurczę, Marek! Nie możesz dzwonić o normalnym czasie, jak zwykli ludzie?! Wiesz, że takie nagłe telefony, tym bardziej o takich porach sprawiają, że wpadam w panikę! – przerwał bratu i jednocześnie wylał z siebie w ten sposób całą złość.

- Przepraszam, ale od jakiegoś czasu atakują mnie takie jakieś dziwne myśli, że dzieje się z tobą coś złego. Przeczucia, rozumiesz? Wiesz, że nie jestem zbyt wylewny, ale dzisiaj to się już naprawdę za dużo tego nazbierało. Miałem naprawdę zły sen o tobie i jakiejś dziwnej kobitce. Jestem na nocce w pracy i znalazłem chwilę. Powiedz mi, czy wszystko u ciebie w porządku, dobrze się czujesz?

- Oczywiście, że tak – skłamał.

- To dobrze, choć wiem, starszy bracie, że nawet gdyby działo się coś złego to i tak byś mi o tym nie powiedział. Mam rację?

- Nie mędrkuj za dużo, bo nie jesteś w tym za dobry i mów co tam u ciebie?! W rodzinie wszyscy zdrowi?!

- Wszystko w porządku! Tak, dziękuję!

Przez chwilę panowała nietypowa, a jednocześnie niezwykle kłopotliwa cisza. Stanisław zaintrygowany słowami brata postanowił ją przerwać.

- A wracając do tego snu i tej kobiety, to mógłbyś mi coś więcej o tym opowiedzieć? Cóż to musiał być za sen straszny, że pod jego wrażeniem zadzwoniłeś do mnie o takiej szalonej porze – Stanisław wypowiedział te słowa zwykłym tonem, choć był niezwykle zaciekawiony jego słowami.

- Stachu, mam ci opowiadać sen?

- No, chyba po to zadzwoniłeś?

- Nie wiem, czy to, co mi się przyśniło było normalne, czy też chore. Śniło mi się, że przyszedłeś do mnie z nieznaną mi zupełnie babką, aby się pożegnać, a ja się dziwiłem, że jesteś taki smutny przychodząc z taką piękną kobietą ubraną w piękną białą suknię, wiesz bracie, z takich jakie się zakłada do ślubu. Ja nie wiedziałem tak do końca, czy mam się cieszyć, czy płakać. Wiedziałem tylko, że widzimy się po raz ostatni, a gdy pytałem ciebie, co się dzieje, o co chodzi, to ty się w ogóle do mnie nie odzywałeś.

- I to wszystko? – zapytał zawiedziony.

- Nie, nie wszystko – po barwie głosu rozpoznał, że Marek jest smutny i poddenerwowany.

- Ty nie chciałeś nic wyjaśnić, ale za to ta kobieta, która była bardzo piękna, no i dużo młodsza od ciebie podeszła do mnie i powiedziała mi, że zabiera cię do lepszego miejsca i że już cię więcej nie zoba…

- Jak to do lepszego miejsca, co to znaczy? – znowu przerwał bratu.

- Dosłownie cytuję co powiedziała: „On idzie teraz ze mną, musi iść. Tu nic nie jest pewne. Tutaj nie będę w stanie zapewnić mu bezpieczeństwa. To coś jest coraz bliżej i jest coraz silniejsze".

- Tylko tyle, Marek?

- Wspomniała też coś o śnie.

- To znaczy?

- Nie przerywaj mi, Stachu, już mówię. Powiedziała, że niedługo ten sen się skończy. „Sen się skończy i wszystko wróci do normy". Tak dosłownie to zabrzmiało.

Stanisław słuchał brata i prawdę powiedziawszy, był coraz bardziej przestraszony.

- Ona była jak wcześniej mówiłem bardzo ładna, nawet piękna, ale bił od niej jakiś chłód. Coś niesamowitego i przerażającego, a ja się coraz bardziej bałem. Na chwilę odwróciłem wzrok od niej i spojrzałem na ciebie. Stałeś tuż obok i cicho płakałeś. Znów spojrzałem na nią, bo chciałem zaprotestować, ale z moich ust nie wydobył się żaden dźwięk. Nie patrzyłem teraz na kobietę w bieli, tylko na kobietę w czerwieni. Cała suknia była polana jakąś czerwoną farbą. Po sekundzie wiedziałem, że to krew, która wypływała szerokim strumieniem z jej ust. Spojrzałem jej w oczy, ale zobaczyłem jedynie pusty wzrok trupa. W tym momencie obudziłem się zlany potem. Renata mówi, że krzyczałem przez sen.

Brat skończył opowieść, a on nie bardzo wiedział, co ma mu powiedzieć. To mógł być tylko sen albo, aż sen. Chwilę trwało zanim zebrał myśli.

- No dobra, Marek. Zdzwonimy się jeszcze w normalnych godzinach, bo teraz wybacz, ale chciałbym już iść spać. Nie martw się, to był tylko zły sen, a one jak wiesz potrafią być czasami naprawdę popieprzone.

- To dobranoc, bracie.

- Dobrej nocy, Marek – odpowiedział i rozłączył się.

Zaczął się zastanawiać, czy to jakiś zbieg okoliczności, czy też to, co go spotyka zaczyna zataczać coraz szersze kręgi. Wiedział, jak sny potrafią być przerażające, pogmatwane lub po prostu głupie. Do jakiej kategorii należał sen Marka? Na to pytanie niestety nie potrafił odpowiedzieć.

- „Sny są odpowiedzią na pytania, których nawet nie potrafimy zadać". Nie wiem, kto to powiedział, ale brzmi to pięknie i niezwykle mądrze. Miałem jedyną i niepowtarzalną okazję, aby zwierzyć się bratu, a ja go bezczelnie olałem. Głupiec ze mnie, głupiec i cham. Może zadzwonić do niego i przeprosić? Utniemy sobie wówczas dłuższą pogawędkę i może mi coś poradzi. On w końcu w robocie nie ma za dużo do roboty.

Stanisław przypomniał sobie lodówkę w kuchni z jej zawartością, więc postanowił tam się najpierw udać. Ruszył powoli w jej stronę.

- A, nie... Pieprzyć to. Teraz nie będę dzwonił, może jutro?

Poszedł do tego kuchennego urządzenia, który tak go kusił swoją zawartością i wyciągnął z wnętrza dwie zimne puszki piwa. Wrócił na fotel, wypił swoim zwyczajnym tempem oba i stwierdził, że chyba teraz nadeszła dobra pora, żeby iść spać. Piwa zrobiły swoje, włączył w całym mieszkaniu światła i położył się spać. Nie chciał i nie miał odwagi przebywać sam w ciemnym mieszkaniu. Po krótkiej chwili zerwał się z łóżka głośno przeklinając, bo przecież zapomniał włączyć urządzenie. Wszedł na krzesło, włączył kamerę, raz jeszcze spojrzał przez wizjer i stwierdził, że tak może zostać. Już miał iść spać, gdy nagle przypomniał sobie, że od dłuższego czasu nie widział swojego psa.

- Reks, Reks, chodź tu, gdzie jesteś? – nic żadnego odzewu. – Reksio, chodź do mnie – teraz zawołał trochę głośniej.

Kątem oka zauważył piłkę tenisową, która Reks tak bardzo lubił się bawić. Była blisko, więc pochylił się, chwycił ją i wrzucił do innego pomieszczenia. – Reks, aport! – zawołał i czekał. Nie usłyszał charakterystycznych odgłosów psich łap, ale za to zobaczył, jak piłka wpada, wrzucona z powrotem do pokoju i ląduje obok jego stóp. Sekundę później do jego uszu dotarły dźwięki melodii nuconej kobiecym głosem. Sam już nie wiedział, czy był przestraszony, czy tylko zaintrygowany? Po chwili wszystko ucichło, jak gdyby wcale się nie wydarzyło.

Wyszedł na korytarz, a potem do drugiego pokoju, psa w nim nie było. Uchylił drzwi do łazienki, równie pusto. Została tylko kuchnia. Wszedł na krok do środka. Pies leżał między stołem, a oknem i nie ruszał się.

- Reks, co jest? – podszedł do psa, przykucnął i pogłaskał go po głowie. Ciało psa nie zareagowało w żadnym stopniu na tę pieszczotę, chociaż jednak nie, jego ogon zaczął powoli, a po chwili już szybciej poruszać się rytmicznie na boki. Stanisław ucieszył się, że psu tak naprawdę nic nie jest.

- Wystraszyłeś mnie, ty kundlu jeden – zwracał się teraz pieszczotliwie do swego pupila zadowolony z tego, że psu nic się nie stało, choć widać było, że nie do końca wszystko jest w porządku. – Na drugi raz już mnie tak nie strasz.

Posiedział z nim jeszcze kilka minut, po czym wstał i pośpiesznie wrócił do łóżka. Tym razem nie śnił żadnych snów, a przynajmniej nic nie pamiętał. Tyle razy śniły mu się ostatnimi czasy rzeczy dziwne, nieprawdopodobne, a czasem straszne, był więc wdzięczny za błogosławieństwo niepamięci. Około siódmej z minutami Reks wszedł do sypialni, położył swoją masywną łapę na poduszce i swym głośnym dyszeniem dał mu znać, że pora wyjść na dwór.

- A to ty Reks, ale mi się dobrze spało. Naprawdę od dawna się już tak nie wyspałem – przeciągnął się w pościeli i pogłaskał psa po karku, po chwili wstawał już z łóżka w wyśmienitym nastroju. Ubrał się w pośpiechu, bo o tej godzinie nie wypadało paradować w pidżamach i szlafroku.

Wrócili do domu po dziesięciu minutach, Reks od razu położył się w kuchni na podłodze, a on zabrał się za przygotowywanie śniadania. Zrobił kanapki, zaparzył herbatę i przy okazji stłukł niechcący pustą szklankę, która nie wiadomo skąd znalazła się na krawędzi parapetu kuchennego. Wyzbierał dokładnie szkła z podłogi, aby pies się nie pokaleczył, a przy ostatnim kawałku, którym było ucho od szklanki zwrócił uwagę na fakt, że nie pamięta, aby miał w domu takie naczynie.

- Skąd coś takiego tutaj? Przecież ja nigdy nie kupowałem takich szklanek. Może ktoś przyszedł do mnie ze swoim naczyniem, a później zapomniał go zabrać, ale kto i po co miałby robić coś takiego? – skończył zbierać szkła na szufelkę i odruchowo spojrzał w górę.

Zebrane przez niego wcześniej szkło z powrotem znalazło się na podłodze, a on stał ze szczotką i szufelką w obu dłoniach i spoglądał jak zahipnotyzowany, na szczyt kuchennego mebla. Na górze stała piramida ułożona z, jak szybko policzył, czternastu szklanek. W spodnim rzędzie stało pięć szklanek, a później co rząd wyżej o jedną szklankę mniej. Na szczycie brakowało jednej, ostatniej szklanki, najprawdopodobniej tej, która leżała teraz roztrzaskana na podłodze. Wyglądało to tak, jakby ktoś, kto układał tę konstrukcję został nagle przepłoszony przez powracających lokatorów i w dużym pośpiechu odłożył ostatnie naczynie na parapet. Był zdziwiony, ale nie przestraszony. Pewne rzeczy nie działały już teraz na niego tak jak kiedyś. Kilka dni temu pewnie byłby przerażony, ale teraz jest ledwie zaciekawiony.

- I co mam z tym zrobić? – zapytał retorycznie, bo i tak nie miał pojęcia. Nakręcanie się, chyba nie miało większego sensu.

Stanisław postanowił, że zanim zje śniadanie, sfilmuje tę dziwną konstrukcję, ale z tego co wiedział, pamięć w kamerze powinna być zapełniona, więc najpierw zabrał się za kopiowanie filmu do komputera. Stworzył specjalny folder, gdzie zamierzał gromadzić nagrania. Przez chwilę zastanawiał się jaką ma nadać mu nazwę. Chciał nazwać ten folder jakimś oryginalnym i niepowtarzalnym tytułem, ale nic sensownego nie przychodziło mu do głowy. W końcu zrezygnowany wpisał „Mój film z domu" i zatwierdził tytuł. W trakcie kopiowania, które miało trwać kilkanaście minut wrócił do kuchni i zjadł szybkie śniadanie, ale cały czas kątem oka lustrował tajemniczą konstrukcję. Wrócił do pokoju i zabrał kamerę. Teraz na powrót można było filmować

- Ależ ze mnie idiota! – stuknął się otwartą dłonią w czoło, aż plask rozniósł się po całym mieszkaniu. Bolał go teraz cały przód głowy.

- Przecież bateria jest rozładowana, trzeba ją podłączyć z powrotem do prądu. Zrobię w ostateczności zdjęcie komórką. Podłączył urządzenie przewodem do gniazda i wziął komórkę do ręki. Już miał wracać do kuchni, gdy nagle usłyszał głośny łoskot tłuczonego szkła i jeszcze głośniejszy skowyt psa. Zaraz potem przerażony pies przybiegł z kuchni.

Stanisław stał w wejściu do kuchni, a na podłodze leżało całe mnóstwo rozbitego szkła. Cała piramida, którą ktoś lub też coś z mozołem wcześniej ułożyło, leżała teraz potłuczona w drobny mak na podłodze. Nagle za swoimi plecami usłyszał cichy pisk otwieranych drzwi wejściowych i po sekundzie doszedł do jego uszu głos Katarzyny.

- Co to za hałas, Stasiu, nic ci nie jest? Przybiegłam jak mogłam najszybciej, bo po tym potwornym hałasie pomyślałam, że znowu coś się u ciebie stało.

- Wszystko dobrze, tylko szkła mi się potłukły.

Sąsiadka pomogła mu posprzątać w całej kuchni. Uporali się ze sprzątaniem w niecałe dziesięć minut. Podziękował jej serdecznie za okazaną pomoc, odprowadził do drzwi i już miał zatrzasnąć je za nią, gdy nagle sąsiadka odwróciła się i powiedziała: – Nie przypominam sobie, żebym kiedykolwiek widziała u ciebie takie szklanki?

- Może tak, a może nie. Nie wiem, ja już nic nie wiem.

Zabrał się w końcu za oglądanie nocnego nagrania. Bardzo był ciekaw tego, co zobaczy na ekranie komputera. Włączył filmik i zaczął oglądać siebie kładącego się do łóżka, wiercącego się przez dobrą minutę na wszystkie możliwe strony i w końcu leżącego na wznak. Przez kilkanaście minut nic się nie działo, więc przełączył szybkość odtwarzania na X4 i w ten sposób oglądał teraz film. Po jakichś pięciu minutach dostrzegł na korytarzu jakiś ruch. Zwolnił więc szybkość odtwarzania do normalnej i skupił całą uwagę na tym, co nastąpi.

W wejściu do pokoju pojawiła się kobieca postać, cała w bieli, tak jak we śnie i we wspomnieniach. Stała przez kilka minut w bezruchu, a jemu ciarki przeszły po plecach. Dziwne i niesamowite przeczucie zaczęło mu się kłębić w głowie. Nie wiedział, dlaczego, ale domyślał się, co zaraz nastąpi. Patrzył jak kobieta podeszła do łóżka i stała przez chwilę nieruchomo. Tymczasem on w łóżku zaczął kręcić głową na boki, jakby śnił jakiś koszmar. Wreszcie przestał się wiercić i przekręcił na bok, plecami do zjawy. Ona jakby tylko na to czekała. Nagle pochyliła się nad łóżkiem i położyła na boku, tuż za nim, z twarzą zwróconą w jego stronę. Nie był to niestety koniec. Po kilkunastu sekundach podniosła rękę i objęła jego tułów ramieniem. W tym momencie niejako w tle zobaczył na korytarzu Reksa, który stał i wpatrywał się w całą tę niecodzienną dla niego sytuację. Pies po chwili opuścił łeb i zawrócił, jak mu się zdawało do kuchni. Aż do końca nagrania nic się nie zmieniło. Kamera cały czas filmowała tę koszmarną parę leżącą w małżeńskim łóżku.

Był wstrząśnięty tym, co zobaczył. Okazało się, że mieszkają teraz w trójkę, bo mają dzikiego lokatora. Sam fakt, że kamera nagrała coś takiego był czymś niepojętym. Ku jego zaskoczeniu w głowie pojawiła się myśl, że może tak właśnie powinno być. Może skoro nie potrafi nic z tym zrobić, to należy to zaakceptować. Uznał, że najlepszym wyjściem będzie, jak pozwoli wydarzeniom toczyć się własnym rytmem oraz śledzić w jakim podążą kierunku. Siedząc przy komputerze i oglądając nagranie po raz wtóry, pomyślał, że mógłby nagrać więcej ujęć. Po chwili doszedł do wniosku, że przecież nie ma sensu filmować tylko w nocy.

- Tak zrobię – uznał. Nagram również filmy w dzień. Zrobię tak, że włączę kamerę i wyjdziemy na spacer, a dom zostanie pusty. Wrócę z Reksem powiedzmy po dwóch godzinach i zobaczymy, co tu się dzieje pod moją, naszą nieobecność. Może być przecież tak, że gdy nas nie ma, to dzieją się tu różne dziwne rzeczy. Tak to dobry pomysł, tak właśnie zrobimy.

Rozejrzał się z uwagą po pokoju, ale nie dostrzegł niczego dziwnego, czy też niepokojącego. Sprawdził stan baterii, była prawie pełna. Sprzedawca w sklepie powiedział mu, że pełna bateria starczy na dwie i pół, trzy godziny ciągłej pracy. Postanowił więc szybko podłączyć ją do prądu i podładować dodatkowo zanim wyjdzie na długi spacer. Szybko podszedł do gniazdka i podłączył urządzenie do zasilania. Pokrzątał się trochę po mieszkaniu, zrobił co było do zrobienia i po pół godzinie uruchomił powtórnie urządzenie, po czym wyszedł z mieszkania, jak stwierdził na przynajmniej dwie godziny.

Mijając drzwi Katarzyny wpadł na pomysł, aby zlecić jej niewielkie zadanie, tak po sąsiedzku. Zadzwonił do drzwi i po minucie rozmawiał już ze swoją sąsiadką.

- Muszę gdzieś pilnie wyjść na kilka godzin i w związku z tym miałbym prośbę.

- Dla ciebie wszystko, słucham.

- Chciałbym, żeby pani podczas mojej nieobecności zwróciła uwagę na moje mieszkanie.

- Czy ty w końcu kiedyś zaczniesz mi mówić po imieniu? A poza tym ja zawsze zwracam Stasiu uwagę na twoje mieszkanie, tym bardziej wtedy, kiedy cię nie ma, więc żaden problem.

Od niepamiętnych czasów mówiła mu po imieniu, choć nigdy oficjalnie nie przeszli na ty. Kiedyś go to bardzo denerwowało, ale później do tego przywykł, choć nadal wolał zwracać się do niej, per pani.

- Chodzi mi tylko o... – chwilę się zastanawiał, co powiedzieć. Nie chciał jej przecież wystraszyć – jakieś niepokojące hałasy, o nic więcej. No i z góry za wszystko dziękuję.

- Zaraz, zaraz co się z tobą dzieje?! – odchyliła nieco głowę do tyłu i przyjrzała mu się podejrzliwie. – Jakiś jesteś dzisiaj dziwnie tajemniczy... czy coś się stało niedobrego? Wiesz, że jesteśmy sąsiadami, przez ścianę, więc jeżeli u ciebie dzieje się coś niedobrego, to istnieje duże prawdopodobieństwo, że przejdzie to na mnie.

- Tak wiem, oczywiście, wiem! – wysunął obie dłonie przed siebie w obronnym geście. – I obiecuję, że jak wrócę, to wszystko wytłumaczę.

Włóczyli się bez celu po mieście, przez dwie i pół godziny. Ani nie było, gdzie pójść, ani też co robić, choć w tak dużej aglomeracji coś by się pewnie znalazło, ale jakoś na żadne rozrywki Stanisław nie miał ochoty. Zastanawiał się tylko, co się nagra i czy w ogóle coś się nagra. Nie chciało mu się wierzyć, żeby w dzień działo się w jego mieszkaniu coś niesamowitego, a właściwie nie tyle nie chciał wierzyć, co liczył na to. Perspektywa tego, że nawet w biały dzień może mieć z czymś do czynienia była deprymująca.

- Reks, mamy osiemnastą trzynaście, więc chyba możemy wracać do domu. Nie jadłem dzisiaj obiadu, więc mój żołądek zaczyna domagać się przynajmniej kolacji. Trzeba wracać, tak Reksiu musimy już wracać do domu. „Wszędzie dobrze, ale w domu najlepiej", a przynajmniej tak być powinno – ostatnie słowa wypowiedział cicho i były one skierowane bardziej do siebie, niż do psa.

W całym domu na pierwszy rzut oka, wszystko było w jak najlepszym porządku. Nic się nie stłukło i nic nie przewróciło. Wszędzie panował taki porządek, jaki pozostawił wychodząc na spacer. Wyszedł na chwilę z mieszkania i zadzwonił do sąsiadki, aby wypytać, czy aby z mieszkania nie dochodziły żadne niepokojące odgłosy. Otworzyła drzwi, a on dopiero teraz zauważył jak jest ubrana. Miała na sobie obcisłe czarne dżinsy i brązowy golf z długimi, luźnymi rękawami. Ten strój podkreślał jej kobiecość i pokazywał, że miała zgrabną figurę. Szybko jednak przestał interesować się jej wdziękami, gdyż nie to było jego celem.

- I jak tam, cicho było?

- Tak, oczywiście. Ja przynajmniej nic nie słyszałam, a cały ten czas przesiedziałam w domu.

- Ekstra, no to ja uciekam – już zamierzał odejść, ale został zatrzymany.

- Obiecałeś – usłyszał.

Zachowywał się w ten sposób, aby uniknąć kłopotliwych pytań, ale skoro już padły, to należało wywiązać się z danego wcześniej słowa. Tym bardziej, że wiedział, iż ta silna kobieta i tak mu nie odpuści.

- No dobrze, to zapraszam do mnie, ale nie wiem, czy jest pani przygotowana na coś takiego.

- Nie jedno już w życiu widziałam, więc myślę, że niewiele rzeczy jest w stanie mnie zaskoczyć. Choć muszę przyznać, że rozbudziłeś moją ciekawość, jak nikt dotąd.

- W takim razie zapraszam i czekam w domu. Drzwi zostawię otwarte.

- Stanisławie – usłyszał za plecami. – Pan chyba nie zamierza mnie uwodzić?

Pytanie pozostało bez echa. Nie usłyszała z jego ust żadnej odpowiedzi.

Wiedział, że to było niegrzeczne z jego strony, ale flirt to była ostatnia rzecz, o której teraz myślał. Wrócił do swojego mieszkania i od razu skierował kroki do miejsca, gdzie pozostawił urządzenie. Wszedł na krzesło i zabrał kamerę z szafy. Zdziwiło go, że była wyłączona, a gdy ją powtórnie uruchomił wskazywała połowę stanu naładowania baterii. Podłączył ją do laptopa i rozpoczął zgrywanie nagrania. Nagle uświadomił sobie, że nie jest w pokoju sam. Wiedział, że ktoś za nim stoi i to dosyć blisko. Odwrócił głowę i odetchnął z ulgą. W wejściu stała Katarzyna, ale miała dziwną minę, że aż się przestraszył. Stała nieruchomo, oparta o futrynę i patrzyła na niego z lękiem. Właśnie miał podejść do niej i już zamierzał otworzyć usta, aby zapytać, co się stało, ale to ona pierwsza się odezwała.

- Źle się czuję, Stasiu, chyba muszę iść do siebie – powiedziała drżącym głosem. Chwilę jeszcze na niego patrzyła, a potem odwróciła się na pięcie i pośpiesznie wyszła z mieszkania.

Został znowu sam i nawet do głowy mu nie przyszło, że Katarzyna zachowuje się dziwnie. Rozejrzał się tylko uważnie po całym pokoju i rozpoczął przeglądanie skopiowanego nagrania. Nawet przez myśl mu nie przeszło, aby pójść do sąsiadki i spróbować podpytać, co się stało. Ledwo rozpoczął, a już zaczęła mu kiełkować w głowie pewna myśl.

- Dlaczego ma mnie ograniczać czas pracy baterii. Przecież mogę pracować na kamerze, która będzie zasilana z kabla i wtedy jedynym ograniczeniem będzie pojemność pamięci. Tak to dobry pomysł, szkoda tylko, że wpadłem na niego tak późno. Skupmy się jednak na tym, co najważniejsze. Chociaż w sumie to jednak nie. Nagranie skopiowane, więc będę mógł już uruchomić kamerę. Niech filmuje nawet teraz.

Zrobił, co zamierzał i teraz już nieograniczany żadnymi zbędnymi myślami, mógł skupić się na nagranym materiale. Usiadł przed ekranem, zgarbił się i nadusił PLAY. Film był potwornie nudny, gdyż przez kilka minut absolutnie nic się nie wydarzyło. Żadnej zmiany na ekranie. Postanowił więc przyśpieszyć odtwarzanie, najpierw X2, by stopniowo dojść do X8. Tak było dobrze. Obraz przewijał się dużo szybciej, ale nadal można było dostrzec, co znaczniejsze szczegóły. Uważnie przyglądał się nagranym scenom, aby w każdej chwili zatrzymać lub cofnąć ujęcie. W pewnym momencie mignęło mu coś białego w prawym rogu. Momentalnie wcisnął wirtualny przycisk pauza. Na zatrzymanym kadrze nic nie było widać, więc zaczął powoli cofać nagranie. Wreszcie doszedł do momentu, gdy w prawym górnym rogu pojawiło się coś białego. To coś wyglądało jak delikatny, biały, ulotny obłoczek. Po kilku sekundach wycofało się z powrotem do prawego rogu i zniknęło z kadru.

Stanisław postanowił teraz nie przyśpieszać filmu, tylko bardziej skupić uwagę na ekranie. Monitor przez nieokreślony czas wyświetlał hipnotyzujące nic, gdy nagle znudzony widz prawie podskoczył na siedzeniu. W drzwiach do pokoju pojawił się ten sam, jakże ulotny jasny obłok. Przepłynął przez drzwi i uniósł się pod sam sufit. Był chyba wielkości piłki plażowej, choć z tej perspektywy niemożliwością było określić jego kształt i dokładne wymiary. Zawisł i zaczął powoli kołysać się na boki. Lewo, prawo i znowu lewo, prawo. Stanisław zaczął się zastanawiać, jak długo to potrwa i do czego zmierza, gdy nagle obłoczek zaprzestał tego specyficznego tańca. Chwilę trwał w bezruchu, wreszcie cofnął się z powrotem do wejścia, by powtórnie zastygnąć. Trwało to chyba minutę i wyglądało, jakby to coś zastanawiało się, co dalej lub zbierało siły. Nagle, jak gdyby coś dostrzegło, błyskawicznie rzuciło się w jego stronę, to znaczy w stronę kamery. Trwało to ułamek sekundy, a gdy to coś błyskawicznie dopadło urządzenie, film się skończył.

Ponownie podskoczył w fotelu, jak widz w kinie na filmie 3D, jakby to coś miało wyskoczyć na niego z monitora. Jednym szybkim ruchem ręki zamknął pokrywę laptopa i wyszedł szybko z pokoju. Po sekundzie już był u drzwi sąsiadki i dość mocno pukał do jej drzwi. Otworzyła mu nadal mocno przestraszona, widać było, że nie doszła jeszcze do siebie, ale gestem ręki, bez słów zaprosiła go do środka. Miał wyrzuty sumienia, że od razu do niej nie zajrzał zamiast przeglądać filmy.

- Zdecydowanie musimy porozmawiać – rzucił przechodząc obok niej.

Usiadł na kanapie, a ona nadal blada jak papier podeszła do barku i wyciągnęła ze środka butelkę wina oraz dwa pękate kieliszki. Usiadła naprzeciw w fotelu i nalała wina do obu kieliszków. Nie odzywał się wcale. Wiedział doskonale, że spotkało ją coś dziwnego, że jest przerażona i że zaraz na pewno zechce o tym opowiedzieć. Miał rację, nie czekał długo.

- Do tej pory nie mogę się uspokoić. Jeszcze nigdy w życiu tak się nie bałam – przerwała opowiadanie, uniosła kieliszek w geście toastu w górę i upiła dużego łyka. Stanisław powtórzył jej ruchy i czekał na dalszy ciąg.

- Powiedziałeś przy wyjściu, że nie wiesz, czy jestem gotowa, na to co za chwilę usłyszę, a ja głupia myślałam, że to jakiś głupi żart albo sposób na zaproszenie mnie do swojego mieszkania. Po kilku minutach zdecydowałam się i weszłam do ciebie. Drzwi jak obiecałeś zostawiłeś otwarte, więc nie musiałam pukać. W przedpokoju rozejrzałam się na prawo i lewo, ale nic niepokojącego nie dostrzegłam.

Stałam w otwartych drzwiach, gdy nagle obok mnie przeprysł Reksio. Już miałam go zawrócić, gdy nagle poczułam coś dziwnego. Wszędzie wokół zrobiło się jakby zimno, poczułam jak gdyby ktoś mnie zamknął w jakimś kokonie, w jakiejś chłodni. Jednocześnie poczułam na sobie czyjś wzrok. Czułam moją kobiecą intuicją, że jestem obserwowana z zaciekawieniem, ale po chwili ten ktoś był już pełen gniewu. Co najgorsze, ten gniew po chwili przeistoczył się we wściekłość. To dziwne, że nie widziałam nikogo, ale doskonale wyczuwałam jakim darzy mnie uczuciem. Przestraszona przeszłam szybko do pokoju, w którym ty byłeś. Stanęłam w drzwiach i zobaczyłam cię odwróconego do mnie plecami. Już miałam ci oznajmić, że przyszłam, gdy nagle poczułam jakby przede mną ktoś był. Ktoś fizyczny, namacalny i ten ktoś zagradzał mi swoim ciałem całą drogę do ciebie. Nie wiedziałam, co mam robić, tym bardziej, że ze strachu nie potrafiłam wypowiedzieć nawet słowa. Stałam tak chyba z minutę, gdy nagle ty się odwróciłeś, spojrzałeś na mnie, a wtedy ja usłyszałam w swojej głowie głośny krzyk.

Na chwilę przerwała, zrobiła głęboki wdech i kontynuowała.

- „Wynocha stąd, precz, precz!". – Zacytowała, akcentując końcówkę. – Tek krzyk był wręcz bolesny. Stasiu na miłość boską, co tam się u ciebie dzieje?

Teraz dopiero zwrócił uwagę, jak bardzo drżą jej dłonie. Wiedział, co powinien zrobić, ale jakoś nie potrafił przemóc się i podejść do tej kobiety, przytulić ją i powiedzieć kilka słów na uspokojenie. Zamiast tego powiedział:

- Teraz wreszcie ktoś z mojego najbliższego otoczenia doświadczył tego samego, co ja.

Nie widział się z Katarzyną, swoją sąsiadką od ładnych kilku dni. Jeszcze wczoraj wieczorem podjął decyzję, że na drugi dzień z samego rana odwiedzi ją i spróbuje wyjaśnić, z czym miała do czynienia podczas ostatniej wizyty u niego. Noc minęła, a on nie bardzo miał ochotę na odwiedziny, które musiały wiązać się z tłumaczeniami, wyjaśnieniami i Bóg jeden jeszcze wie z czym. Na tę chwilę nie miał na to absolutnie najmniejszej ochoty. Po upływie kolejnej doby budząc się rano doświadczył czegoś, co go bardzo zaskoczyło. Zatęsknił za tą kobietą.

- Jestem świnią – mamrotał myjąc zęby. Patrzyła na swoje odbicie w lustrze i widział człowieka, który w jego mniemaniu zatracił, gdzieś swój honor. – Kurczę, Stachu! Nie możesz, chłopie tak traktować ludzi, a zwłaszcza, ją. Wiesz przecież, człowieku, że ona na ciebie leci. Jesteśmy dorośli. Ja pier… nie chcę być do końca życia sam, nikt nie chce. Mogę sobie wmawiać, że tak mi dobrze, ale to nieprawda. Pójdę do niej i wyjaśnię, wszystko. Tak trzeba. Tak robią przyzwoici ludzie. – Wypłukał usta i wytarł twarz ręcznikiem. Raz jeszcze spojrzał na swoje odbicie i dla żartu pokazał sobie język.

Dzwonek zadzwonił już trzeci raz, a on nadal stał pod jej drzwiami. Chciał ponownie nacisnąć przycisk, ale usłyszał dobiegający zza drzwi jakiś cichy odgłos. Ktoś szedł powoli w kierunku drzwi, stukając głośno o podłogę ciężkimi laczkami. Stał cierpliwie czekając, aż drzwi się otworzą i rzeczywiście otworzyły się, ale zamiast sąsiadki w drzwiach pojawił się nastolatek w zmiętej koszuli i krótkich spodniach. Spojrzał na niego nieprzytomnym wzrokiem i szybko powiedział. – Cioci nie ma w domu. Teraz ja tu mieszkam – wypowiedział te słowa i szybko zamknął mu drzwi przed nosem uniemożliwiając nawiązanie jakiejkolwiek dalszej konwersacji.

Stanisław nie naciskał, gdyż poznał już wcześniej tego młodego człowieka. To był siostrzeniec jego sąsiadki. Wrócił więc uspokojony z powrotem do swego mieszkania.

Ciepła, prawie gorąca woda w wannie dała mu ukojenie i pozwoliła się zrelaksować. Leżał zanurzony w wodzie i skupił wzrok na ostrym nożu do obierania kartofli, który przygotował sobie wcześniej i który leżał teraz na krawędzi zlewu. Leżał w wannie i nie bardzo zdawał sobie sprawę z tego, jak się tu znalazł. Pamiętał, że chwilę wcześniej rozmawiał z siostrzeńcem sąsiadki, a później coś mu kazało nalać wody do wanny i zabrać ze sobą nie wiadomo po co nóż z kuchni. Był świadomy swoich czynów, wiedział co robi, ale nie rozumiał, dlaczego. Coś w głowie wydawało mu komendy, a on je grzecznie, bezkrytycznie wręcz wykonywał. Najciekawsze w tym wszystkim było to, że pomimo samoświadomości oraz wolnej woli nie próbował protestować. Zachowywał się teraz, jak zdalnie sterowany automat.

Cichy cierpliwy i niezwykle charyzmatyczny głos szepczący mu cierpliwie, co ma zrobić, nakazał mu, a właściwie poprosił, aby wziął nóż i zrobił delikatne nacięcie na wewnętrznym przegubie ręki. Bezwiednie podporządkował się, zrobił nacięcie i kropla krwi zaczęła się rozlewać w przezroczystej wodzie delikatnie barwiąc ją na czerwono. Wpatrywał się w to zjawisko, jak zahipnotyzowany. Fascynowała go ta walka barw w wannie. Na razie czerwień przegrywała, ale on czuł, że jeśli dorzuci szybko więcej czerwieni, to ona zwycięży i zatriumfuje w zbiorniku, w którym teraz przebywał. Ku jego zaskoczeniu nie czuł w ogóle bólu, co wprawiło go niemalże w stan dziwnej, niezrozumiałej melancholii.

Postanowił zrobić jeszcze głębsze nacięcie i cierpliwie poczekać na rezultat walki czerwieni z błękitem. Świadomość, że ma teraz tak wielką władzę, że wszystko jest w jego rękach, była niezwykle kusząca. W tym właśnie momencie poznał siebie. Swoje możliwości, pragnienia i cele, które mógł sam realizować. Władza go w tej chwili deprawowała i kusiła, aby zrobić coś szalonego. Nad wszystkim miał władzę i wszystko mógł. Już trzymał nóż, w prawym ręku i zamierzał zrobić krótki, głęboki ruch, gdy nagle coś go rozbudziło. Momentalnie, aż podskoczył w wannie, na niebywale krótki, ale zarazem przeraźliwie intensywny dźwięk słowa: - „Nieee!!!”.

Ten krótki, niezwykle silny okrzyk wyrwał go ze stanu, w jakim znajdował się chwilę wcześniej. Słowo to zabrzmiało, jak klakson samochodu na spokojnej prowincjonalnej drodze. Było to tak silne, przenikliwe, że aż poczuł, jak wdziera się mu niemalże do środka mózgu. W jednej chwili w łazience zrobiło się ciemno, jak w przysłowiowym grobie. Pierwsza myśl, jaka przyszła mu do głowy to – przepalona żarówka! – jednak zaraz zreflektował się, że przecież ma na suficie, aż trzy lampy ledowe. Wiedział, że ktoś zgasił światło, ale kto? Przecież drzwi wejściowe do mieszkania były zamknięte od wewnątrz. Spojrzał na szparę u podstawy drzwi. Ponieważ na korytarzu było jasno, więc mógł obserwować, co się dzieje za drzwiami. Po kilku sekundach dostrzegł cień za drzwiami. Znowu wiedział z czym ma do czynienia.

Coś jednak nakazywało mu dalej robić swoje. Głos w głowie oznajmił, że powinien dokończyć, to co przed chwilą zaczął. Usłyszał, że po wszystkim spłynie na niego spokój i ukojenie. Już miał ochotę ulec, ale nie zdążył. Po sekundzie niemalże w ripoście usłyszał odgłos łomotania do drzwi łazienki, a gdy nie zareagował na ten przekaz, drzwi z futryną zaczęły trząść się, jakby jakaś niewidzialna siła próbowała wyrwać je z zawiasów.

Drzwi łomotały jakby w amoku. To było nierealne. Patrzył na delikatne skrzydło, które waliło w futrynę, jakby jedne i drugie były zrobione z hartowanej stali. Jakaś niesamowita siła szarpała drzwiami od łazienki z coraz większą, niesamowitą wręcz energią. Jednocześnie w jego głowie pojawił się niebywale intensywny, wręcz przeraźliwy krótki i dosadny okrzyk: - „Dość!!!".

Gdy tylko dźwięk dotarł z jego uszu do świadomości, Stanisław, jakby wybudził się nagle z jakiegoś koszmaru. Poczuł się znowu w pełni świadomy, a z tą chwilą, zła, przeraźliwa energia, która niemalże doprowadziłaby go do śmierci, wyparowała, jak gdyby straciła wszelką siłę i odeszła, gdzieś zniknęła.

Leżał zanurzony w ciepłej już teraz wodzie i intensywnie nasłuchiwał odgłosów zza drzwi, jednak stamtąd dobiegała teraz niezwykła, nienaturalna wprost cisza. Nie ruszał się przez kilka minut, gdyż cały czas nasłuchiwał jakichkolwiek dźwięków, które mogłyby mu odpowiedzieć na pytanie, co się tam przed chwilą działo albo też sprawić jakiś nagły nieprzewidywalny problem. Po kilku minutach stwierdził, że nadeszła pora na ruch z jego strony. Wstał wolno, wręcz powolutku i od razu spojrzał na ranę, którą zadał sobie wcześniej, na przegubie. Na szczęście rana, a właściwie ranka była powierzchowna i nie stanowiła dla jego życia, czy nawet zdrowia żadnego zagrożenia. Po chwili uspokojony spojrzał na drzwi od łazienki. Cisza i spokój. Wyszedł z wanny i nie bacząc na mokre plamy pozostawiane przez jego stopy złapał za klamkę i wyszedł nago na korytarz. Ogarnął wzrokiem cały korytarz i powolutku skierował się w stronę kuchni, gdzie spodziewał się spotkać Reksa.

Właśnie z tego pomieszczenia dobiegały jakieś dziwne, nietypowe odgłosy wydawane bezsprzecznie przez jego psa. Brzmiało to tak, jakby Reks wydawał dźwięki przez sen. Nie było to jednak zwykłe psie szczekanie. Bardzo powoli wszedł do kuchni. Od razu zobaczył tułów swojego psa leżącego pod dużym kuchennym stołem. Zawołał, ale on nie zareagował. Podszedł bliżej i złapał Reksa za obroże. Chwilę przypatrywał się ciekawe zwierzęciu, ale nagle coś go tknęło. Szybko złapał go za łeb i przekręcił w swoją stronę. Nagle oniemiał. Nigdy wcześniej nie podejrzewałby, że coś takiego jest możliwe. Kucał teraz nad swoim ukochanym psem i nie mógł uwierzyć w to, co widzi.

Patrzył na swojego pupila, a on miał łeb zupełnie siwy. Przeorał palcami sierść w tym miejscu, aby przekonać się, z czym ma do czynienia. To przecież mógł być jakiś proszek, na przykład mąka, którą on sam albo ktoś wysypał mu na łeb. Cofnął dłoń i obejrzał palce. Na skórze nie zobaczył niczego nienaturalnego. Stanisław nigdy wcześniej nie widział siwego psa.

Rozdział piąty

„W okowach wiary łatwo stracić głowę".

Stanisław ciskał się po mieszkaniu, jak dzikie zwierzę w ciasnej, zamkniętej klatce. I tak też się czuł, jak bezradne zwierzę, które nie wie, co ma ze sobą zrobić. Pies, który z początku podążał za nim krok w krok w jego chaotycznej wędrówce, po kilku minutach znużony zrezygnował i leżał teraz spokojnie w korytarzu. Reks choć jeszcze chwilę temu był równie podniecony, jak jego pan, teraz leżał z głową ułożoną na swoich masywnych łapach i jedynie wzrokiem śledził jego poczynania.

- Co ja mam robić, co robić?! Co ja mam, do cholery teraz zrobić?! – natłok myśli kotłował mu się w głowie nie przynosząc żadnych efektów. Starał się wymyślić coś sensownego, znaleźć jakąś pomoc, ale stanął pod murem i nie miał bladego pojęcia, co począć dalej. – Chciałem to zaakceptować, ale przecież tak się nie da! Nie mogę mieszkać z duchem, upiorem, zjawą, czy kim by ona nie była. To nie jest normalne, a ja jestem normalny. Chcę taki być.

To, co wydarzyło się w ostatnim czasie, w jego spokojnym dotąd i poukładanym życiu sprawiło, że jego światopogląd uległ całkowitej zmianie. Czuł, że zaczynają mu powoli puszczać nerwy. Kiedyś uchodził wśród bliskich mu osób za człowieka spokojnego, wręcz statecznego, a teraz sam widział, że robi się wybuchowy. Rzeczy, obok których potrafił jeszcze niedawno przechodzić obojętnie, a które nawet czasami go bawiły teraz irytowały go na tyle, że ledwo nad sobą panował. Doświadczał wrażenia, że jest przesiąknięty pewną negatywną energią, która wręcz w nim kipiała i szukała ujścia. Zupełnie, jak lawa z jakiegoś od dawna nieczynnego wnętrza wulkanu. Czuł, jak ona powoli rośnie w siłę, zbiera energię, aby w końcu wybuchnąć z potworną siłą.

- Gdzie ja położyłem tę wizytówkę? Wiem, że gdzieś ją kładłem, tylko gdzie? – Chodził po pokoju i próbował niemal na siłę przypomnieć sobie, gdzie ją położył.

- Taki mały kartonik może być dosłownie wszędzie. Przecież ten lekarz z pogotowia powiedział, że mogę się do niego zwrócić o pomoc. Ja go w ogóle do niczego nie zmuszałem ani nie prosiłem. To on przecież wystąpił z tą inicjatywą, a więc nie może mnie potraktować, jak jakiegoś intruza.

Stanął na środku sypialni i rozglądał się pilnie po całym pokoju próbując dociec, gdzie mógł położyć tę nieszczęsną wizytówkę. Pomimo jego wysiłków i poświęconego czasu, nic nie wskórał. Usiadł wściekły, ale jednocześnie zrezygnowany i zatopił się w chaosie myśli, które nijak nie chciały się uspokoić i zejść w jego głowie na dalszy plan ani też o dziwo ułożyć w jakąś logiczną całość.

Zaraz, spokojnie, przecież wystarczy zajrzeć do internetu. Tam na pewno znajdę numer kontaktowy, lekarz na pewno nie będzie ukrywał swoich danych kontaktowych. Numer jego telefonu musi przecież gdzieś tam być, pomyślał przez chwilę i przeanalizował swoje wcześniejsze przemyślenia i nagle go olśniło.

- O Boże, jakim ja jestem cholernym idiotą, przecież ja nawet nie wiem, jakie on ma nazwisko. Wiem, że się przedstawił, ale nijak nie mogę sobie przypomnieć, jak się nazywa, a bez tego, do ciężkiej cholery w żaden sposób go nie namierzę! – prawie krzyczał, gdy wypowiadał te słowa.

Nagle, jak za dotknięciem czarodziejskiej różdżki doznał olśnienia. przypomniał sobie, że przecież włożył wizytówkę do portfela. Szybko ruszył do drugiego pokoju, gdzie na wieszaku wisiały spodnie, z portfelem w tylnej kieszeni.

- Jak mogłem być, aż tak głupi i nie pomyśleć o najprostszych rozwiązaniach. Zamiast stać bezmyślnie i rozglądać nie wiadomo za czym po całym pokoju należało pomyśleć logicznie. Tylko tyle i aż tyle, ale jak się okazuje w moim przypadku, a zresztą… – Machnął zrezygnowany rękę. – Boże, jaki ja jestem głupi!

Wyciągnął portfel, otworzył go i bez trudu odnalazł obiekt swoich długich, nerwowych poszukiwań. Wręcz uradowany powrócił na fotel z telefonem i wizytówką w ręku, po czym rozsiadł się wygodnie.

- No dobra, mamy to. Raz kozie śmierć. Lekarz medycyny Marek Niezgoda, numer telefonu... – wystukał na klawiaturze cyfry i chwilę czekał na połączenie.

- Niezgoda, słucham.

- Dzień dobry, panie doktorze. Z tej strony Stanisław Sowalski. Był pan u mnie jakiś czas temu w nocy z pogotowiem.

Po drugiej stronie odpowiedzią była chwila ciszy, którą Stanisław postanowił szybko przerwać.

- Nagła utrata przytomności. Staliście razem z moimi sąsiadami pod drzwiami i nie mogliście dostać się do mojego mieszkania. Pan panie doktorze przyjechał w ramach jakiegoś, jak sam pan wtedy stwierdził nagłego i niespodziewanego zastępstwa. Kojarzy mnie pan teraz?

- A jeżeli tak, to co? – jego rozmówca nie był zbyt miły.

- Podczas naszej rozmowy zadeklarował mi pan pomoc.

- Jeżeli tak było, to słowa dotrzymam.

- Chciałbym pana prosić – przełknął głośno ślinę – o numer do jakiegoś psychiatry lub psychologa.

Niezgoda nie odpowiedział, wyglądało na to, że się nad czymś zastanawia, a może po prostu szukał gdzieś w notatkach konkretnego numeru.

- Jest pan tam jeszcze? – usłyszał pytanie.

- Tak oczywiście, że jestem.

- To dobrze. Ma pan pod ręką coś do pisania?

- Tak, panie doktorze, proszę dyktować.

- Doktor Eugeniusz Król, numer telefonu... A i to jest ważne... Podczas rozmowy z moim kolegą proszę się powołać na mnie, inaczej może się pan odbić od ściany.

- Dziękuję bardzo, panie doktorze. Proszę mi wierzyć, że ta prośba kosztowała mnie naprawdę dużo dumy i odwagi.

- Nie ma za co dziękować, proszę pana! Cieszę się, że mogłem panu jakoś pomóc! – usłyszał zdawkowe uprzejmości. – To jest naprawdę bardzo dobry psychiatra, może trochę ekscentryczny, ale któż z nas jest doskonały. Tylko proszę mnie teraz uważnie posłuchać.

- Słucham, słucham uważnie – pośpiesznie odpowiedział.

- Żeby doktor Król mógł panu pomóc, to trzeba spełnić jeden podstawowy warunek. Podczas spotkania musi pan być z nim całkowicie szczery. Wtedy może coś z tego będzie. Jeżeli jednak nie będzie pan z nim szczery, to pańska wizyta nie będzie miała żadnego sensu. Do widzenia i życzę panu wszystkiego dobrego.

Nie zdarzył się jeszcze pożegnać, gdy połączenie zostało zakończone. Spojrzał na zapisaną kartkę, jeszcze raz przeczytał dane i nie zastanawiając się zadzwonił pod podany numer.

- Odbierz, odbierz – pomyślał, gdy usłyszał w telefonie dźwięki związane z wyborem numeru.

Numer niestety był zajęty. Odczekał jeszcze kilka sekund, rozłączył się i po kilku minutach spróbował powtórnie i znów nieskutecznie. Wstał z fotela wyraźnie zdegustowany i skierował się do lodówki. Po minucie wrócił z piwem, upił dużego łyka i postanowił spróbować po raz trzeci. Był święcie przekonany, że i tym razem się nie uda, ale po chwili usłyszał normalny sygnał.

- Doktor Król, słucham – męski głos miał bardzo miłe brzmienie.

- Nazywam się Stanisław Sowalski. Chciałbym się panie doktorze umówić na spotkanie, o ile to oczywiście możliwe.

- Oczywiście, że jest to możliwe, ale nie w tym miesiącu. Wszystkie terminy mam zajęte trzy tygodnie w przód.

Stanisław został całkowicie zaskoczony i kompletnie zbity z tropu taką odpowiedzią. Myślał, że jest to tylko kwestia wykonania odpowiedniego telefonu, a tu trzy tygodnie. Przez krótką chwilę nie wiedział co powiedzieć.

- Jak to zajęte? Doktor Niezgoda, od którego mam ten numer powiedział mi, że pan mi pomoże. Ja nie mogę czekać trzy tygodnie.

- A doktor Niezgoda, trzeba było od tego zacząć. Osoby polecane przez doktora Niezgodę mają u mnie pierwszeństwo. Proszę powiedzieć panie...

- Sowalski, oj przepraszam, że się nie przedstawiłem, nazywam się Stanisław Sowalski.

- Przedstawił się pan, przedstawił tylko ja po prostu momentalnie zapomniałem, jak brzmi pańskie nazwisko. Takie niezrozumiałe dla niektórych zboczenie zawodowe, że nie obchodzą mnie nazwiska moich pacjentów, tylko ich problemy. Wróćmy teraz jednak do meritum. No właśnie panie Sowalski, co się dzieje, że chce się pan ze mną spotkać i to w dodatku, jak najszybciej.

- Myślałem, że pan mi to powie.

- Nie mogę postawić diagnozy, jeśli nie znam objawów, ale skoro się pan upiera to mówi się trudno. Przez telefon, to możemy sobie porozmawiać o pogodzie, a nie o pana dolegliwościach. Dziś nie mogę się z panem spotkać, gdyż mam dyżur, ale jutro powiedzmy w południe u mnie w domu. To jak, będzie panu pasowało?

- Tak oczywiście, że mi pasuje. Tak więc jutro w południe, tylko panie doktorze ja nie wiem, gdzie – ostatnie słowa wypowiedział, jakby był czemuś winny i szukał jakiegokolwiek usprawiedliwienia. Nie miał bladego pojęcia, dlaczego tak się zachowuje.

- Już podaję adres, notuje pan? Jeżeli czegoś pan nie zrozumie, to proszę dopytywać. Nie chcemy przecież, żeby pan pobłądził.

- Tak mogę notować, proszę mówić.

Spisał adres podany przez doktora w swoim podręcznym kalendarzyku. Wszystko, to co było ważne tam zawsze notował. Był strasznym bałaganiarzem, dlatego rzeczy dla niego istotne starał się zapisywać na bieżąco właśnie tutaj. Gdy przychodził taki moment, że czegoś nie mógł sobie przypomnieć, to wtedy miał pewność, że znajdzie interesującą go informację w tej niewielkiej książeczce.

Skupił teraz uwagę na nazwie ulicy. Chwilę próbował przypasować ją w pamięci do jakiejś znanej lokalizacji i w końcu znalazł. Jego wirtualna pamięciowa mapa uzmysłowiła mu, że doktor mieszka zaledwie kilka ulic dalej. Nie musiał korzystać z komunikacji miejskiej, właściwie to mógł się tam udać nawet na piechotę.

Był szczęśliwy, że jakoś przez to przebrnął, a jednocześnie przerażony wizją spotkania z przedstawicielem nauk medycznych, który specjalizuje się w chorobach psychicznych. Nie uważał się za chorego, choć instynktownie czuł, że coś z nim jest nie tak.

- Tylko co ja mu powiem? Nigdy w życiu nie byłem u psychiatry i nigdy nie słyszałem, żeby ktoś z mojej rodziny miał jakieś problemy, które wymagałyby pomocy kogoś takiego – leżał na wznak w ubraniu na pościelonym łóżku i próbował w myślach ułożyć jakąś strategię na jutrzejsze spotkanie.

- Niezgoda doradzał, żeby być szczerym, ale łatwo jest innym doradzać. Jeżeli opowiem mu wszystko z najdrobniejszymi detalami, to może zamknąć mnie na obserwację w jakimś psychiatryku. Jednak z drugiej strony, jeżeli mam nie być wobec niego szczery, to ta wizyta, jak powiedział Niezgoda, nie ma żadnego, czy też większego sensu. Co robić, cholera wie, co ja mam zrobić?

Skupił uwagę na suficie i próbował spokojnie rozumować. Nagle znowu poczuł w nozdrzach znajomy zapach. Tym razem nie był intensywny. Nie dusił ani nawet nie drażnił jego zmysłu węchu. Był dość ulotny i delikatny, a w swej ulotności wręcz miły. Postanowił, że zignoruje go.

- Podsłuchujesz? A podsłuchuj sobie – uśmiechnął się z przekąsem. – Nie ma, co zawczasu niepotrzebnie wszystkiego komplikować, jeśli nawet nie wiem, czego mam oczekiwać po tym spotkaniu. Trzeba być sobą i po prostu odpowiadać na zadawane pytania. Tak, to prawda, muszę być po prostu sobą i to wystarczy. W końcu to on jest specjalistą, a ja do niego idę, ponieważ potrzebuję pomocy. A potrzebuję jej, jak jasna cholera!

Nagle coś białego bardzo szybko przemknęło gdzieś na granicy wzroku nie wydając przy tym najmniejszego dźwięku. Zamknął szybko oczy. Zamknął je najmocniej jak potrafił, aż poczuł ból i wyłączył się zupełnie.

Bez trudu odnalazł pod wskazanym adresem gabinet doktora Króla, a właściwie nie gabinet tylko dom, gdzie psychiatra mieszkał. Stał przed furtką i zastanawiał się, czy użyć domofonu już teraz, czy może zaczekać do umówionej godziny. Zawsze miał takie dylematy, gdy przychodził w umówione miejsce przed czasem. Furtka, a tuż obok brama z kutego żelaza i takież ogrodzenie robiła wrażenie solidności i bezpieczeństwa. Na furtce na wysokości twarzy, tuż obok guzika domofonu wisiała czarna tabliczka z pięknymi białymi literami:

Doktor

Eugeniusz Król

PSYCHIATRA

Poniżej drobniejszym drukiem, dopisano dni i godziny przyjęć oraz numer kontaktowy na telefon stacjonarny i komórkę.

Stanisław postanowił tym razem nie czekać na ustaloną godzinę. Podniósł dłoń i nadusił guzik domofonu. Po chwili, gdzieś w tle usłyszał jakąś prostą melodyjkę, która ku jego zaskoczeniu niemal natychmiast ustąpiła miejsca ładnemu kobiecemu głosowi.

- Słucham, kto tam?

Stanisław, pomimo, że był bardzo zdenerwowany, wysilił się na w miarę spokojny ton.

- Dzień dobry, pani, nazywam się Stanisław Sowalski i jestem umówiony z panem doktorem na godzinę dwunastą, to znaczy w południe.

Zupełnie nie wiedział, dlaczego to powiedział, bo przecież dwunasta i południe to to samo. To było oznaką, że jednak się denerwuje, choć obiecał sobie, że zachowa spokój.

- Proszę wejść, zapraszam.

Usłyszał charakterystyczny dla domofonów dźwięk odblokowywania drzwi, więc nacisnął klamkę i otworzył delikatnie furtkę.

Wszedł do skromnego ogrodu i szerokim wyłożonym kolorową kostką chodnikiem szedł w stronę wejścia do budynku. Duży, brązowy dom ze skośnym dachem wybudowany w najnowszym stylu robił wrażenie i emanował niesamowitym spokojem. Nie rozumiał skąd to skojarzenie, ale być może od teraz wszystko będzie mu się kojarzyło ze spokojem, którego tak bardzo potrzebował. Wspiął się po kilku stopniach do drzwi i już miał zadzwonić, gdy nagle ktoś go ubiegł i drzwi przed nim otworzyły się.

W drzwiach stała przepiękna kobieta. Nigdy wcześniej w całym swoim życiu nie zetknął się osobiście z taką urodą. Choć miała lat około czterdziestu, to jednak nadal zachowała urodę nastolatki. Stanisław był wprost oczarowany i na moment zapomniał, po co tu przyszedł. Była wyższa od niego o pół głowy, co już samo w sobie było deprymujące. Miała piękne, długie, blond włosy, zielone oczy oraz długie rzęsy, a twarz o rysach typowej słowianki. Mały nos i kształtne usta dopełniały ideału kobiecej urody. Spuścił wzrok i zlustrował figurę kobiety. Jej sylwetka nie była już tak idealna, jak rysy twarzy, ale i tak robiła wrażenie. Widać było, że czas nie obszedł się z jej figurą, aż tak łaskawie jak z twarzą. Może taka była cena macierzyństwa i związanych z nią ciąż, a może po prostu była to kwestia genów. Widać jednak było, że dwadzieścia lat wcześniej musiała być nieziemsko zgrabna.

Kobieta stała, jak gdyby pozowała, ale zapewne delektowała się wrażeniem jakie wywarła na obcym mężczyźnie, który widział ją pierwszy raz w życiu, a który nie zważając na konwenanse nie mógł oderwać od niej wzroku. Stanisław dopiero teraz zreflektował się, że cały czas gapi się bezczelnie. Zrobiło mu się naprawdę bardzo głupio, wyczuwał fizycznie, że jego twarz oblewa się czerwienią. Spuścił wzrok na ziemię i stać go było teraz jedynie na wypowiedzenie jakże zdawkowego:

- Dzień dobry, pani.

- Dzień dobry. Zapraszam do środka – zrobiła uprzejmy gest ręką i cofnęła się o krok, aby zrobić więcej miejsca w przejściu. Przepiękny uśmiech nie schodził jej z twarzy.

- Gdzie mam… - nie dokończył pytania.

- Oczywiście, już mówię. Mój mąż już czeka na pana w swoim gabinecie. O, to tam! – powiedziała i wskazała szczupłą, zgrabną dłonią właściwy kierunek. – I niech się pan nie przejmuje Szekspirem!

Szedł we wskazanym kierunku. Idąc czuł na sobie wzrok kobiety. Zastukał kurtuazyjnie w zamknięte drzwi gabinetu. Chwila ciszy, jaka po tym nastąpiła, pozwoliła mu przez moment przyjrzeć się wnętrzu mieszkania. Stał w typowym korytarzu. Ładna kolorowa i wzorzysta tapeta na ścianach, biały sufit, a na posadzce brązowa wykładzina, zwykłe firany w oknie, ale, co od razu rzucało się w oczy, to czystość, sterylna wprost czystość, której objawem był bardzo przyjemny zapach unoszący się bezsprzecznie w całym domu. Była to mieszanka bardzo przyjemnych aromatów środków czyszczących i czegoś jeszcze, czego w żaden sposób nie potrafił opisać. Zrobiło mu się głupio, bo u niego w mieszkaniu nigdy tak nie pachniało.

Właśnie tak Stanisław wyobrażał sobie czysty dom i choć nie przeprowadził tutaj znanego z telewizji testu białej rękawiczki, to i tak był święcie przekonany, że nigdzie nie znalazłby kurzu. Nie potrafił wyobrazić sobie tej pięknej kobiety krzątającej się po pokoju i sprzątającej te wszystkie zakamarki, dlatego też nabrał przekonania, że musieli korzystać z usług jakiejś pomocy domowej. Właściciele tego mieszkania byli – wnioskując z wyposażenia i wystroju – niezbyt zamożni albo też nie przywiązywali zbyt wielkiej wagi do luksusów. Biorąc pod uwagę zawód i tytuł gospodarza w grę wchodziło raczej to drugie rozwiązanie

Nagle drzwi, przed którymi stał od kilkunastu sekund otworzyły się na całą szerokość i w wejściu Stanisław zobaczył niskiego mężczyznę, ze sporą nadwagą i rzadką czupryną. Mężczyzna mniej więcej w jego wieku, ale, co stwierdził nie bez satysfakcji o dużo gorszym wyglądzie. Rzadkie włosy nie dość, że były tłuste, to jeszcze na dodatek nieuczesane. Ubranie byle jakie, choć trzeba przyznać, że z pewnością czyste i świeże, gdyż śnieżnobiała koszula, aż raziła w oczy.

Co ona widziała w kimś takim? pomyślał szybko, mocno zaintrygowany.

- Proszę wejść do środka – powiedział doktor Król i z bardzo poważną miną wskazał na środek pomieszczenia.

- Tak, tak, oczywiście – odpowiedział nerwowo.

Stanisław przechodząc obok gospodarza usłyszał głośno i wyraźnie wypowiadane słowa: – *„Chodźmy. Noc idzie. Mrok na polu zgęstniał. Czas nam zakosztować uroków zwycięstwa"*.

Stanął kompletnie zaskoczony, gdyby nie to, że gospodarz wypowiedział tę kwestię tak wyraźnie i znacząco akcentując każde słowo, to pomyślałby, że się przesłyszał.

- Szekspir, Wiliam Szekspir. Nie wiem jak pan, ale ja wprost kocham Szekspira. Może mi pan wierzyć lub nie, ale ja mógłbym go cytować absolutnie przy każdej okazji. Wracając jednak do pańskiej wizyty... proszę niech pan siada. Tu na fotelu, jest naprawdę wygodny albo – wskazał ręką na stojący nieopodal mebel – na sofie... jak pan woli.

Stanisław usiadł w głębokim skórzanym, brązowym fotelu, który swą wygodą potwierdził słowa Króla. Rozejrzał się ukradkiem po gabinecie, ale szybko przerwał, gdyż uznał, że nie wypada lustrować pomieszczenia, jeżeli naprzeciwko znajduje się jego gospodarz, który to na dodatek uważnie obserwuje nowoprzybyłego.

Doktor uśmiechnął się grzecznościowo, podszedł do biurka, wziął z niego długopis, duży zeszyt i nieco teatralnym gestem spoczął na fotelu naprzeciwko Stanisława.

- Na początek chciałbym, aby podał mi pan swoje dane. Niestety z pewnych względów muszę mieć pańskie dane osobowe. Wie pan, wszechmocna i wszechobecna biurokracja.

Stanisław, aby zaoszczędzić czasu i zbędnych pytań podał mu swój dowód osobisty. Król spojrzał na niego wyraźnie zaskoczony.

- Daje mi pan swój dowód tożsamości? Muszę przyznać, że mnie pan zaskoczył.

- *„Choć to szaleństwo, Lecz jest w nim metoda"*. – zaszczycił swojego gościa kolejnym cytatem. Spojrzał dyskretnie w jego kierunku i uśmiechnął się przepraszająco. Szybko spisał dane, następnie oddał mu dokument i poprawił pozycję w fotelu.

- Miał pan problemy z dotarciem tutaj? – zapytał.

- Nie, najmniejszych. Przyszedłem tutaj piechotą, miałem niedaleko.

- To co panie Sowalski, możemy zaczynać? – zapytał ze sztucznym uśmiechem na ustach.

Stanisław skinął głową i zagłębił się dla wygody jeszcze bardziej w fotel.

- Zaczyna się – pomyślał.

- Co się z panem dzieje panie Sowalski, oczywiście w pańskim mniemaniu, niedobrego.

To pytanie, nie wiadomo, dlaczego zaskoczyło go, chociaż prawdę mówiąc właśnie tak wyobrażał sobie początek rozmowy. Chwilę jednak milczał, aby zebrać myśli.

- Zupełnie nie wiem, jak mam zacząć, panie doktorze. Mam zupełny mętlik w głowie.

- Spokojnie niech się pan uspokoi i zrelaksuje. To nie jest teleturniej ani egzamin. Zacznie pan wtedy, kiedy zechce. Mamy czas.

Stanisław jednak o dziwo nie zamierzał już teraz dłużej czekać. Zebrał całą odwagę i rozpoczął opowieść.

- Nawiedza mnie duch, panie doktorze! Ja nie wiem nawet jakich słów mam użyć, aby opisać to, co mnie prześladuje ostatnimi czasy. Nie jestem wykształconym człowiekiem, dlatego nie umiem ubrać moich myśli w odpowiednie słowa, za co z góry przepraszam. Jakiś czas temu byłem świadkiem wypadku i ratowałem życie pewnej młodej kobiecie. Ta kobieta zmarła, praktycznie na moich rękach, a jej duch od tego czasu prześladuje mnie na różne sposoby. Nie wiem, co mam robić, jak z tym walczyć. Nie wiem nawet panie doktorze, czy mam z tym walczyć. Zagubiłem się w tym wszystkim i nie wiem, co mam dalej robić. Jestem na granicy załamania psychicznego. Już jakiś czas temu przestałem sobie z tym radzić! – wykrzyczał serię kilkudziesięciu słów z szybkością karabinu maszynowego, a teraz, gdy to wszystko z siebie wylał poczuł, że płacze. Nie chciał tego i nie zaplanował w żaden sposób. Po prostu, tak nagle wszystko puściło, stres, nerwy i niepewność sytuacji, w której się wbrew swej woli znalazł. Wszystko to teraz znalazło ujście w paru mililitrach słonej cieczy, która wyciekała mu z kanalików łzowych, których to ujścia mężczyźni tak bardzo się wstydzą.

Król patrzył na niego bez żadnego współczucia, jedynie z lekarską, zawodową ciekawością. Spuścił wzrok i zapisał coś pośpiesznie w notatkach.

- *„Nie być najgorszym, jest to już zaletą. W zepsuciu tego świata."* – spuentował jego wypowiedź.

- Znowu Szekspir – wyrwało się Stanisławowi.

- Przepraszam, ale to jest silniejsze ode mnie i przestałem już chyba nad tym panować. Jeśli, to panu w jakiś sposób przeszkadza, to bardzo pana przepraszam. – Król na siłę szukał usprawiedliwienia.

- Nie, w żadnym, najmniejszym nawet stopniu mi to nie przeszkadza. Fakt, że nie przyszedłem tutaj, żeby wysłuchiwać cytatów, choć są one niewątpliwie piękne i inspirujące, ale bardziej mi zależy na pańskiej opinii i pomocy. Proszę mi powiedzieć, czy to wszystko wokół mnie się dzieje naprawdę, czy też może ja zwariowałem.

- Panie Sowalski po kilku minutach rozmowy żaden specjalista nie odpowie zdecydowanie na tak postawione pytanie. Proszę się nastawić na całą serię spotkań. To nie jest piekarnia, gdzie wkładamy ciasto do pieca i po ściśle określonym odcinku czasu wyciągamy gotowy produkt. Żaden specjalista z mojej branży nie odpowie panu po kilku minutach rozmowy, jak długo będzie trwała poszczególna sesja, ile ich będzie, ani też tym bardziej, co panu dolega. *„Z niczego może być tylko nic"* jak mawiał pewien wielki poeta.

- Tak, tak – odpowiedział cicho, zbity z tropu tymi wszystkimi cytatami.

- Proszę mi powiedzieć, ale szczerze, czy oprócz pana ktoś jeszcze z pańskiego otoczenia był świadkiem, czy też uczestnikiem tychże wspominanych przez pana wydarzeń.

- Tak naprawdę, to nie. Choć muszę przyznać, że mój pies od początku wyczuwał obecność tej zjawy.

- Panie Sowalski, proszę mi powiedzieć, na ile realne w pańskim mniemaniu są te niesamowite doznania.

- Jestem w stu procentach pewny ich autentyczności – powiedział to i zrobił nie wiedząc, dlaczego teatralną minę.

- Więc po co pan tu przyszedł, do specjalisty od chorób psychicznych? Niech pan chwilę pomyśli i sam sobie odpowie na to pytanie.

- Nie wiem, panie doktorze! Tak naprawdę to ja już nic nie wiem! Nie wiem, co jest realne, a co jest moimi halucynacjami! Ja już nie wiem, co jest prawdziwe, a co urojone!

- No cóż...! – przerał i powoli zamknął oczy.

„Życie jest tylko przechodnim półcieniem
Nędznym aktorem, który swą rolę
przez parę godzin wygrawszy na scenie
W nicość przepada – powieścią idioty
Głośną wrzaskliwą, a nic nie znaczącą".

Doktor skończył kolejny cytat, jakby było naturalną rzeczą, że deklamuje Szekspira. Przez kilkadziesiąt sekund w milczeniu zapisywał coś w swoich notatkach. Skończył pisać, zamknął oczy i zaczął poruszać ustami, jakby się modlił. Trwało to kilka minut. Stanisław nie miał najmniejszego pojęcia, dlaczego doktor to robi i do czego takie zachowanie zmierza.

- Panie Sowalski... oczywiście rozumie pan, że z zawodowego punktu widzenia, jako doktor psychiatrii nie mogę panu uwierzyć. Mógłbym panu nic nie powiedzieć, zakończyć teraz sesję i... trzymając pana do następnego spotkania w niepewności snuć przeróżne teorie. Ja jednak działam według trochę innych zasad, które wypracowałem sobie przez lata praktyki. Mojego stylu prowadzenia sesji nie znajdzie pan w żadnym podręczniku dla adeptów psychiatrii.

Znowu zapanowała cisza, choć tym razem doktor zachowywał się poprawnie. Obserwował go tak wnikliwie, że Stanisław w końcu onieśmielony spuścił wzrok.

- Gdy te wydarzenia miały miejsce, jaki był pana stan emocjonalny? Żeby mnie pan dobrze zrozumiał, chciałbym, aby się pan zastanowił, w jakim nastroju się pan znajdował na chwilę przed tamtymi wydarzeniami.

Stanisław przez chwilę zastanawiał się, co odpowiedzieć. Do tej pory nie analizował tych zdarzeń pod takim kątem. Szybko przywołał z pamięci wszystkie dotychczasowe wydarzenia i zaczął je powtórnie przeglądać.

- Różnie to było panie doktorze. Raz byłem prawie w euforii, a za innym razem w najnormalniejszym stanie. Trudno jest mi teraz odpowiedzieć na tak postawione pytanie.

- Dobrze. Chodziło mi o to, czy za każdym razem znajdował się pan w identycznym nastroju, czy też w wielu różnych.

- Nie, nie! – odpowiedział szybko. – Ja myślę, że to się nie działo pod wpływem jakiegoś konkretnego nastroju. Kiedy to miało miejsce żyłem sobie i funkcjonowałem normalnie w tych momentach.

Znowu jego rozmówca zaczął coś zapisywać w swoich notatkach. Tym razem trwało to bardzo krótko.

- Według mnie, panie Sowalski, cierpi pan na urojenia. Choć od razu muszę zaznaczyć, że jest to bardzo wstępna diagnoza. Nie można po kilku minutach rozmowy prześwietlić człowieka.

Stanisław spodziewał się takiej właśnie diagnozy, dlatego też teza doktora nie zrobiła na nim większego wrażenia. Nie czuł żadnego rodzaju buntu, ale jednak trochę było mu z tego powodu przykro.

- Urojenia to najczęściej efekt choroby psychicznej – kontynuował doktor Król – w tym także matki wszystkich chorób psychicznych, coraz powszechniejszej depresji. Mało kto wie, że urojenia mogą wystąpić także u osób zażywających narkotyki, dopalacze i alkohol panie Stanisławie.

U Stanisława niemal natychmiast zapaliła się czerwona lampka. – Skąd on wie, że ja piję? Czyżby to było widać?

Doktor spoglądał na niego teraz nie bez satysfakcji związanej zapewne z reakcją pacjenta na swoje słowa. Po kilku sekundach kontynuował.

- Urojenia mogą się pojawić także u osób starszych, chorujących na demencję starczą lub chorobę Alzheimera. To oczywiste, że nie jest pan, panie Sowalski w podeszłym wieku, więc proszę mi powiedzieć, czy dużo pan pije albo, czy zażywa pan jakieś narkotyki?

To pytanie wprawiło Stanisława w konsternację. Już miał zamiar udzielić wymijającej odpowiedzi albo po prostu skłamać, gdy nagle przypomniał sobie słowa Niezgody: „To jest naprawdę bardzo dobry psychiatra, tylko żeby mógł pomóc, to trzeba spełnić jeden warunek. Musi pan być z nim całkowicie szczery".

- Nie będę ukrywał panie doktorze, że ostatnimi czasy dość sporo piję, ale proszę mnie zrozumieć, że dzięki temu mogę się jakoś zrelaksować, odstresować. To mi pozwala zapomnieć o tym, co było i przygotować na to, co za chwilę nastąpi.

- Ucieczka w krainę otępienia alkoholowego nie jest żadnym wyjściem. Niech mi pan wierzy, ten stan będzie się tylko pogłębiał.

- Ale ja już sobie z tym nie radzę, panie doktorze. Bóg mi świadkiem. To wszystko zmierza w jakimś nieznanym mi kierunku i to mnie przeraża. Nawiedził mnie duch kobiety, której próbowałem ratować życie. Ta zjawa staje się coraz silniejsza, a jej poczynania coraz bardziej materialne i namacalne. Ja nie potrafię z tym skutecznie walczyć. Przegrywam, panie doktorze, na całej linii – odpowiedział najszczerzej, jak potrafił.

- Jest pan święcie przekonany panie Sowalski, że jest pan ofiarą opętania. Ta teza w naszym materialnym świecie jest niezwykle trudna do udowodnienia. Tutaj jednak może pana zaskoczę... ja jako psychiatra wierzę w sam fakt opętania jako takiego.

Chociaż coś, pomyślał Stanisław.

- Opętanie demoniczne lub to, co nazywam "syndromem opętania" to zjawisko, które towarzyszy człowiekowi od tysięcy, a może nawet dziesiątek tysięcy lat. – Król splótł dłonie, oparł łokcie na blacie i wsparł na tej konstrukcji brodę. – Według mnie jest to jakiś rodzaj psychologicznego i duchowego kryzysu, kiedy osoba cierpiąca czuje, że znajduje się pod wpływem lub kontrolą kogoś z zewnątrz. Bytu bardziej potężnego i obcego, przejmującego władanie nad jej umysłem oraz ciałem. Tradycyjnie to subiektywne doznanie interpretuje się jako atak i przejęcie kontroli nad człowiekiem przez nadprzyrodzoną istotę, demona, czy też diabła. Ale syndrom opętania nie ma w sobie nic paranormalnego. Występuje on w różnym stopniu nasilenia i zawsze jest oznaką wewnętrznego konfliktu psychologicznego u pacjenta. Zwykle związany jest z ukrywaną i tłumioną częścią naszej osobowości. Kolejnym przykładem może być przypadłość nazywana zaburzeniem dysocjacyjnym tożsamości (dawniej określana rozdwojeniem jaźni), w której kontrolę nad człowiekiem przejmuje tymczasowo inna osobowość lub wręcz osobowości.

Stanisław słuchał wykładu, ale przestał nadążać za definicjami, które robiły mu mętlik w głowie.

- Ten „demon" może też składać się z dawno skrywanych uczuć lub emocji, takich jak popęd seksualny czy powszechne w dzisiejszych czasach, złość i gniew, które dla doświadczającego ich człowieka przybierają formę obcego i nieakceptowanego zła. Takie nieświadome, tłumione uczucia lub „kompleksy" mogą sprawić, że pacjent zacznie myśleć, czuć i zachowywać się w sposób kompletnie dla siebie obcy.

Stanisław siedział ze spuszczoną głową, z nieobecnym wzrokiem i bezwiednie słuchał wykładu doktora Króla bez jakiegokolwiek zainteresowania. Nie przyszedł przecież tutaj dla encyklopedycznych informacji ani dla Szekspirowskich cytatów. Przyszedł, aby otrzymać pomoc, konkretną pomoc, której tak bardzo teraz potrzebował, a której, jak już teraz dobrze wiedział, na pewno nie otrzyma. Wiedział już, że błędem było przyjście do tego niewątpliwie mądrego, ale nieczułego człowieka.

Doktor zakończył monolog i teraz obserwował go z zainteresowaniem, robiąc co chwilę krótkie wpisy do swojego notatnika. Stanisław czuł się teraz, jak zwierzę w ZOO, obserwowane przez turystę, który pierwszy raz widzi taki okaz, przez co z zaciekawieniem analizuje to, co ma przed oczami.

- Panie Sowalski, czy ktoś z pańskiej rodziny chorował kiedykolwiek i leczył się psychiatrycznie? – usłyszał pytanie.

Przez kilkanaście sekund przypominał sobie historię członków swojej rodziny, ale nie potrafił przypomnieć, aby ktoś z rodziny miał podobne problemy. Mógł się cofnąć jedynie dwa pokolenia wstecz, dlatego jego wiedza nie była zbyt głęboka.

- Nie, panie doktorze, z tego co pamiętam, nikt z moich bliskich nie był nigdy nawiedzany przez żadnego ducha – odpowiadając tak udał, że nie zrozumiał pytania, jednocześnie specjalnie zaakcentował drugą część zdania.

- Czy pan się zastanawiał, dlaczego to się dzieje?

- Oczywiście – odpowiedział natychmiast.

- A czy zastanawiał się pan, na ile jest to realne? Chodzi mi o to, czy próbował pan podejść do tego tak na chłodno z żelazną logiką. Najkrócej mówiąc, czy brał pan pod uwagę fakt, że to mogą być pańskie wymysły, czy…

Stanisław w tym momencie podniósł prawą rękę do góry w powszechnie rozumianym geście i powiedział podniesionym głosem:

- Stop!!

Król natychmiast przerwał i zaskoczony spojrzał na niego wyraźnie zaintrygowany.

- Tak, panie Stanisławie.

Teraz to Stanisław przejął inicjatywę. Myśl o tym, że ma fizyczne dowody w komputerze wprawiła go niemalże w stan euforii. Do tej pory dawał się prowadzić, jak ślepiec, ale teraz uznał, że powinien powiedzieć, co myśli.

- Mam to, rozumie mnie pan doktor?

- Co pan ma? Dowiem się?

- Oczywiście. Mam to nagrane na kamerze. To nie są żadne omamy, ani też moje wymysły. Jakiś czas temu wpadłem na pomysł, aby uwiecznić to na taśmie i mam teraz kilka ujęć zwalających wprost z nóg. Mam dowody, że nie zwariowałem i jeśli pan doktor pozwoli pobiegnę do domu i za godzinę będę tu z powrotem – wypowiedział te słowa na tyle szybko, że nie miał pewności, czy jego rozmówca wszystko zrozumiał.

Król na chwilę oderwał od niego wzrok, rozejrzał się wokół i pośpiesznie zapisał coś w zeszycie.

- Rozumiem. Panie Stanisławie, to co pan przed chwilą powiedział było naprawdę bardzo interesujące, ale teraz nie będziemy o tym rozmawiać. *„Niech będzie, co będzie; czas wszystko równo w swym unosi pędzie”* – doktor zacytował Szekspira, tym razem chyba jednak bardziej dla siebie niż do swojego adwersarza. Jeśli to dla pana takie ważne, to proszę przynieść te materiały na następną sesję.

Kilkanaście minut wcześniej Stanisław oddałby wszystko, aby dowiedzieć się, co też jego rozmówca zapisał w tym zaszycie podczas dzisiejszego spotkania. Teraz jednak było mu absolutnie wszystko jedno. Nie chciał być niegrzeczny, inaczej już teraz wyszedłby z tego gabinetu. Postanowił grzecznie zaczekać, aż to gospodarz zakończy spotkanie.

- Przepiszę panu pewien lek, który pomoże panu pozbyć się tych pańskich urojeń. Mówię tak, gdyż w dobie wszechobecnego internetu i tak sprawdzi pan w jakiejś encyklopedii, czy też leksykonie, na jaką chorobę jest lek, który panu przepisałem.

- Dziękuję panu, a jak mam to zażywać – zapytał odbierając z rąk doktora receptę.

- Ten lek, to Zalasta… jedną tabletkę co wieczór i spotykamy się za cztery tygodnie.

- Więc w pana mniemaniu jedną małą tabletką rozwiąże pan wszystkie moje problemy? – zapytał sarkastycznie.

- Niejedną, drogi panie. Rano jeszcze ma pan zażywać relanium. Te leki powinny panu pomóc, a gdyby nic się nie zmieniło, to przy następnej wizycie spróbujemy czegoś nowego. Na odwrocie wizytówki, którą dałem panu z receptami jest zapisany termin następnej wizyty.

- Dziękuję doktorze – odpowiedział grzecznie, choć jego zdaniem nie było za co dziękować.

- *„Drwi z blizn, kto nigdy nie doświadczył rany”* – spuentował ich spotkanie doktor Król, ale Stanisław udał, że tego nie słyszał.

- Chciałby pan coś dodać na zakończenie naszego spotkania, panie Sowalski? – usłyszał pytanie.

- Gdybym znał twórczość Szekspira, to pewnie tak, a tak to raczej nie.

- *„Każdy gra jakąś rolę, a moja rola jest smutna”* – nie wiadomo czemu powiedział na odchodnym doktor Król.

Stanisław poczuł się urażony. Nigdy nie znosił, gdy ktoś traktował go, jak idiotę, a teraz tak właśnie się poczuł. Szybko wyszukał z zakamarków pamięci zwrot, który według niego pasował do tej chwili i uroczyście z najlepszym akcentem na jaki było go teraz stać zadeklamował:

„I jak w oka mgnieniu, jak w krótkim westchnieniu,
Już się bezmiar szczęścia pogrąża w cierpieniu.
Za progiem salonu, śmierć stoi i czeka.
Och jak życie uczy pokory człowieka".

Nie zabrzmiało to tak, jak tego oczekiwał. Dla kogoś patrzącego z boku musiało to wyglądać może nawet śmiesznie. Poczuł się, jak uczniak w szkole deklamujący wiersz na ocenę, a przecież nie o to mu chodziło. Zdało mu się, że kolejny raz zrobił z siebie idiotę.

- To nie Szekspir, prawda? – zapytał zaskoczony Król.

- Nie, ale równie piękne – odpowiedział.

Wyjął z portfela w teatralnym geście banknot stu złotowy, położył go na biurku, ale gdy podniósł wzrok zauważył, że doktor trzyma podniesioną dłoń z dwoma palcami w geście zwycięstwa. Już miał zapytać o jakie zwycięstwo mu chodzi, gdy nagle zreflektował się, że ten pokazuje mu, że wizyta kosztowała dwa takie banknoty, a nie jeden. Dołożył brakujący banknot, pożegnał się grzecznie i wyszedł na zewnątrz. Wychodząc na korytarz poczuł intensywny zapach, jakże znanych mu kobiecych perfum. Ku swojemu zdziwieniu ten źle mu się kojarzący zapach zamiast wprawić go w zły nastrój sprawił, że spłynął na niego spokój i ukojenie. Król odprowadził go, aż do samej furtki. Ściskając mu dłoń na pożegnanie, zapytał:

- Zamierza pan panie Sowalski zażywać przepisane przeze mnie leki, czy też recepta wyląduje w koszu.

Stanisław spojrzał mu głęboko w oczy i przez kilka sekund sprawdzał, czy nie dostrzeże w nich cienia ironii. Oprócz błysku świadczącego o olbrzymim intelekcie, nie zauważył nic, poza tym.

Nie zamierzał tego w żaden sposób skomentować. Wychodząc przez furtkę usłyszał jeszcze za plecami.

- *„Zamiary są wiatrem, kiedy nie idą z wykonaniem w parze".*

- Pieprzyć to – pomyślał i ruszył szybkim krokiem przed siebie.

Sen przychodził z najwyższym trudem, a właściwie to wcale nie przychodził. Był gdzieś obok, niedaleko, ale nijak nie dawał się zaprosić do ciepłego łóżka. Nie wiedział, jak długo tak leży i zmaga się z bezsennością. Niby był naprawdę bardzo, ale to bardzo zmęczony, ale pomimo jego najlepszych chęci sen jednak nie chciał nim zawładnąć.

- Co jest u diaska dzisiaj ze mną? Czyżbym za późno wypił kawę i teraz odczuwam tego skutki? Ale przecież kofeina nigdy nie robiła na mnie wrażenia. Nie, to nie może być wina kawy, zdecydowanie nie.

Obrócił się na wznak i chwilę leżał nieruchomo patrząc w ciemność nad sobą i nasłuchując odgłosów nocy. Teraz akurat było dość głośno w okolicy. O tej porze dźwięki były, jakby silniejsze, to tak jakby ktoś niejako z urzędu dodawał do każdego najmniejszego nawet szmeru po kilkanaście decybeli. Lubił się wsłuchiwać w mowę nocy. Gdzieś w oddali przejechał nocny tramwaj, gdzieś zatrąbił samochód, po chwili usłyszał głośne miauczenie kota, a zaraz potem odległe szczekanie. Gdzieś ktoś się z kimś kłócił albo za głośno oglądał nocną telewizję. Jakiś pijak śpiewał hymn pochwalny na cześć swojej żony. Urzekająca proza nocnego życia, czysta esencja uśpionego miasta.

- Cholera, może gdybym wypił jedno piwo przed snem, to byłoby jakieś rozwiązanie? Po piwie zawsze chciało mi się spać, więc dlaczego teraz miałoby być inaczej. Może teraz powinienem wstać i łyknąć sobie jedno piwko? Jeżeli to pomoże w zaśnięciu, to czemu nie – krótką chwilę analizował swój zamiar.

- Nie, tak nie można, zdecydowanie nie można. Jeszcze popadnę w alkoholizm i dopiero się narobi. A może już popadłem i tylko zdaje mi się, że mam jeszcze nad tym jakąś kontrolę? Przecież żaden alkoholik nie wierzy, że jest chory. Chyba jednak tragizuję. W mojej rodzinie nikt przecież nie miał nigdy problemów alkoholowych, więc dlaczego ja niby miałbym takie mieć.

Natłok chaotycznych myśli jeszcze bardziej go pobudził. Obrócił się szybko na prawą stronę, nałożył poduszkę na głowę i tak próbował zasnąć. Leżał w ten sposób przez pewien nieokreślony czas. Teraz nie docierały do niego żadne dźwięki, ale pomimo tego sen nie chciał przybyć. Zaczynało go to już coraz bardziej irytować. Poleżał jeszcze chwilę, ale ponieważ nie dało to żadnego zamierzonego skutku zrzucił poduszkę z głowy, usiadł na łóżku i bez zapalania światła poszedł do kuchni do stojącej tam lodówki. Idąc po ciemku przebrnął przez korytarz i dotarł na miejsce. Tu już musiał jedynie zapalić światło, gdyż nie wiedział, w którym miejscu śpi Reks, a z racji jego rozmiarów nie chciał na niego wpaść i się przez niego przewrócić. Podniósł lewą rękę na wysokość włącznika i chwilę po omacku szukał. Pamiętał, gdzie jest, przecież szukał go w ten sposób setki razy. Jego palce macały gładką ścianę do góry, w dół i na boki. Wiedział, że za chwilę wyczuje opuszkami palców znajomy kształt. Jego palec wskazujący dotknął krawędzi włącznika, więc nastawił się, zadowolony na to, że zaraz w kuchni zrobi się jasno. Jednak po chwili jego palce natrafiły na coś dziwnego. Zaskoczyło go to zupełnie, gdyż nie spodziewał się w tym miejscu czegoś takiego, a zwłaszcza, że nie był w stanie zidentyfikować, czego dotykał.

Chwilę tak trzymał dłoń i wreszcie zrozumiał z czym miał do czynienia. W swojej silnej męskiej dłoni trzymał małą dłoń, czyjąś małą zimną dłoń. Odruchowo puścił ją i cofnął się na korytarz. Bezwiednie wyszukał znajdujący się najbliżej włącznik światła do łazienki i nacisnął go. Momentalnie w łazience, jak i w korytarzu zrobiło się jasno. Szybko ruszył w kierunku widocznego teraz wyraźnie włącznika światła na korytarzu. W ten sposób pozapalał światła w całym mieszkaniu, wszędzie za wyjątkiem kuchni. Stał teraz na środku korytarza zwrócony twarzą w kierunku drzwi wejściowych do tamtego pomieszczenia. Wszędzie, w całym mieszkaniu było jasno, tylko tam jeszcze panował złowrogi półmrok. Ciemność go przerażała i jednocześnie przyciągała z pewną dziwną, niesamowitą siłą.

Nie bardzo wiedział, jak ma się zachować. Powoli podszedł, cały czas nasłuchując, do wejścia do kuchni. Zastanawiał się przez chwilę, co robić, aż wreszcie nabrał odwagi i wsunął z powrotem rękę w panującą w kuchni ciemność. Skierował rękę w stronę włącznika i po chwili wodząc na ślepo namacał wreszcie urządzenie i nie natrafiając już na żadną przeszkodę nacisnął przycisk. W kuchni od razu zrobiło się jasno.

- Stanisław musisz zdobyć się na odwagę. W końcu do cholery jesteś mężczyzną, a to przecież do czegoś zobowiązuje – mówił do siebie na głos, lecz bardzo cicho, jakby w ten sposób chciał poinformować, to coś, o tym, co zamierza za chwilę zrobić, a jednocześnie dodać sobie odwagi.

- Liczę do trzech i wchodzę. Raz, dwa, trzy – powiedział to, tym razem głośno i ruszył przed siebie.

Wszedł szybko do kuchni z głową opuszczoną, jak gdyby z pokorą i wzrokiem skierowanym na podłogę. Był przerażony perspektywą zobaczenia czegoś, czego zobaczyć nie chciał. Bał się panicznie spojrzeć od razu przed siebie i ogarnąć wzrokiem całe pomieszczenie. Postanowił sobie, że będzie spoglądał na podłogę i stopniowo podnosił wzrok, aby zorientować się czy na pewno jest pusto i bezpiecznie. Przeszedł próg i skręcił w lewo zgodnie z układem pomieszczenia. Zrobił dwa kroki w przód i zatrzymał się nagle. Serce waliło mu, jak dzwon, a instynkt podpowiadał, że coś jest nie tak. To było irracjonalne. Nie wiedział czemu, ale tak bardzo się teraz bał.

Czuł swoim przysłowiowym szóstym zmysłem, że coś jest nie tak, ale niestety nie miał tyle odwagi, by to sprawdzić. Stał nieruchomo ze wzrokiem spuszczonym w dół. Na razie widział jedynie swoje nogi i niewielki fragment podłogi. Stał teraz twarzą do okna, lecz ze spuszczonym wzrokiem, więc większość pomieszczenia była nadal poza zasięgiem jego wzroku. Nabrał potężny haust powietrza, co go nieco uspokoiło i powoli zaczął podnosić wzrok i ogarniać coraz większą połać kuchni. Oddychał głęboko i miarowo, ale serce nadal waliło mu tak, że obawiał się, że w każdej chwili może dostać zawału.

Stanisław uspokój się, przecież tu nic nie ma. Weźmiesz za chwilę psa i wyjdziecie spokojnie na spacerek, i po pół godzinie położysz się spać, i zaśniesz, jak maleńkie dziecko, myślał szybko i intensywnie, a wewnętrzny monolog uspokajał go i pozwalał nabrać odwagi.

Wreszcie dotarł wzrokiem do miejsca, gdzie coś się działo. Zobaczył końcówkę ogona Reksa, a po chwili tylną połowę tułowia. Pies leżał na podłodze nieruchomo, ale to co ujrzał obok zmroziło mu krew w żyłach. Patrzył na damskie stopy w białych butach na wysokim obcasie. Osoba, która je nosił była niewątpliwie odwrócona do niego plecami. Nagle usłyszał ciche skomlenie swojego psa, więc skupił na chwilę wzrok na swoim pupilu. Ten, jakby wyczuł, że przykuł uwagę swojego pana, gdyż odwrócił głowę i spojrzał w jego kierunku. Stanisław zobaczył psie oczy pełne smutku, przerażenia i jakby zwierzęcej bezradności. Zrobiło mu się niezwykle żal Reksa, więc zdobył się na największy akt odwagi w swoim życiu. Podniósł wzrok i w jednej chwili ogarnął całą postać.

Nie to niemożliwe, to nie może się dziać! Boże Kochany, ratuj mnie! krzyczał w myślach, gdyż z jego gardła nie chciało się absolutnie nic wydostać.

Stała przed nim kobieta, średniego wzrostu w śnieżnobiałej sukni. Stała nieruchomo odwrócona do niego plecami, spoglądając w okno, jakby zupełnie nie zdawała sobie sprawy z tego, że on za nią stoi. Dłonie miała oparte o parapet i patrzyła w przestrzeń za oknem. Trwało to kilka sekund, po czym kobieta poruszyła głową, jakby strząsała coś z włosów. Po kolejnej sekundzie odwróciła głowę i spojrzała na niego. Ich spojrzenia spotkały się na krótką chwilę. Stanisław stał teraz jak zahipnotyzowany, a z transu wyrwał go dopiero jego własny krzyk.

- Nie!!! – krzyknął (nic mądrzejszego nie przyszło do głowy), odwrócił się i błyskawicznie uciekł z kuchni. Szybko przebiegł przez korytarz nie odwracając się i przez chwilę szamotał się z zamkniętym zamkiem. W końcu otworzył drzwi i przeskakując po dwa, trzy stopnie zbiegł na dół. Ocknął się dopiero około dwudziestu metrów od wyjścia z budynku.

Zbyt wolno dochodził do siebie. Ciężko dyszał i nie mógł złapać oddechu. Stał zgięty wpół z dłońmi opartymi na swoich kolanach, nie mogąc dojść do siebie. Nadal odwrócony plecami do wejścia powoli zbierał odwagę, aby się odwrócić i spojrzeć w okna swojego mieszkania. To, że był na zewnątrz, dodało mu nieco pewności siebie. Głębiej odetchnął i odwrócił się na pięcie. Stał teraz twarzą do budynku i spoglądał na dwa widoczne z tego miejsca okna swojego mieszkania na trzecim piętrze. W oknie od pokoju nic nie dostrzegł, ale w kuchennym zobaczył z znajomą sylwetkę. Kobieta w bieli stała tuż za firaną, tak, jak ją tam pozostawił i wpatrywała się w niego. Jej usta wyglądały jakby miała za chwilę powiedzieć:

- Jestem tu, wracaj do mnie, kochany.

Nie patrzyła jednak na niego. Jej wzrok był skierowany gdzieś ponad nim. Tak to odbierał, bo z tej perspektywy nie było szans, żeby określić jej zamiary. Nie wiedział, gdzie kobieta patrzy, ale był zadowolony z powodu tego, że nie patrzy teraz na niego. Wpatrywał się przerażony, a jednocześnie nie mógł oczu od niej oderwać. Czuł się, jak sparaliżowany i nie wiedział, co ma takiego zrobić, aby wyrwać się z jej mocy. Modlił się żarliwie do Boga, aby to przerwał, ale ten nie czynił nic, aby mu pomóc. Skoro modlitwy nie pomogły to zaczął soczyście przeklinać. Uruchomił cały arsenał wulgaryzmów, wszystkie, jakie znał, a gdy zabrakło słów wymyślał na poczekaniu nowe. W końcu zaczął zaklinać, aby odeszła tam, gdzie jej miejsce i dała mu wreszcie spokój. Wszystko to zrobił po to, aby stworzyć jakąś barierę między nimi, której ona nie będzie w stanie pokonać.

Trwał w bezruchu i nie miał bladego pojęcia, co ma dalej czynić. Stał tak dłuższą chwilę, bezradny z głową wtuloną w ramiona, gdy nagle w drzwiach wejściowych do kamienicy zauważył jakiś ruch. To był jego pies, który powoli wyszedł z budynku i teraz zbliżał się do niego z opuszczonym łbem i podkulonym ogonem. Pies podszedł do niego i położył się tuż obok, jakby przepraszał, że nic nie zrobił i dał się w taki sposób zmanipulować temu czemuś. Stanisław oderwał wzrok od psa i spojrzał w górę, ale w obu oknach już nic nie dostrzegł.

Już jej tam nie było. Chwilę jeszcze stał wpatrzony w kuchenne okno, sam nie bardzo wiedząc na co czeka, ale w końcu coś podświadomie nakazało mu przerwać, to wszystko i pilnie coś ze sobą i swoim towarzyszem zrobić. Spojrzał na swojego pupila i zasmucony przykucnął tuż obok niego. Pies leżał jak kłoda, bez ruchu i gdyby nie to, że jego klatka piersiowa unosiła się cały czas rytmicznie i miarowo pomyślałby, że nie żyje. Głaskał czule Reksa po głowie i karku, ale ten w ogóle nie reagował na te pieszczoty. Nadal leżał i cichutko skomlał, jak gdyby przez sen. Stanisław już powoli tracił nadzieję, lecz w końcu chyba jego dotyk sprawił, że pies zaczął się powoli uspokajać. Najpierw przestał skomleć, a po chwili jego długi kudłaty ogon zaczął bardzo powoli, a później coraz szybciej i rytmiczniej szorować na boki.

- Już dobrze piesku. Nie bój się, wszystko będzie dobrze, zobaczysz. Twój pan nie pozwoli cię skrzywdzić – mówił do psa, jak do człowieka. Chciał, aby się całkowicie uspokoił i żeby mogli coś wreszcie wspólnie zrobić, bo przecież nie mogli tutaj zostać. Był środek nocy, a oni stali przed budynkiem.

Gdzieś za swoimi plecami usłyszał najpierw cichy, a później coraz głośniejszy odgłos pracy silnika. Nadjeżdżał jakiś pojazd. Odwrócił się szybko i zobaczył samochód policyjny, który powoli przejeżdżał patrolując okolicę. Pojazd poruszał się coraz wolniej, w końcu zatrzymał się na ich wysokości, a szyba w drzwiach od strony pasażera powędrowała w dół, odsłaniając profil mężczyzny w mundurze. Głowa policjanta przekręciła się w ich stronę i po chwili usłyszał słowa wypowiadane służbowym tonem:

- Czy wszystko w porządku? – zapytał młody mężczyzna w polowym mundurze.

- Tak jest, panie władzo, nic złego się nie dzieje. Wszystko jest dobrze. Wyszedłem tylko z psem na chwilę... Wie pan, za potrzebą... to znaczy no, psią potrzebą – czuł, że zaczyna się motać. – Ale nic się złego nie dzieje – odpowiedział szybko modląc się w duchu, żeby już odjechali.

Policjant chwilę przyglądał im się z uwagą, ale widocznie nie dostrzegł niczego podejrzanego, gdyż po chwili pojazd ruszył dalej.

Teraz dopiero zwrócił uwagę na to, że przecież jest w spodenkach od piżamy, a to raczej nie jest codziennością w takim miejscu. Góry zapomniał założyć. Nie dziwota, że przykuł uwagę policji.

- Niech pan dopilnuje, żeby pies nie hałasował i dobrze by było, aby następnym razem zakładał pan coś więcej na siebie. Jakby nie patrzeć jesteśmy w miejscu publicznym. – policjant rzucił niby od niechcenia.

- Tak, oczywiście, panie władzo – odpowiedział najbardziej ugodowym tonem na jaki było go teraz stać.

Radiowóz odjechał powoli, a oni pozostali na miejscu ze swoimi problemami.

- Co teraz zrobimy, Reks? Na szczęście odjechali, ale przecież nie możemy tu zostać. Zobacz tam u góry jest nasz dom i tam musimy wrócić.

Pokierował łbem psa w znajomym kierunku.

- Masz tyle odwagi, czy nie. Ja myślę, że masz. Pewnie masz jej nawet więcej ode mnie. To co, idziemy psiaku?

Wyprostował się i spojrzał w okna. Na szczęście nie dostrzegł już w nich nikogo. Złapał psa za obroże, gdyż smycz została w mieszkaniu i ruszyli w stronę budynku. Uszli kilka metrów, gdy podniósł głowę, by powtórnie zlustrować okna. W oknie pokoju zobaczył postać, postać kobiety. W jednej chwili przerażony znieruchomiał, zaskoczony tym, że to, co odeszło jednak wróciło. Po kilku sekundach odetchnął z ulgą. Za szybą stała jego sąsiadka i machała do nich ręką, jakby dawała znać, że jest tam i na nich czeka. Ruszyli powoli w stronę wejścia do budynku. Na schodach przyśpieszyli kroku i już po minucie byli przed swoimi drzwiami. Chciał wejść wreszcie do mieszkania ze swoim psem, ale pies nagle zatrzymał się w wejściu i za nic nie chciał wejść z nim do mieszkania.

W wejściu stała w długim szlafroku jego sąsiadka, a na jej twarzy gościła nieskrywana troska.

- Co się stało, Stasiu? Usłyszałam jakieś hałasy i wyszłam sprawdzić. Twoje drzwi zastałam otwarte, jak szeroko, a w środku ani żywej duszy. Trochę się bałam wejść do środka, ale jakoś się przemogłam.

Przeszłam całe mieszkanie, ale nigdzie was nie było. Już prawie zaczęłam panikować, że stało się coś naprawdę niedobrego. Dopiero, jak stanęłam w oknie, to was zobaczyłam.

- Reks musiał wyjść za potrzebą, Kasiu – skłamał, gdyż podejrzewał, że i tak by mu nie uwierzyła, a poza tym nie chciał jej martwić. To były jego problemy i tylko jego.

- Domyślam się, że za potrzebą, ale dlaczego u diaska nie zamykasz drzwi za sobą? Przecież takie postępowanie to prowokacja, to wręcz zaproszenie dla złodzieja – widać było, że jest na niego zwyczajnie zła, ale wyczuć można było w jej słowach również zwykłą kobiecą troskę.

- Stasiu, spodziewałam się po tobie więcej rozsądku.

Karciła go w tej chwili, jak wychowawczyni swojego niesfornego ucznia.

Uśmiechnął się do niej swoim najlepszym służbowym uśmiechem, tak po prostu dla rozładowania napiętej atmosfery. Rozbroił ją tym i widać było, że nie jest już na niego tak bardzo zła, ale jednocześnie wiedział, że swoje będzie musiał wysłuchać.

- Cały czas miałem drzwi do klatki schodowej na oku, a przecież nikt z sąsiadów by mnie nie okradł – znowu skłamał, ale teraz z tego powodu zwyczajnie miał wyrzuty sumienia.

- Może i masz rację, ale na miłość boską tak się nie robi. Przecież wiesz o tym.

- Wiem, wiem – odpowiedział i powtórnie spróbował wciągnąć psa do środka. Reks cały czas stawiał opór i ani myślał usłuchać. Podczas szarpaniny nie ruszył się ani o centymetr.

- Co mu się stało?! – zapytała Katarzyna, wyraźnie zaskoczona zachowaniem psa.

- Nie wiem. Pierwszy raz tak się zachowuje. Nie mogę go za nic zmusić do wejścia do mieszkania. Broni się skubaniec, a ja nie daję rady. Jest po prostu za duży i za ciężki.

- Co Reks ma na głowie? – pochyliła się nad psem. – Nigdy nie był taki siwy?! Od kiedy on to ma?! Miał to wcześniej, bo dopiero teraz zauważyłam?! – zasypała go pytaniami.

- Nie wiem?! – wzruszył ramionami. – Po prostu osiwiał ze starości. Widocznie psy też siwieją – odpowiedział szybko, aby nie dać się jej rozkręcić.

Katarzyna podeszła do Stanisława bliżej. – Uśmiechnęła się ciepło i pogłaskała go po policzku. Przypatrywała mu się uważnie i po chwili z nutką troski w głosie zapytała:

- Wiem, że masz kłopoty, to pewne, ale nie wiem jakie ani dlaczego? Co się z tobą ostatnimi czasy dzieje? Zmieniłeś się Stanisławie i to bardzo. Jeśli chcesz to z siebie wyrzucić, to jestem tuż obok. Czy nam się to podoba, czy nie, to jesteśmy takim gatunkiem, że musimy żyć w stadzie. Każdy człowiek, nawet największy samotnik potrzebuje kogoś, choćby po to, aby mieć się przed kim otworzyć. Wiem, że możesz mówić do psa, on cię nawet wysłucha, ale to nie to samo. Pamiętaj Stasiu monolog to nie jest dialog.

Był zakłopotany i nie bardzo wiedział, co ma tej kobiecie teraz odpowiedzieć. Stał przez chwilę ze spuszczoną głową i zastanawiał się, jak z tego wybrnąć.

- Mam problemy, ale myślę, że sobie z nimi poradzę. Jeżeli jednak będzie inaczej, to obiecuję, że będziesz pierwszą osobą, do której się zwrócę o pomoc.

- Posłuchaj mnie Stasiu. On nie może spać na klatce schodowej, a do domu wejść nie chce. Myślę, że mam pewien pomysł. Wiesz. co zrobimy? Zabiorę go do siebie, a jutro – spojrzała na zegarek na ręce, – właściwie to już dzisiaj, gdyż jest po północy, zabierzesz go ode mnie i zaprowadzisz z samego rana do weterynarza, bo najwyraźniej coś mu dolega.

- To świetny pomysł. Dziękuję ci – wypowiedział te słowa i nawet nie rozumiejąc, dlaczego, pocałował ją w policzek.

Kobieta niemalże zawisła w bezruchu. Po sekundzie jednak zaskoczenie minęło, a ona uśmiechnęła się szeroko. Pochyliła się, złapała psa za obrożę i zaciągnęła do swojego mieszkania. Zamykając drzwi odwróciła się do niego i z zalotnym uśmiechem na ustach, flirtownie powiedziała:

- Będę musiała zamknąć moje koty w łazience, a takie poświęcenie z mojej i ich strony, wymaga innego całusa – mrugnęła do niego zalotnie i cichutko zamknęła za sobą drzwi.

Pozostał teraz sam na klatce schodowej i nie bardzo wiedział, co ma zrobić. Musiał wrócić do swojego domu, ale nie chciał. Nie to, żeby się bał. Jego lęk, strach, czy nawet przerażenie gdzieś odpłynęły, zniknęły zupełnie. Teraz już się nie bał. Najdziwniejsze w tym wszystkim było to, że nie wiedział, dlaczego? Strach odpłynął, zniknął gdzieś, a dlaczego i gdzie, tego niestety, a może na szczęście nie wiedział. Musiał tam wejść. To było jak wyzwanie, jak jakiś rodzaj inicjacji. Trzeba było to zrobić, aby odzyskać szacunek do samego siebie.

- No dalej Stanisław, czas na ciebie! Dawaj! Odwlekanie tego w czasie nic nie da i tak musisz to zrobić, a czy to zrobisz teraz, czy za pięć minut nic nie zmieni – myśli kotłowały mu się w głowie, ale ten wewnętrzny myślowy monolog dodawał mu pewności siebie.

- Jeden głębszy wdech i zaczynam odliczanie. Na „już" wchodzę do środka choćby nie wiem co się działo. Zaczynamy, trzy, dwa, jeden, już!

W oka mgnieniu przekroczył próg i zatrzymał się po dwóch krokach. Rozejrzał się na wszystkie strony, aby ocenić sytuację i ewentualnie naprędce opracować jakąś strategię. Choć przecież był w swoim domu, to jednak czuł się, jakby przychodził do kogoś w gości. Każde pomieszczenie było jasno oświetlone i do wszystkich z racji rozkładu mieszkania można było zajrzeć z korytarza, gdyż wszystkie drzwi były teraz szeroko otwarte. Postanowił najpierw zajrzeć do kuchni. Podszedł do wejścia i powoli wsunął głowę do środka. W każdej chwili był gotowy na jakąś reakcję. Choć nie wiedział, jak wówczas zareaguje, to jednak chciał przynajmniej nie zostać zaskoczonym. Jego sporych rozmiarów kuchnia była teraz pusta. Rozejrzał się po całym pomieszczeniu. Cicho, jasno i pusto. Boże, oby w pozostałych było tak samo, pomyślał.

Nagle usłyszał tuż za plecami coś jakby cichutki szmer. Chwilę intensywnie nasłuchiwał, ale nic więcej nie usłyszał. Nie był pewien, czy to było złudzenie, czy rzeczywiście jego zmysł słuchu coś wychwycił. I wtedy uzewnętrzniło się coś, co żaden z fizycznych zmysłów nie byłby w stanie wychwycić. Coś za nim było, tuż za nim. Nie widział tego, nie słyszał, nie czuł nawet, ale to tam było. Szósty zmysł krzyczał do jego świadomości, aby uważał, gdyż coś mu grozi. Domyślił się z czym ma do czynienia, ale niestety zabrakło mu odwagi, aby się obejrzeć. Strach, który wcześniej zniknął, teraz z całą mocą powrócił. Z tyłu za plecami robiło się coraz chłodniej, a po chwili wręcz zimno. Czuł jak lodowate zimno stopniowo go ogarnia. Najpierw stopy, potem kolana i tułów i pnie się coraz wyżej. Wiedział, że gdy dotrze do głowy to zwariuje, ale wiedział również czego mu teraz najbardziej potrzeba. Nie odwracając się przeszedł powoli kilka kroków i podszedł do lodówki.

Powoli otworzył ją i zajrzał do środka. Wyszukał wzrokiem to czego szukał, wziął to do ręki, odkręcił nakrętkę i szybko wypił dwa duże łyki, polskiej markowej wódki. Momentalnie zrobiło mu się gdzieś w środku wręcz gorąco, co niewątpliwie zaowocowało nagłym przypływem energii. Poczuł się teraz dużo silniejszy, a odwaga, która, jak gdyby wcześniej była zamknięta w butelce, teraz rozlała się wraz z wypitym płynem po całym jego ciele. Odwrócił powoli głowę i zerknął w kierunku wejścia do kuchni. Wziął ze sobą butelkę, jakby to była jakaś broń i zdecydowanym krokiem wyszedł na korytarz.

Czuł się podbudowany zażytymi promilami, a jego „odwaga na dopingu" kazała mu brnąć dalej. Zajrzał do łazienki... Nic. Stanął chwilę zadowolony i wziął głębszy oddech, zupełnie jakby miał skoczyć zaraz do wody i zanurkować w nieokreśloną głębinę. Powoli wypuścił z namaszczeniem powietrze z płuc i z wolna ruszył przed siebie. Następnym pomieszczeniem była jego sypialnia, ale i tam niczego nie zauważył. Rozgrzebane łóżko i zmięte dzienne ubranie rzucone na krzesło, to było wszystko, co przykuło jego uwagę. Pociągnął jeszcze jeden łyk z butelki i zdecydowanie ruszył do ostatniego niezbadanego jeszcze pomieszczenia. Zaraz w wejściu poczuł intensywny zapach, jakże znanych mu perfum. Tym razem nie zawahał się ani chwili. Wszedł do pokoju stołowego, uważnie zlustrował wszystko wokół i szybkim zdecydowanym ruchem usiadł w fotelu.

- Nie boję się ciebie, przynajmniej nie teraz. Jestem tutaj i cierpliwie czekam na twój ruch. Czegoś przecież ode mnie chcesz – zebrał się na odwagę pod wpływem alkoholu, ale jednocześnie przypomniał sobie słowa Kajetana, który powiedział mu, że nie może przed tym uciekać.

- Ja nie mam bladego pojęcia po co to robisz. Jeżeli chcesz mi coś przekazać to proszę bardzo, jestem gotowy. To nie może przecież trwać w nieskończoność.

Skończyła mu się wena i nie bardzo wiedział, co jeszcze mógłby powiedzieć. Siedział więc wygodnie i czekał na ruch z jej strony. Niestety, a może na szczęście nie doczekał się. Obraz przed oczami powoli stawał się mętny i zamazany. Pociągnął jeszcze jeden łyk i odstawił butelkę na ławę. Nie wiedział, kiedy zasnął. Alkohol zrobił swoje i teraz spał głębokim snem pijaka.

Był na tej ulicy. Początek tego snu był niemal identyczny z poprzednim. Znów unosił się, a właściwie płynął nad ulicą, ale teraz nie zatrzymał się przy kłócącej się parze, tylko kierował się do miejsca, gdzie to się wydarzyło. Nie mógł teraz sterować swoimi ruchami, choć próbował, ale niewiele tym razem miał do powiedzenia. Płynął jakby z wiatrem, skazany na jego siłę i mógł się jedynie poddać tej fali. Poddał się więc całkowicie i płynął ciekaw tego, co za chwilę nastąpi. Nagle nie wiadomo, dlaczego ani też w jaki sposób zniknął z ulicy i zmaterializował się w samochodzie tamtego mężczyzny. Siedział z przodu auta na miejscu dla pasażera i patrzył jak przyszły morderca zbliża się do samochodu, siada na miejscu kierowcy, odpala silnik i rusza. Kierujący, jak się tego spodziewał, nie zwrócił na niego najmniejszej uwagi. Ruszył nagle i zaczął błyskawicznie zbliżać się do kobiety w bieli. Stanisław odruchowo spróbował chwycić za kierownicę i zmienić kierunek jazdy, ale nie mógł się ruszyć. Próbował więc krzyczeć, aby zwrócić uwagę kobiety na grożące jej niebezpieczeństwo, ale też bez skutku. Czuł się jak manekin wystawiony na sklepowej wystawie.

Samochód wjechał w nią z impetem, a ciało przetoczyło się po masce i przedniej szybie, aby upaść z tępym odgłosem gdzieś z tyłu pędzącego auta. Pojazd przejechał jeszcze pewien odcinek i wreszcie zatrzymał się. Morderca nie zdejmując rąk z kierownicy siedział ze spuszczoną głową i zapewne myślał, co też przed chwilą zrobił albo co teraz ma zrobić, aby uniknąć konsekwencji. Nagle ku zaskoczeniu Stanisława ruszył z piskiem opon. Przejechał z dużą prędkością może z kilkaset metrów, po czym zwolnił i po przejechaniu około kilometra zatrzymał się nagle. Widać było, że jest wściekły, wściekły i zdeterminowany. Stanisław miał czas, więc przyglądał mu się teraz z ciekawością. Był tak blisko niego, że gdyby mógł się ruszyć, to by go po prostu dotknął. Mógł teraz wreszcie przyjrzeć mu się dokładnie. Wszystko było tak wyraźne jak w kinie na filmie w jakości HD.

Dosłownie centymetry od niego siedział człowiek, który wprowadził w jego życie takie zamieszanie i odebrał to, co najcenniejsze, czyli życie niewinnej istocie. Był teraz tak blisko, ale niestety, nie w fizycznym tylko w wyimaginowanym świecie sennych wizji. Najgorsze w tym wszystkim było to, że wiedział, co się za chwilę stanie, a absolutnie nic nie mógł z tym zrobić. Nagle nie wiadomo czemu, ubzdurał sobie, że zrobi sobie jego portret pamięciowy, a później ewentualnie będzie mógł podać perfekcyjnie dokładny rysopis policji, oczywiście gdyby tylko mu uwierzyli. Siedzieli tak przez jakiś nieokreślony czas w zupełnym bezruchu. Ofiara i zabójca, bo przecież on też był ofiarą, choć miał tyle szczęścia, że skończyło się tylko na kilku szwach na głowie. I wtedy nagle mężczyzna się odezwał:

- Skończ to Paweł, tak trzeba! Jeśli zacząłeś, to teraz musisz to skończyć! Pieprzyć to, nie ma innego wyjścia! Musisz mieć chłopie pewność, że nic nie powie!

Samochód ruszył najpierw bardzo wolno, a po chwili trochę szybciej. Gdzieś daleko za plecami przejechał na sygnale policyjny radiowóz. Stanisław przypomniał sobie odgłos syreny, który wtedy, gdy udzielał pomocy kobiecie, wziął za dźwięk nadciągającej pomocy. Jechali teraz obaj z normalną dopuszczaną przepisami w terenie zabudowanym prędkością. Kilkaset metrów od miejsca tragedii zatrzymali się. Mężczyzna przez chwilę siedział nieruchomo, chyba się nad czymś zastanawiał. Po chwili, jakby podjął w końcu jakąś decyzję, ruszył do przodu. Auto powoli dojeżdżało do miejsca, gdzie obok kobiety w bieli, leżącej na ulicy, klęczał mężczyzna.

Kierujący zatrzymał auto kilkanaście metrów za plecami tamtego Stanisława i wyłączył silnik. Pochylił się w stronę przedniej skrytki umiejscowionej tuż obok kierownicy, otworzył ją i wyjął ze środka przedmiot, który Stanisław natychmiast rozpoznał. Mężczyzna przez chwilę ważył w ręku stalową rurkę, jakby zastanawiał się, czy się nada. Ponieważ przesunął ją tuż przed jego oczami, więc mógł dokładnie obejrzeć przedmiot. Długa ciemna metalowa rurka o średnicy około pięciu centymetrów i długości około czterdziestu, miała zaraz zadać śmierć człowiekowi, którego spotkał wtedy pierwszy raz w życiu. Znowu próbował w jakikolwiek sposób zatrzymać mordercę lub chociaż przekazać mu, że jest tuż obok i wszystko widzi. Niestety tak jak poprzednio, nie mógł się poruszyć, przez co nie miał najmniejszego wpływu na dalszy rozwój wypadków. Miał sparaliżowane całe ciało oprócz szyi. To tak jakby ktoś chciał, aby za jej pośrednictwem mógł kierować głową i obserwować rozwój wypadków, lecz nic, poza tym. Mógł być jedynie biernym obserwatorem i nie był z tego powodu zadowolony.

Morderca otworzył drzwi, wyszedł powoli z samochodu i wolnym krokiem, jakby się skradał podszedł od tyłu do klęczącego mężczyzny. Podniósł uzbrojoną rękę w górę i z impetem spuścił na jego głowę. Stanisław obserwował siebie, jak upada na ciało kobiety, a jego pogromca podchodzi teraz od zagłowia i uderza z całej siły w głowę kolejnej ofiary. Pochylił się nad nią, jakby coś sprawdzał, a później zebrał rozsypane na drodze osobiste rzeczy do torebki. Wyprostował się, spojrzał na damską torebkę w swoim ręku, po czym rozejrzał niespokojnie na boki i wrócił do auta, zamknął za sobą drzwi i uruchomił silnik.

Siedzieli obydwaj w aucie z uruchomionym silnikiem. Motor pracował rytmicznie, a Stanisław nie miał bladego pojęcia, co się zaraz wydarzy, gdyż w ten czas w tamtym fizycznym świecie leżał ogłuszony. Nagle morderca nieoczekiwanie odwrócił się w jego stronę, a ponieważ siedział tuż obok to mógł wyczuć jego oddech cuchnący mieszanką tytoniu i alkoholu. Stanisławowi wydawało się, że nie patrzy on już teraz, jak gdyby przez niego, lecz widzi go i wpatruje się właśnie w jego postać. Mężczyzna patrzył tak przez kilka sekund w jego kierunku, jak gdyby oceniał, z kim ma do czynienia. Na jego twarzy nagle zagościł delikatny uśmieszek, wyciągnął powoli w jego kierunku rękę, otworzył usta i powiedział:

- Widzę cię!

Zerwał się z fotela, w którym zasnął z krzykiem na ustach i długo nie mógł dojść do siebie. Siedział zroszony potem, ciężko dysząc. To czego przed chwilą doświadczył było wprost nieprawdopodobne. Nie potrafił określić, czy to co go przed chwilą spotkało było zwykłym snem, czy też może jakiegoś rodzaju wizją. Czuł jednak, że sobie sam z tym nie poradzi, potrzebował pomocy i to pilnie. Nie wiedział, co robić, ale musiał koniecznie poprosić kogoś o pomoc.

- Tak, akurat, poprosić o pomoc – stwierdził ironicznie.

Wiedział doskonale, ze sam sobie nie poradzi. Do tej pory zawiódł się na dwóch osobach, do których zwrócił się o pomoc. Nie bardzo wiedział, czy powinien nadal z nimi „współpracować", czy może szukać nowych ścieżek.

Telefon dzwonił już od kilkudziesięciu sekund, a on leżał w wannie pełnej wody. Zastanawiał się, czy ma przerwać kąpiel, wyskoczyć w samym ręczniku i niewątpliwie narobić wszędzie mokrych śladów, czy zrobić skończyć, co zaczął i oddzwonić później do tego kogoś, kto tak pilnie chce z nim rozmawiać. Nie bardzo wiedział, czy to ta sama osoba, czy też kilkorgu ludziom nagle zachciało się z nim konwersacji. Odkąd wszedł do łazienki, jakieś dwadzieścia minut temu, telefon zadzwonił już po raz czwarty, a może nawet piąty.

- Kichać na to, jak to coś ważnego, to będzie dzwonić do skutku, a jeśli to jakaś bzdura, to tym bardziej nie ma sensu przerywać sobie tę chwilę przyjemności – leżąc w gorącej wodzie w przestronnej wannie szeptał do siebie słowa usprawiedliwienia.

- Cholera, trzeba było pamiętać i zabrać ze sobą telefon do łazienki. Jak zawsze, mądry po szkodzie.

Wstał i wyszedł z mocno pieniącej się wody. Woda ściekała obficie z mokrego ciała na gruby zielony ręcznik, który położył na podłodze tuż przy wannie zanim jeszcze wszedł do wody. Od razu odczuł chłód powietrza w łazience, który sprawił, że zaczął się bardzo intensywnie wycierać. Wytarł się do sucha, zarzucił szlafrok na nagie ciało i szybko poszedł sprawdzić, kto tak intensywnie się do niego dobijał. Oczywiście zapomniał, gdzie zostawił telefon i dlatego dobra minuta minęła zanim go namierzył.

Cholerne komórki, takie maleństwa, kto je wymyślił? Co to za udogodnienie, które łatwo można zgubić, narzekał w myślach.

- Stacjonarny telefon, to jest dopiero pożyteczna i praktyczna rzecz. Czy ktoś kiedyś słyszał, żeby zgubiono stacjonarny telefon?... Wątpię!

Telefon leżał w zagłębieniu fotela, przykryty jego spodniami. Jestem bałaganiarzem, stwierdził.

Wziął go do ręki i podświetlił wyświetlacz, aby zobaczyć kto próbował wyciągnąć go z wanny. Na wyświetlaczu widniał tylko jeden numer, ale za to zaznaczony cztery razy, co świadczyło, że w grę musiało wchodzić coś poważnego. Ten zbiór cyfr nic Stanisławowi nie mówił, co tylko podwoiło jego ciekawość. Przez chwilę zastanawiał się, czy zadzwonić, czy też zaczekać na ponowną próbę, ale po głębszym zastanowieniu stwierdził, że byłoby to niegrzeczne z jego strony. Usiadł wygodnie w fotelu, a nogi swoim zwyczajem położył skrzyżowane na krawędzi blatu ławy. Podświetlił numer i nadusił logo z zieloną słuchawką. Po chwili już tylko czekał na to, aby po drugiej stronie ktoś odebrał. Po kilku sekundach oczekiwania usłyszał męski głos.

- Halo... słucham!

- Stanisław Sowalski, dzień dobry. Przepraszam, że nie odbierałem, ale kapałem sie i dopiero teraz zauważyłem, że ktoś dzwonił – trochę naciągnął fakty, ale stwierdził, że czasami tak trzeba, aby nie psuć dobrych relacji z wszystkimi dookoła.

Małe kłamstewka, jeszcze nikomu nie zaszkodziły, pomyślał.

- Rozumiem, że kojarzy pan osobę, z którą teraz rozmawia. Jeżeli nie, to już się przedstawiam.

Rozpoznałby ten charakterystyczny głos nawet po latach. Wiedział oczywiście do kogo należy. Komisarz Rafał Kart nie musiał się przedstawiać. Teraz tylko był bardzo ciekaw w jakiej pilnej sprawie zadzwonił i to aż cztery razy.

- Tak oczywiście, poznałem pana po głosie. Jakiś czas temu byłem pana gościem na komendzie – powiedział nie wiadomo czemu poddenerwowany, a jego ręka powędrowała mimowolnie do mokrych jeszcze włosów na głowie. Miał taki specyficzny nerwowy tik, że ilekroć zaczynał się denerwować to jego prawa ręka zawsze lądowała na głowie i rozpoczynała delikatny masaż.

- Pamięta pan fragment naszej rozmowy dotyczący identyfikacji ofiary? – zapytał oficer.

- Tak oczywiście, przypominam sobie. Dlaczego pan pyta, czyżbyście ją zidentyfikowali?

- Wręcz przeciwnie, nadal nie znamy personaliów tej kobiety.

- Więc o co chodzi, bo prawdę mówiąc, nie rozumiem do czego pan zmierza – i była to prawda. Nie miał bladego pojęcia do czego zmierza ta rozmowa.

- Już wyjaśniam. Poprosił mnie pan o informację odnośnie pogrzebu de..., o przepraszam ofiary. Pragnę pana właśnie poinformować, że prokurator dzisiaj podjął decyzję odnośnie pochówku. Z tego co mi wiadomo pogrzeb ma się odbyć jutro o godzinie dziesiątej.

- Na którym cmentarzu, panie komisarzu? – przerwał policjantowi zaciekawiony.

- Chwileczkę zaraz panu powiem... mam to gdzieś tu zapisane – przez chwilę w telefonie słyszeć można było dziwne odgłosy, pewnie związane z przerzucaniem dokumentów na biurku w ramach poszukiwań tego akurat potrzebnego.

- Już mam, znalazłem. Jutro o godzinie dziesiątej na Cmentarzu Komunalnym Junikowo w Poznaniu.

- Czy będę mógł przyjść i uczestniczyć w pogrzebie? Naprawdę chciałbym tam być i oddać hołd zmarłej – w jego głosie czuć było szczerość i determinację.

- Tak oczywiście, panie Sowalski. Przepisy nie zabraniają uczestnictwa osób trzecich w pogrzebach organizowanych na koszt państwa.

Pańska obecność byłaby wręcz wskazana, gdyż oprócz pracowników zakładu pogrzebowego i przedstawiciela władz miasta, raczej nikogo więcej nie należy się spodziewać. Chociaż ktoś pójdzie w kondukcie za trumną. Z mojej strony to wszystko, do widzenia, panie Sowalski.

- Dziękuję panu za pamięć. To jest dla mnie naprawdę ważne. Do widzenia.

- Naprawdę nie ma za co dziękować – usłyszał i po chwili jego rozmówca się rozłączył.

Chwilę siedział w bezruchu i milczeniu, jakby w ten sposób chciał uczcić pamięć osoby, która jutro odejdzie z tego świata na zawsze. Przypomniał sobie scenę, gdy klęczał przy niej, a ona zaklinała go, aby jej pomógł. Wzdrygnął się na samo wspomnienie.

- Coś mi mówi ta nazwa... Junikowo, to chyba będzie w dzielnicy o tej samej nazwie. Trzeba to natychmiast sprawdzić w komputerze.

Wstał z fotela i ruszył w kierunku laptopa, który od kilku dni leżał nieużywany na parapecie. Wrócił z nim, podłączył do prądu i powtórnie spoczął w swoim ulubionym fotelu. Uruchomienie komputera wymagało kilku minut czasu, dlatego wstał i poszedł do kuchni zaparzyć sobie kawę. Po powrocie zastał komputer gotowy do pracy. Postawił kubek na ławie, usiadł i wpisał w wyszukiwarce hasło: Junikowo. Natychmiast wyskoczyło mu mnóstwo adresów i odnośników związanych z wpisaną frazą.

- Rzeczywiście miałem rację. „Największy w Poznaniu cmentarz komunalny pod względem liczby pochowanych, znajdujący się w południowo - zachodniej części miasta, w dzielnicy Junikowo, pomiędzy ulicami Grunwaldzką a Cmentarną" – odczytał na głos informację dotyczącą samego cmentarza.

- To mi wystarczy. Trzeba będzie się ubrać i pójść kupić lub zamówić jakieś kwiaty. Po przyjściu wyprasuję i przyszykuję sobie jakieś rzeczy na jutro. Mam iść w garniturze, czy wystarczy zwykła koszula? Tylko, czy ja mam jeszcze tą czarną?

Wstał o godzinie siódmej rano. Poranek jak co dzień, toaleta, krótki spacer z psem, później śniadanie. Od czasu wypadku i tego feralnego uderzenia w głowę jego codzienny poranny harmonogram został wywrócony do góry nogami. Nadal jeszcze przebywał na zwolnieniu lekarskim, co sprawiło, że nie musiał wstawać wcześnie rano do pracy, a co za tym idzie, miał mnóstwo czasu dla siebie. Pies już się nie bał swojego mieszkania, jak gdyby zapomniał, co się wcześniej działo. Weterynarza Stanisław odpuścił, bo w tym przypadku powinien raczej znaleźć psiego psychologa, a o kimś takim nigdy nie słyszał..

Wrócił z psem ze spaceru, zjadł jajecznicę z czterech jajek, wypił mocną kawę, a po stwierdzeniu, że jest już 8:45 postanowił zacząć się szykować do wyjścia. Założył swoją odświętną białą koszulę, zawiązał krawat, po czym ubrał czarny garnitur. Wrócił z korytarza, z czarnymi półbutami w ręku. Usiadł na łóżku i ubrał buty. Podszedł do lustra w korytarzu i nie bez satysfakcji ocenił swój wygląd.

- Dobrze wyglądasz, panie Stanisławie, nie ma się do czego przyczepić – raz jeszcze zlustrował swoje odbicie. Spojrzał na zegarek, na przegubie ręki. Była 9:10.

- Pora wychodzić, nie chcę się przecież spóźnić. Reks zostajesz sam. Pilnuj domu. – Już trzymał za klamkę, gdy nagle przypomniał sobie, że przecież nie ma kwiatów. Szybko cofnął się do łazienki, wziął kwiaty i już po chwili schodził po schodach do wyjścia. Wyszedł z budynku, rozejrzał się na wszystkie możliwe strony. Szybko ocenił stan pogody i powoli ruszył w stronę ulicy, gdzie spodziewał się zatrzymać jakąś wolną taksówkę. Jak na złość nic teraz nie chciało tędy przejeżdżać, a on nie zabrał ze sobą telefonu. Nie chciał wracać po niego do domu. Postanowił, że jeszcze chwilę zaczeka. Po kilku minutach oczekiwania stwierdził, że jednak wróci po telefon. Nie mógł sobie pozwolić na spóźnienie. Po chwili stał z powrotem w tym samym miejscu i zamawiał telefonicznie kurs. Dopiero po około dziesięciu minutach pojawiła się upragniona taksówka. Kiwnął ku niej ręką, a kierujący uprzejmie zatrzymał się tuż przy nim.

- Szybko niech pan siada... tu jest zakaz – usłyszał chropowaty głos starszego pana kierującego autem.

- Na cmentarz Junikowo, proszę – rzucił i z trzaskiem zamknął za sobą drzwi niemalże przytrzaskując kwiaty.

Taksówka ruszyła i zaczęła kluczyć znanymi mu ulicami miasta. Stanisław zauważył, że kierowca uważnie lustruje go w tylnym lusterku.

- Domyślam się, że pogrzeb.

- Tak – odpowiedział grzecznie, choć nie miał ochoty na rozmowę.

- Tak pan odświętnie ubrany, że chyba ktoś bliski zmarł. Mam rację? – zagadnął powtórnie ciekawski kierowca. – Też niedawno byłem na pogrzebie.

Widać było, że taksówkarz wyraźnie się rozkręca, a Stanisława za chwilę porwie ta fala wywodów zupełnie nieznanego mu mężczyzny. Postanowił przerwać to teraz, w zarodku

- Tak, tak – odburknął i zaczął udawać, że pisze SMS-a, aby kierowca dał mu już spokój.

Małe oszustwo poskutkowało, przez najbliższych dziesięć minut kierowca nie zaprzątał mu uwagi. Jechali dość szybko, w zupełnym milczeniu, a on skupił teraz uwagę na mijanych elementach miejskiej infrastruktury.

- Czy szanowny pan chce podjechać pod główną bramę, czy pod którąś z bocznych?!

Pytanie taksówkarza wyrwało go z zadumy. Odruchowo wsunął telefon do kieszeni marynarki i chwilę patrzył w wewnętrzne lusterko, gdzie natknął się na ciekawskie spojrzenie kierowcy.

- Pod główną proszę – tak naprawdę nie miał bladego pojęcia, gdzie ma się udać, ale brama główna wydała mu się najbardziej prawdopodobna.

- Tak, zdecydowanie niech pan podjedzie pod główną – potwierdził.

Pojazd zatrzymał się na postoju taksówek, tuż przed główną bramą. Stanisław zapłacił rachunek i pośpiesznie wysiadł z samochodu. Spojrzał na zegarek, była 9:46, a on jeszcze musiał znaleźć na tym rozległym cmentarzu miejsce pogrzebu. Skierował kroki w stronę głównej bramy, gdzie stały rzędy straganów z kwiatami i przeróżnymi zniczami. Nie zastanawiając się podszedł do pierwszego z brzegu stoiska.

- Dzień dobry, może mi pani pomóc? – zagadnął sprzedawczynię, która akurat pochylona nad kwiatami przekładała je z wiadra do dużego wazonu.

- Słucham pana – odpowiedziała tęga kobieta o wyglądzie cyganki.

- Potrzebuję szybko pomocy kogoś, kto zna ten cmentarz. Pierwszy raz tu jestem. Przyjechałem na pogrzeb i nie wiem, co teraz. Uroczystość zaczyna się o 10:00, a ja nie wiem nawet, gdzie mam iść. Jestem tu pierwszy raz w życiu – ponownie to podkreślił – i obawiam się, że mogę się spóźnić.

- Tu praktycznie panie kochany codziennie kogoś chowają, ale nigdy nie było dwóch pogrzebów o tej samej godzinie. Powinien pan iść w tamtą stronę, – wskazała mu kierunek brudnym palcem – tą szeroką aleją. Po jakimś czasie zobaczy pan kaplicę, znaczy się...dom pogrzebowy. W tamtym miejscu wszystkie pogrzeby biorą swój początek. Jeżeli szybko tam pan trafi, to dalej już nie powinno być żadnych problemów.

- Dziękuję bardzo – podziękował kobiecie i ruszył pośpiesznie we wskazanym kierunku.

Po przebyciu około dwustu, metrów dotarł do rozległego placu, stanął, rozejrzał się i zaraz dostrzegł charakterystyczny kształt. Zbliżając się, teraz już wolnym krokiem do domu pogrzebowego zauważył ruch przy wejściu. Szybko spojrzał na zegarek, była za pięć dziesiąta. Do przebycia miał jeszcze około trzydziestu, czterdziestu metrów, więc znowu zdecydowanie przyśpieszył kroku. Zatrzymał się kilkanaście metrów od konduktu, który akurat wychodził z kaplicy, a właściwie namiastki konduktu pogrzebowego i stał niezdecydowany, nie wiedząc, co ma dalej robić. Nie miał nawet pewności, czy trafił na właściwy pogrzeb.

Kondukt ruszył spod kaplicy i powoli przemieszczał się ku wyznaczonemu miejscu pochówku. Na przedzie szedł ksiądz i bardziej dla siebie, niż dla uczestników pogrzebu cicho śpiewał jedną z pieśni żałobnych. Tuż za nim szedł bardzo wysoki, szczupły mężczyzna, ubrany w pelerynę o takim samym kroju, co stroje pozostałych czterech mężczyzn, których zadaniem było donieść trumnę ze zwłokami na miejsce. Wszyscy mieli na plecach wyszyte logo zakładu pogrzebowego, który obsługiwał uroczystość. Stanisław przyjrzał się trumnie z bliska w momencie, gdy mijała go wolno płynąc na czterech silnych ramionach. Była to chyba najprostsza i najtańsza z trumien. Widać było, że przy pogrzebach na koszt państwa oszczędza się na wszystkim. Teraz dopiero zwrócił uwagę na dwie osoby idące powoli w zadumie za trumną. Byli to dwaj mężczyźni. Pierwszego zupełnie nie znał, ale drugi wydał mu się dziwnie znajomy. Teraz go dopiero poznał, to był Rafał Kart, komisarz policji. Ubrany po cywilnemu wyglądał zupełnie inaczej niż na komendzie, gdzie służbowo paradował w świeżutkim, dobrze dopasowanym mundurze.

Stanisław dołączył do nich i w powolnym tempie szedł tuż za nimi. Przeszli kilkaset metrów i zatrzymali się obok przygotowanego miejsca, gdzie miało spocząć ciało kobiety. Mężczyźni bez żadnego wstępu przenieśli trumnę i postawili ją na prowizorycznym katafalku. Ksiądz odprawiał ceremonię, a jeden z pracowników zakładu pogrzebowego zaczął odbierać od nich kwiaty, aby złożyć je później na mogile. Przekazał swój skromny bukiet pracownikowi zakładu pogrzebowego i podszedł do obu mężczyzn, aby się z nimi przywitać.

- Cieszę się, że pan tu jest, panie komisarzu. Szczerze mówiąc nie spodziewałem się tu pana.

- Ja sam do końca nie wiedziałem, że tu dzisiaj będę – odpowiedział cicho policjant.

Uścisnął jego dłoń, a drugą ręką wskazał na drugiego mężczyznę. Tamten stał znudzony z kwiatami w rękach i nie bardzo kwapił się, aby cokolwiek powiedzieć.

- To jest pan magister Roman Kania. Pan Kania został tutaj oddelegowany z Urzędu Miasta, jako oficjalny przedstawiciel miejscowych władz.

Stanisław zlustrował go szybko, po czym uścisnął mu dłoń, a gdy urzędnik przekazywał swoją wiązankę grabarzowi, grzecznościowo zapytał.

- Zawsze ktoś z ratusza jest na tego typu uroczystościach?

- Tą sprawę w ścisły sposób reguluje ustawa ze stycznia 1959 roku o cmentarzach i chowaniu zmarłych. My jako urzędnicy państwowi musimy się podporządkować treści tej ustawy. W ustawie jest wszystko opisane i uregulowane prawnie, począwszy od miejsca pochówku, a skończywszy na ekshumacjach zwłok – odpowiedział urzędnik w sposób, jakby czytał notatkę.

- Czy ta kobieta będzie miała jakąś tabliczkę na grobie z informacją o niej? – dopytał.

- Tak oczywiście, będzie na niej napisane, że w tym grobie leży pochowana kobieta lat około dwudziestu i że zginęła tragicznie w Poznaniu, w tym i tym dniu.

- To niewiele – rzucił Stanisław.

- Tak, ale to wszystko, co wiemy i co możemy umieścić w informacji, bez naciągania faktów – do dyskusji przyłączył się komisarz.

- A co z księdzem, czy pogrzeb nie powinien mieć świeckiego charakteru? – ciągnął Stanisław.

- Powyższa ustawa głosi, że w przypadku braku możliwości ustalenia wyznania zmarłego, lub gdy był on osobą niewierzącą, pogrzebu dokonuje się zgodnie z miejscowym zwyczajem – wyrecytował urzędnik.

Stanisław chciał jeszcze o coś zapytać urzędnika, co nie dawało mu spokoju, ale nie zdążył.

- Poza tym panie Stanisławie ofiara na szyi miała katolicki krzyżyk na łańcuszku, a poza tym obecność księdza na pogrzebie jeszcze nikomu nie zaszkodziła – wtrącił pośpiesznie komisarz.

Rozmowę przerwał dźwięk trąbki, na której jeden z mężczyzn odegrał piękny, żałobny utwór. Melodia trwała około dwóch, może trzech minut i zakończyła oficjalną część pogrzebu.

- Przykro patrzeć. Taki pogrzeb bez rodziny, bez bliskich jest strasznie ponury i w pewnym sensie pozbawiony… – przerwał szukając odpowiedniego słowa – człowieczeństwa. – dokończył. – Człowiek powinien mieć bliskich, którzy będą go odprowadzać i opłakiwać. Cieszę się, że oprócz mnie jest tu ktoś jeszcze. Dobrze, że pan tu jest, panie komisarzu – Stanisław skierował te słowa tylko do policjanta.

- Ja również. Taka młoda kobieta, całe życie było przed nią. Mogła mieć męża, dzieci, wnuki, a tu taka tragedia. Nigdy nie rozumiałem i do tej pory, pomimo mojego stażu w policji, nie mogę pojąć, jak człowiek może odebrać życie drugiej istocie i jeszcze z tym żyć.

- Trzeba zrobić, panie komisarzu absolutnie wszystko, aby złapać tamtego gnoja. Sprawiedliwości musi stać się zadość – Stanisław oderwał wzrok od trumny i spojrzał swojemu rozmówcy w oczy.

- Oczywiście, że musi – komisarz pokiwał głową.

- Jak pan myśli, uda się wam go złapać? To nie może się tak bezsensownie zakończyć. Taki człowiek musi koniecznie ponieść konsekwencje swoich czynów. Jeżeli istnieje coś takiego jak sprawiedliwość, to on musi zostać odnaleziony i ukarany.

Komisarz nie odpowiedział, stał wpatrzony w ceremonię. Czwórka pracowników zakładu pogrzebowego, zabierała się sprawnie za spuszczenie na linach trumny do ciemnego grobu. Pozbawieni swoich oficjalnych strojów wyglądali jak grupa przypadkowych mężczyzn skrzykniętych z ulicy. Służbowa kultura osobista, jak i powaga zniknęła wraz z zdjętymi i odłożonymi na bok uniformami. Mężczyźni mieli jednak jakiś problem, gdyż co chwila z ich ust padały niecenzurowane słowa. Widok tej koszmarnej, a zarazem wzruszającej czynności na oficjalnych pogrzebach, została w dzisiejszych czasach oszczędzona bliskim i rodzinom.

Stanisław czuł olbrzymi żal. Wcześniej nalegał wręcz, żeby tu przyjść, a teraz żałował. Mógł się tu zjawić, jak już będzie po wszystkim. W dzisiejszej tradycji, która przywędrowała z zachodu trumna pozostawała na katafalku, otoczona kwiatami i wieńcami, a dopiero po rozejściu się uczestników pogrzebu przystępowano do tych ponurych i najmniej przyjemnych czynności. Urzędnik dawno już odszedł nie okazując absolutnie żadnego szacunku zmarłej ani nie żegnając się z nimi. Wykonał zadanie i teraz zapewne z poczuciem dobrze spełnionego obowiązku służbowego wracał do swojego wygodnego biura.

- Mogę panu obiecać panie Stanisławie, że zrobię wszystko, co tylko w mojej mocy, aby ten gnój został złapany. Czasami żałuję, że nie ma już w tym kraju kary śmierci. Chodźmy już stąd, nic tu po nas. Jeśli pan chce odwiozę pana do domu – Kart położył mu dłoń na ramieniu i delikatnie pociągnął za sobą.

Wracali powoli główną aleją cmentarza. Szli wolno, praktycznie nie odzywając się do siebie. W pewnym momencie coś tknęło Stanisława, aby się odwrócić. Kilkaset metrów z tyłu stała tuż obok drogi, pomiędzy nagrobkami kobieta w bieli i wpatrywała się w ich kierunku. Odległość była zbyt duża, aby dostrzec szczegóły, a poza tym kobieta w białej sukni nagle odwróciła się i odeszła gdzieś w bok. Chwilę jeszcze śledził ją wzrokiem, ale ona szybko zniknęła pomiędzy licznymi drzewami, aby już więcej się nie pokazać. Stanisław odwrócił się i spojrzał w kierunku swojego towarzysza, ale ten szedł zamyślony i chyba nawet nie zauważył, że idzie od jakiegoś czasu sam. Ruszył więc szybkim krokiem za nim.

- Panie komisarzu – zawołał.

Kart odwrócił się gwałtownie i dopiero teraz zauważył, że był przez chwilę sam.

- Gdzie pan się podziewał? – rzucił pytanie.

- Panie komisarzu, zmieniłem zdanie, niech pan idzie sam. Ja tu jeszcze trochę zostanę.

- Jak pan uważa – komisarz uścisnął mu dłoń, odwrócił się i poszedł w stronę jednej z bocznych bram.

Postanowił wrócić z powrotem do mogiły, bo jak uważał zwykła ludzka przyzwoitość i szacunek dla zmarłej wymagała, aby pozostać z nią jeszcze przez jakiś czas. Wiedział, że to ją zobaczył przed chwilą i wiedział, dlaczego. Ona chciała, aby jeszcze z nią został. Nie wiedział, dlaczego, ale wiedział, że tak jest. Postanowił spełnić jej prośbę. Zbliżając się do miejsca pochówku czuł coraz intensywniejszy zapach perfum, choć teraz znajoma woń zamiast przerażać go, dawała mu ukojenie.

Od pogrzebu minęły dokładnie dwa dni. Dwa dni i dwie noce, kiedy to absolutnie nic się nie działo. Nie miał żadnych omamów, dziwnych snów, ani też nie czuł zapachu perfum. Zupełnie nic, tak jakby ta przedziwna, a jednocześnie przerażająca i niewątpliwie biedna istota zapomniała o nim lub co gorsza odpoczywała i zbierała siły do następnego spotkania. Już myślał, a właściwie wmawiał sobie, że to koniec całej sprawy i wreszcie będzie mógł o wszystkim zapomnieć i powrócić do normalności. Mylił się jednak i to bardzo. Zaskakujący ruch został wykonany z najmniej oczekiwanej strony. Znajomy numer z Komendy Wojewódzkiej sprawił, że znowu powrócił już prawie zapomniany temat.

- Przepraszam bardzo, ale obawiam się, że nie mogę teraz rozmawiać. Rzucił bezczelnie, bo nie miał do tego człowieka już nawet krzty szacunku.

- A ja jednak myślę, że może pan, panie Sowalski. To nie jest jakaś prywatna rozmowa i gwarantuję, że nie potrwa długo – słyszał w słuchawce jakże charakterystyczny głos młodszego aspiranta Lewandowskiego.

Dobijał go ten facet, miał na jego tle jakąś alergię, ale ponieważ uważał się za człowieka cywilizowanego, to przemógł się i w miarę grzecznie powiedział:

- No dobrze, w takim razie słucham, niech pan mówi, tylko proszę się streszczać.

- Mam dla pana dobrą wiadomość. Mamy sprawcę. panie Sowalski.

Telefon zaskoczył go w najmniej odpowiednim do rozmowy miejscu, jak i czasie. Był akurat ze swoim psem w pobliskiej klinice weterynaryjnej na obowiązkowym szczepieniu przeciwko wściekliźnie. Miał za zadanie trzymać z całych sił psa i uspokajać go w miarę możliwości rozmową na tyle, aby weterynarz mógł zrobić wymagany zastrzyk.

- O Jezu! Ma pan na myśli mordercę tej kobiety? – zapytał trzymając w lewej ręce telefon, a prawą dłonią Reksa, za kaganiec. Mężczyzna, który zamierzał zrobić zastrzyk spojrzał na niego z niesmakiem.

Zrozumiałą na całym świecie mową ciała odpowiedział weterynarzowi, że nic na to nie poradzi.

- Tak oczywiście, że jego, a kogóż innego. Został aresztowany dzisiaj rano w domu u jednego ze swoich kuzynów. Mamy go na komendzie, ale jak na razie do niczego nie chce się przyznać – aspirant jak zwykle nie potrafił ukryć swej mani wyższości. Stanisław jednak tym razem nie zamierzał wdawać się z nim w słowną utarczkę.

- To, co zrobicie, jeśli się nie przyzna? Mam nadzieję, że kogoś takiego się nie wypuszcza, ot tak sobie?

- Oczywiście, że nie, ale niech się pan tym nie martwi... przyzna się, przyzna, to tylko kwestia czasu. Nie takich tu mieliśmy twardzieli, ale z czasem wszyscy oni miękli.

- Cieszę się bardzo, choć muszę stwierdzić, że nie spodziewałem się takiego obrotu sprawy. Gratuluję i muszę powiedzieć, że jestem pod ogromnym wrażeniem. Proszę powiedzieć, jak on wygląda.

Pies, któremu akurat wbito igłę zaczął się wiercić, a Stanisław musiał przytrzymać swojego pupila nieco mocniej.

- Nie będę go opisywał. Sam pan go zobaczy.

- Ja, a po co? Przecież w ogóle go nie widziałem. Po co wam moja obecność na komisariacie?

- Polecenie pana komisarza. Ma pan się jeszcze dzisiaj stawić na komendzie. To chyba jakaś wyższa psychologia, której ja nie rozumiem. Szef ma jakąś teorię w tej sprawie. Proszę nas tylko poinformować, o której godzinie dzisiaj pan do nas zawita. To ważne!

Spojrzał na swój stary pochodzący jeszcze z czasów komunistycznych, radziecki zegarek. Dostał go kiedyś, dawno temu od swojego ojca z życzeniami, aby mu służył jak najdłużej. Wskazówki jego archaicznego i już niemodnego zegarka ustawiły się na godzinie 11:43.

- Jest teraz prawie południe. Jeśli się pośpieszę i szybko załatwię wszystkie sprawy to powinienem być tam w miarę szybko. O godzinie 14:00 będzie dobrze? Powiem szczerze, że nie uśmiecha mi się ta wizyta, ale śpieszno mi, bo chcę mieć to wreszcie za sobą. Czy to jest dla pana jasne?

Zamiast odpowiedzi usłyszał jedynie.

- Powiadomię pana komisarza. Czekamy tutaj na pana. Do zobaczenia o czternastej.

Stanisław rozejrzał się wokół. Było południe, a on miał parę rzeczy rozpoczętych, które przed wyjściem na komendę powinien zakończyć. Podziękował weterynarzowi za zastrzyk, zapłacił żądaną kwotę i grzecznie przeprosił za odebrany podczas zabiegu telefon. Powstał z kolan, przypiął psu smycz do obroży i pośpiesznie wyszedł z kliniki.

- Pomyślmy szybko, co ja muszę jeszcze dzisiaj zrobić. Muszę jak najszybciej wrócić do domu – spisywał sobie w głowie listę rzeczy do zrobienia.

- W domu pranie rozpoczęte, jeszcze jakieś pół godziny i będzie koniec. Zupę zostawiłem na minimalnym gazie, ale ją mogę przecież wyłączyć, jak będę wychodzić z domu. Miałem iść do sklepu, ale to mogę zrobić w drodze powrotnej z komisariatu. O tak właśnie, mamy jeszcze przecież Reksa, a on nie będzie sobie cierpliwie czekał. Po takim zastrzyku może wymiotować albo i gorzej, trzeba go będzie wyprowadzić za jakiś czas, a przecież nie wiadomo jak długo będę na komendzie. No chyba że po nim posprzątam, jak napaskudzi. Cholera nie, oczywiście, że nie! Poproszę sąsiada, aby za jakiś czas z nim wyszedł. Tak, to trzeba zorganizować, aby to wszystko miało ręce i nogi.

Uporządkował sobie wszystko w głowie i w pośpiechu ruszył do domu. Dodatkowym bodźcem do szybkiego powrotu były kłęby ciężkich chmur nadpływających szybko nad miasto od zachodu.

Pięć minut przed ustalonym czasem stał całkowicie przemoczony przed wejściem na komendę. Znowu zaczął zastanawiać się czy ma wejść, czy odczekać do wyznaczonej godziny. Ciekawość jednak zwyciężyła z punktualnością. Wszedł do budynku przez główne wejście i już po chwili rozmawiał z oficerem dyżurnym. W miarę szybko uporał się z odnalezieniem pokoju numer 37, wskazanego mu przez dyżurnego. Zapukał w szerokie masywne drzwi i nie czekając na zaproszenie nacisnął klamkę. Najpierw ciekawie zajrzał do środka, by po chwili już być za progiem. W pokoju zastał komisarza Karta i aspiranta Lewandowskiego, którzy siedzieli naprzeciw siebie i o czymś zawzięcie dyskutowali. Na jego widok przerwali dyskusję i jak na komendę obydwaj wstali.

- Witam pana, wreszcie jakieś dobre nowiny – zagadnął będący chyba w doskonałym nastroju, Kart.

- Dzień dobry, miałem się tu stawić, więc jestem, choć muszę przyznać, że nie wiem po co?

- Proszę siadać, młodszy aspirant zaraz wyłuszczy panu sprawę.

Widać było, że Lewandowski, nie był specjalnie uszczęśliwiony zadaniem, jakie zlecił mu przełożony, ale cóż miał zrobić, zaczął przedstawiać mu zaistniałą sytuację.

- Jak pan zapewne wie jedynym tropem jakim mogliśmy pójść było uszkodzone auto marki Opel Astra w kolorze czarnym lub granatowym. Tylko tyle, a może aż tyle. Gdyby nie tamte kamery, to nawet tego byśmy nie wiedzieli. Pańskie zeznania niewiele wniosły nam do sprawy, a zeznań innych świadków nie mieliśmy. Skupiliśmy się początkowo na sprawdzaniu okolicznych zakładów mechanicznych oraz tych, no – przez chwilę szukał brakującego słowa – blacharskich. Takie zdarzenie musiało pozostawić ślady na karoserii auta. Prędzej czy później pojazd musiał trafić do specjalisty. Skupiliśmy się więc na autach ze stosunkowo niewielkimi uszkodzeniami w przedniej części karoserii lub rozbitą przednią szybą. Łącznie w skontrolowanych warsztatach znaleźliśmy trzy podobnie uszkodzone pojazdy tego typu i w tym kolorze. W dwóch przypadkach pojazdy uczestniczyły w wypadkach i kolizjach, do których zostały wezwane patrole policji. Te dwa przypadki mogliśmy więc od razu wyeliminować. Pozostał nam trzeci i to był jak się okazało strzał w dziesiątkę.

Młody policjant zadowolony kontynuował z niezwykłą swobodą swoją wypowiedź. Widać było, że lubi być na pierwszym planie, skupiając na sobie uwagę.

- Na obrzeżach Poznania natrafiliśmy w małym warsztacie blacharskim na samochód marki Opel Astra w kolorze czarnym. Wgniecenia z przodu maski, rozbity reflektor i spękana przednia szyba wskazywały na to, że to samochód naszego sprawcy. Ustalenie nazwiska właściciela nie stanowiło w tym przypadku żadnego problemu. Znacznie gorzej było niestety z jego odnalezieniem. W miejscu jego zameldowania nie widziano go od pół roku. Nikt nie płacił czynszu, ani też innych rachunków. Dwa miesiące temu odcięto mu wszystkie media, a zadłużenie w spółdzielni urosło do sporej kwoty, zaś uszkodzony pojazd nie miał aktualnego ubezpieczenia ani też ważnego przeglądu technicznego. Po ponad czterech dobach intensywnych poszukiwań udało nam się w końcu namierzyć delikwenta. Aresztowaliśmy go i teraz przebywa z nami, w piwnicy tego budynku.

- Przyznał już się? – Stanisław zapytał, choć sam nie wiedział, po co.

- Niestety jak dotąd jeszcze nie – odpowiedział za swojego podwładnego komisarz. – Najdziwniejsze jest jednak to, jaką bajeczkę wymyślił.

Obaj policjanci jak na komendę spojrzeli na siebie i uśmiechnęli się ironicznie.

- Otóż według oskarżonego – kontynuował Lewandowski – spędził on jakiś czas temu dwie doby, akurat w czasie, który nas interesuje, w miejscu naprawdę bardzo specyficznym. Kiedyś na takie lokale mówiono melina. Otóż według niego z tych 48 godzin nic nie pamięta, gdyż zażywał jakieś prochy i pił dużo alkoholu. Przyjechał tam, jak twierdzi, swoim samochodem, a gdy skończył imprezowanie, to nawet nie pamiętał, że przyjechał tam autem i że w ogóle ma samochód. Po kilku dniach, gdy doszedł do siebie, powrócił w to miejsce i odnalazł swoje auto w okolicy. Samochód miał uchyloną szybę, a na siedzeniu leżały kluczyki. Według naszego podejrzanego samochód odnalazł w takim stanie w jakim znaleźliśmy go w warsztacie. Zaprowadził więc je do naprawy, ale ponieważ nie miał pieniędzy, to auto miało czekać u blacharza na lepsze czasy.

Wywód młodszego aspiranta przerwał dźwięk dobiegający z telefonu jego przełożonego. Komisarz odebrał, chwilę słuchał i wyszedł pośpiesznie z pomieszczenia, aby nie przeszkadzać albo nie zdradzać jakiś poufnych spraw służbowych, a jego podwładny, jak na komendę powrócił do swego wywodu.

- Twierdzi on, że jest niewinny i nikomu nic nie zrobił. Klucze, według niego musiał mu ktoś zabrać albo zostawił je w otwartym samochodzie zanim poszedł w tamto miejsce. Oskarżony nic nie pamięta z tych kilku dni oraz nie umie podać nazwisk żadnych świadków. Po kilku godzinach przypomniało mu się, że przyjechał tam z jakimś przypadkowo poznanym mężczyzną, którego zapoznał gdzieś na mieście, w jakimś barze. Jak sam twierdzi wcześniej go nigdy nie spotkał, ani tym bardziej nie zna jego nazwisko. Najciekawsze w tym wszystkim jest to, że nie potrafi nam go nawet opisać. Żeby jeszcze bardziej pogorszyć swoją sytuację nasz podejrzany poinformował nas, że nie wie, gdzie jest to miejsce, w którym spędził ostatnie dwie doby.

- A dlaczego mnie tu zaproszono, przecież już wam wcześniej tłumaczyłem, że w ogóle nawet na krótką chwilę nie widziałem jego twarzy – Stanisław był bardzo ciekaw roli, jaką ma właśnie teraz odegrać.

- Nie wiem. Szef zaraz panu wszystko wyjaśni. No, jak tylko do nas powróci. Ma on jakąś swoją, jak dla mnie niezrozumiałą teorię.

- No to w takim razie zaczekamy na pana komisarza – skwitował Stanisław i spojrzał na wyświetlacz swojej komórki. Ściszył urządzenie zanim wszedł do tego pomieszczenia, aby dźwięk dzwonka nie przeszkadzał w spotkaniu.

Szerokie, masywne drzwi otworzyły się cicho i do środka powrócił Kart. Stanął tuż obok nich, a ponieważ nadal obydwaj siedzieli, więc spojrzał na nich z góry i zapytał swego podwładnego, czy wszystko Stanisławowi wyjaśnił.

- Tak jak wcześniej ustaliliśmy panie komisarzu – skwitował krótko i enigmatycznie, zapytany.

Stanisław grzecznie wstał i postanowił ponowić swoje pytanie. Bardzo był ciekaw, po co został tutaj zaproszony i co w zanadrzu trzymał oficer.

- Dlaczego ja tutaj jestem, przecież ja go, jak już wcześniej wspominałem, nawet przez krótką chwilę nie widziałem. Jak mogę wam pomóc w identyfikacji.

Oficer spojrzał na niego życzliwie i uśmiechnął się, ni to ciepło, ni to ironicznie. Tym zbił całkowicie Stanisława z tropu.

- Wiem, wiem pamiętam z pańskiego przesłuchania, ale czasami nie trzeba kogoś zobaczyć, aby go później rozpoznać. Czasami bywa tak, że osoba, którą mamy zidentyfikować, wcześniej wydawała różne, tylko dla niej charakterystyczne – przez chwilę się zastanawiał – dziwaczne odgłosy. Mogła na przykład nietypowo, tylko we właściwy dla siebie sposób przeklinać, lub w sposób specyficzny zakasłać, mogła iść w jakiś nietypowy sposób, szurając jedną nogą lub też pachnieć inaczej niż inni. Takich niuansów jest naprawdę sporo, ale niestety wokół większości przechodzimy obojętnie nie dostrzegając ich lub bagatelizując ich znaczenie. Liczę na to, że gdy zobaczy pan tego mężczyznę, to wtedy może coś się panu przypomni, co pozwoli, potwierdzić nam jego obecność na miejscu zbrodni.

Komisarz przerwał, podszedł do drzwi, uchylił je szeroko i zwrócił się do Stanisława.

- Pójdziemy teraz do innego pomieszczenia, które znajduje się piętro wyżej i tam zaczekamy sobie na podejrzanego. Chyba, że potrzebuje pan kilku minut przerwy na przysłowiowego papieroska, ubikację, czy coś w tym stylu.

- Nie potrzeba, ale dziękuję bardzo za troskę – odpowiedział grzecznie i już po chwili żałował decyzji, gdyż krótka przerwa pozwoliłaby mu zebrać myśli i uspokoić.

Komisarz pochylił się nad Lewandowskim i powiedział mu coś do ucha. Tamten kiwnął głową na tak, wstał i szybko wyszedł na korytarz. Zostali w dwójkę, Kart zrobił ruch sugerujący wyjście i kiedy Stanisław opuścił pokój, ruszył w ślad za nim.

- Niech pan zaczeka, pójdę pierwszy, pokażę panu drogę. Czasami można się tu pogubić.

Wchodzili po szerokich schodach. Po drodze minęli niziutką starszą kobietę w kajdankach, która ku zgorszeniu Stanisława była prowadzona przez tęgą młodą funkcjonariuszkę, choć staruszka mogła mieć lat około siedemdziesięciu. Zaraz po wejściu na wyższe piętro skręcili w prawo. Znów szli szerokim jasno oświetlonym korytarzem, a po minięciu kilkorga drzwi weszli do dużego pomieszczenia oznaczonego numerem 63.

Znaleźli się w dużym pokoju nadzwyczaj skromnie umeblowanym. Oprócz starego stolika, dwóch podobnych wiekiem drewnianych krzeseł i metalowej szafy nie było tam zupełnie nic, no jeśli nie liczyć dużego okna oddzielającego ten pokój od drugiego o podobnych wymiarach. W tamtym pomieszczeniu nie było w ogóle żadnych mebli. Wyglądał jak pokój, z którego wyniesiono wszystkie akcesoria, aby zrobić remont.

- Znajdujemy się teraz w pomieszczeniu, w którym dokonujemy identyfikacji oskarżonych.

Kart odezwał się do niego w momencie, kiedy zaczynał się właśnie zastanawiać co to za pokój i co jest po drugiej stronie szyby.

- Wie pan, co to jest lustro weneckie, panie Sowalski?

- W filmach kryminalnych widziałem coś takiego – odpowiedział.

- Osoba, która wejdzie do tamtego pomieszczenia będzie stąd doskonale dla nas widoczna, ale już nas, będących z tej strony nie zobaczy. Od tamtej strony szyba wygląda jak najprawdziwsze lustro, w którym można się przejrzeć. Osoba stojąca tutaj będzie mogła zachowując anonimowość przyglądać się osobie po drugiej stronie szyby. Dla ludzi, którzy muszą wskazać winnego, to bardzo ważne.

Zadzwonił telefon komisarza, ten go odebrał i chwilę słuchał. Potem odpowiedział rozmówcy po drugiej stronie.

- To dobrze wprowadźcie go.

W pomieszczeniu za szybą ktoś otworzył drzwi i do środka weszło troje mężczyzn. Dwóch z nich w policyjnych mundurach oraz jeden w ubraniu cywilnym, a właściwie to w brudnych i podartych łachach. Policjanci ustawili mężczyznę twarzą do okna i puścili go, aby stał swobodnie, jednak nie zdjęli mu kajdanek. Człowiek ten próbował podrapać się po karku, co przyszło mu z dużym trudem. Czynność tę szybko przerwał mu jeden z policjantów i ustawił go powtórnie w poprzedniej pozycji.

To nie był on. Patrząc teraz na niego z odległości trzech, może czterech metrów Stanisław miał wręcz dwustuprocentową pewność. Mężczyzna z jego snów był przecież wysokim, w średnim wieku facetem z zaawansowaną łysiną, a teraz miał przed sobą mężczyznę około trzydziestki w okularach i z niezłą nadwagą. Nijak nie przypominał tamtego.

- Podejrzany nazywa się Piotr Kaczor, lat 29, notowany, zamieszkały w Poznaniu, bez bliskiej rodziny. Dwukrotnie aresztowany i karany za handel narkotykami i rozboje. Wyszedł z więzienia dwa i pół roku temu po odsiedzeniu kary więzienia za handel narkotykami.

- To nie on, proszę pana – rzucił Stanisław policjantowi.

W tej chwili drzwi uchyliły się bezszelestnie i w pomieszczeniu znalazł się młodszy aspirant Lewandowski. Jego przełożony nie zwrócił na ten fakt najmniejszej uwagi.

- Co pan mówi?

- W stu procentach, że to nie on – spojrzał odważnie w oczy oficera. – Jestem tego pewny.

Kart stał przed nim oniemiały z opuszczonymi ramionami. Tkwił nieruchomo i patrzył się bezmyślnie na Stanisława nie wiedząc, co powinien powiedzieć.

- Jak to nie on, panie Sowalski. Przecież wcześniej mówił pan, że nie widział tamtego mężczyzny, a teraz nawet nie przyglądając mu się dostatecznie długo twierdzi pan, że to nie on. Czy pan nam czegoś nie mówi?

Aspirant Lewandowski stanął zaraz przy drzwiach i ciekawie przysłuchiwał się dyskusji. Nie zdążył usłyszeć słów Stanisława, dlatego nie do końca zrozumiał powód irytacji swojego przełożonego.

- Nie mogę powiedzieć skąd to wiem, bo i tak byście mi nie uwierzyli – ze Stanisława w tym momencie zeszło całe napięcie. Teraz było mu już wszystko jedno.

- Panie Sowalski musi pan wiedzieć, że to nie są żarty. Pragnę przypomnieć panu, że składał pan zeznania pod przysięgą. Za składanie fałszywych zeznań grozi w tym kraju nawet kara pozbawienia wolności.

Stanisław kiwał głową na znak, że rozumie, ale nijak nie wiedział, jak ma wytłumaczyć obu mężczyznom skąd ma takie informacje. Musiał na miejscu, szybko coś wymyślić.

- Proszę się chwilę zastanowić i na spokojnie powiedzieć mi skąd pan wie, że ten tam nie jest sprawcą? – mówiąc te słowa wskazał mężczyznę po drugiej stronie szyby.

- Ze snów, panowie, z moich snów. Wiem, jak to brzmi, ale to prawda.

Obydwaj policjanci zaniemówili, by po chwili spojrzeć na niego, jak na kogoś niespełna rozumu. Czuł się beznadziejnie. Z ich ust nie wydostał się żaden dźwięk, ale on wiedział, że mają go za kogoś kto jest psychicznie chory.

- Panie Sowalski albo jest pan bardzo zmęczony, albo ma nietypowe poczucie humoru. Tak jedno, jak i drugie niestety dyskredytuje pana w roli świadka. Przykro mi to mówić, ale nasza rozmowa dobiegła końca – odwrócił głowę w stronę swojego podwładnego i powiedział.

- Pawle odprowadź pana Sowalskiego do wyjścia.

Stanisław zdał sobie nagle sprawę, że źle to rozegrał. Mógł pomóc. Wiedział, że może pomóc w odkryciu personaliów mordercy, ale musiał to inaczej zrobić, musiał to natychmiast ratować.

Lewandowski akurat wstawał z krzesła, na którym kilka sekund wcześniej zdążył usiąść, aby go wyprowadzić z budynku, a on intensywnie szukał w głowie pomysłu, jak naprawić całą tę sytuację. Za chwilę go wyproszą stąd z biletem w jedną stronę, bez możliwości powrotu albo, co gorsza, zmienią mu status ze świadka na podejrzanego.

- Panie komisarzu mam do pana olbrzymią prośbę.

Kart najwyraźniej zaskoczony, przez dłuższą chwilę zastanawiał się co odpowiedzieć.

- Jaka to prośba? – zapytał w odpowiedzi.

- Chciałbym przez pięć minut porozmawiać z panem w cztery oczy – wyrzucił z siebie Stanisław wiedząc, że tylko w ten sposób może coś jeszcze wskórać.

Kart zastanawiał się chwilę wodząc w tym czasie oczami na boki.

- Ma pan pięć minut, a ty Pawle idź do sali obok i przekaż chłopakom, aby odprowadzili podejrzanego do celi.

Młodszy aspirant skinął niechętnie głową na znak, że zrozumiał, zrobił w tył zwrot i szybko wyszedł z pomieszczenia zamykając drzwi za sobą.

Oficer usiadł naprzeciwko i podniósł prawą dłoń w górę pokazując mu w teatralnym geście pięć palców.

Stanisław siedział teraz naprzeciw Karta, a odległość jaka ich dzieliła nie była większa niż półtora metra. Spojrzał oficerowi prosto w oczy i głośno przełknął ślinę. Nie bardzo wiedział od czego zacząć, a jego pięć minut zaczynało płynąć.

- Proszę pana, do momentu tamtego tragicznego wydarzenia byłem normalnym nudnym facetem. Jestem kawalerem i mieszkam sam, nie licząc mojego psa. Wiodłem do tamtego momentu nudne, ale takie jak sobie ułożyłem i zorganizowałem życie. Teraz nie jestem już tym samym człowiekiem, co kiedyś. Zadam panu nietypowe pytanie. Czy wierzy pan, panie komisarzu w duchy? – zaskoczył niewątpliwie policjanta swoim pytaniem, ale ten podniósł tylko wzrok znad stołu i nic nie odpowiedział.

- Tak myślałem. Ja też nie wierzyłem, dopóki w moim domu nie zaczęły się dziać różne, dziwne rzeczy.

Przerwał na chwilę, aby zobaczyć, czy wzbudził w swym rozmówcy choć odrobinę zainteresowania. Niestety nie potrafił rozszyfrować Karta, gdyż ten cały czas siedział ze spuszczoną głową, a palcami prawej dłoni wystukiwał delikatnie jakiś rytm. Nie wiedział, czy jego opowieść go zaciekawiła, czy może z nudów wybija rytm lub liczy uderzenia w blat stolika, przy którym oboje teraz siedzą.

- Wiem, jak to zabrzmi, ale prześladuje mnie od jakiegoś czasu duch tej kobiety – zrobił krótką przerwę, gdyż oficer powtórnie oderwał wzrok od blatu i spojrzał zaskoczony w jego stronę.

- Tak panie komisarzu, niech pan tak na mnie nie patrzy. Jestem przerażony tym wszystkim, co się ostatnio wokół mojej osoby dzieje. Widzę ją, słyszę ją, a nawet czuję intensywny zapach jej perfum. Nawet mój pies na tyle już się przyzwyczaił do jej obecności, że nagle przestał zwracać na tę zjawę jakąkolwiek uwagę. Ja niestety tak nie potrafię. Muszę z tym żyć i jest mi z tym coraz gorzej. Nawiązując do snów, o których wspominałem, to podczas marzeń sennych miałem okazję przypatrzeć się mordercy i proszę mi wierzyć, że zupełnie inaczej wygląda. Wiem nawet jak ten facet ma na imię, a co więcej wiem, jak ofiara ma na imię. Zamordowana ma na imię Wiesia, Wiesława, a jej oprawca to Paweł. I co pan na to teraz powie?

Oficer nawet nie podniósł głowy ani nie oderwał wzroku z miejsca, w które tak intensywnie się wpatrywał, a jego palce nie przestały ani na chwilę wybijać rytmu. Stanisław nie wiedział, co mógłby jeszcze dopowiedzieć, aby wzbudzić u swego rozmówcy zainteresowanie i nagle go olśniło.

- Jeżeli mi pan nie uwierzył to mogę przynieść jutro na komendę filmy, na których nagrana jest ta zjawa. Specjalnie kupiłem kamerę, aby mieć fizyczny dowód na to, że nie kłamię albo co gorsze, że jeszcze nie zwariowałem. Tak, to byłby najlepszy dowód, tam jest wszystko, gdyby tylko zechciał pan to obejrzeć.

Skończył i czekał niecierpliwie na reakcję komisarza, on jednak w żaden sposób nie zareagował. Zupełnie jakby zapadł w jakiś letarg. Nadal siedział ze spuszczoną głową i nie wiadomo było, czy drzemie, czy może analizuje usłyszaną historię. Po kilkunastu sekundach daremnego oczekiwania postawił na bezczelność i szybko wypalił.

- Czy pan mnie w ogóle słucha?

Kart właśnie przestał wystukiwać rytm palcami, podniósł wzrok, odetchnął głęboko i przyglądał mu się z nieskrywaną ciekawością, jakby oglądał jakiś eksponat na wystawie.

- Nie wiem, czy pan o tym wie, panie Stanisławie, ale w policji są robione, co jakiś czas tak zwane weryfikacje. Już po wszystkim każdy z ocenianych ma prawo zapoznać się z opinią przełożonych na swój temat. Ja według moich przełożonych jestem człowiekiem inteligentnym i rozsądnym. Cechuję się według nich profesjonalizmem, odwagą, kulturą osobistą oraz dużym taktem. Nie będę mówił o swoich wadach, bo nie do tego zmierza mój wywód. Chodzi mi o to, że żadna z wymienionych cech nie kwalifikuje się do tego, aby chociaż spróbować, chcieć zrozumieć, o co panu chodzi. Według pana ja jako oficer prowadzący śledztwo, które pod względem ważności jest na samej górze mam... wypuścić na wolność człowieka, który został aresztowany i oskarżony o morderstwo... tylko na podstawie pańskich sennych wizji?

Stanisław w tym momencie doszedł do wniosku, że jednak powtórnie źle to rozegrał i że w oczach oficera uchodzi teraz za osobę niepoczytalną.

- Zamieńmy się tak hipotetycznie na chwilę miejscami, dobrze?. Pan jest teraz mną i ma pan podjąć jakąś wiążącą decyzję. Uwierzyłby pan w słowa Stanisława Sowalskiego? Tak z ręką na sercu, czy taki świadek byłby w pana ocenie wiarygodny?

Nic nie odpowiedział na tak postawione pytanie, bo niby, co miał powiedzieć. Był skończony, zdeptany i to go teraz bardzo bolało. Najgorsze w tym było to, że sam do tego doprowadził.

- Przykro mi, panie Sowalski. Rafał Kart może by i panu uwierzył, ale komisarz policji niestety tak postąpić nie może.

- Dobrze, rozumiem, pana. Tak więc prorokuję, panie komisarzu, że za jakiś czas wypuści pan tego człowieka. Przekona się pan, że mówiłem prawdę, a jeszcze, jeśli uda się panu złapać sprawcę... czego bardzo panu życzę i okaże się, że ma on na imię Paweł, to może wtedy komisarz policji mi uwierzy – rzucił wiązankę szybkich słów.

- Pięć minut minęło. Czy pan przyjmuje jakieś leki panie Sowalski, bo jeśli nie to myślę, że powinien pan zacząć coś zażywać, gdyż według mnie, ma pan poważne problemy. Na koniec jeszcze jedno. Jeśli będzie pan zamierzał opuścić nasze piękne miasto, to proszę nas o tym poinformować. Na pewno skontaktujemy się jeszcze z panem. Do widzenia.

Komisarz skończył, wstał powoli i znanym wszystkim gestem wyprosił go z pomieszczenia. Stojąc w drzwiach usłyszał jeszcze słowa Karta – Romek, tu Rafał. Słuchaj upewnij się, że pan Sowalski na pewno opuści gmach komendy i daj mi później znać.

Stanisław zbliżał się powoli, do rynku starego miasta, gdzie jak zawsze gromadził się spory tłum zabieganych mieszkańców, a także zawsze głodnych wrażeń oraz ciekawych wszelkiego rodzaju informacji o mieście, turystów. Atrakcje turystyczne Poznania jednak tym razem nie interesowały go nawet w najmniejszym stopniu. Był tu już swojakiem, kimś miejscowym. Tyle lat mieszkał w Poznaniu, że żadne miejscowe atrakcje nie zaprzątały jego uwagi. Szedł powoli, przed siebie, bez żadnego planu, gdyż jego celem nie był jakiś konkretny punkt na mapie miasta, a jedynie długi spacer, który miał mu pomóc w zebraniu myśli. Wyszedł wreszcie z zatłoczonego rynku i skierował się w jedną z bocznych uliczek starego miasta. Próbował odciąć się od zgiełku miasta. Jego spuszczony w ziemię wzrok sprawiał, że co chwila musiał niemalże odskakiwać, gdy niespodziewanie tuż przed nim pojawiał się jakiś przechodzień. Nagle gdzieś z przodu do jego uszu dobiegł charakterystyczny dźwięk dzwonów kościelnych.

Podniósł głowę i zobaczył na końcu uliczki typowy dla większości budowli sakralnych zarys budynku. Kościół był otoczony z dwóch stron budowlanym rusztowaniem, więc uznał, że musi znajdować się właśnie w remoncie. Nie zmienił kierunku spaceru, przechodząc przez skrzyżowanie, dlatego też zbliżał się teraz powoli do świątyni. Nie zauważył o dziwo nigdzie krzątających się zwykle w takich miejscach i przy takich robotach pracowników. Gdy był na wysokości ciężkich masywnych, obitych blachą drzwi coś go tknęło, aby pomimo wszystko zajrzeć do środka. Nacisnął na ciężką, oporną i zimną klamkę. Szerokie drzwi ustąpiły, choć musiał włożyć trochę siły, aby odchylić ciężkie masywne skrzydło.

- Ciekawe jak starsi ludzie sobie z nimi radzą – powiedział do siebie szeptem.

Usiadł w starej kościelnej ławce i rozglądał się ciekawie wokół. Był w środku, tak na oko dziewiętnastowiecznego kościoła, który choć z zewnątrz wyglądał na nieduży i skromny, to jednak w środku robił dużo większe wrażenie. Kilkanaście rzędów ciężkich masywnych ławek świeciło pustkami. Dopiero teraz rozglądając się po ławkach, jak i po przestronnym wnętrzu zauważył, że był sam w całym kościele. Jego wzrok przykuł przepiękny główny ołtarz, który niestety już na pierwszy rzut oka wymagał renowacji. Po chwili patrzył na witraże wykonane z kolorowego szkła przedstawiające po jednej stronie Jezusa Chrystusa, a po drugiej Matkę Boską. Atmosfera panująca w tym przybytku sprawiła, że powoli zaczynał popadać w pewnego rodzaju stan melancholii przemieszanej z uduchowioną filozofią. Obserwując wystrój i wyposażenie świątyni nawet nie zauważył, kiedy zaczął analizować, jakim jest człowiekiem i co do tej pory w życiu osiągnął. Zatopiony w rozważaniach nawet nie zwrócił uwagi, kiedy od tyłu ktoś podszedł i usiadł w ławce tuż za nim.

- Niech będzie pochwalony Jezus Chrystus – nagle usłyszał tuż za plecami męski głos szeptem wypowiadający te słowa.

- Na wieki – odpowiedział równie cicho.

Odwrócił się z czystej ciekawości za siebie, aby ujrzeć człowieka, który go pozdrowił. Rząd dalej siedział starszy mężczyzna w sutannie. Wyglądał na lat siedemdziesiąt parę, był całkowicie siwy, a twarz miał pooraną zmarszczkami. Jego wzrok pomimo podeszłego wieku był nadal bardzo bystry. Patrzyli sobie przez chwilę prosto w oczy, ale Stanisław nie wytrzymał konfrontacji i pierwszy spuścił wzrok.

- Świat się zrobił jakiś dziwny. – usłyszał ciepły i jak mu się wydało dobrze wytrenowany głos księdza. – Ja już za tym wszystkim powiem szczerze nie nadążam. Prawdę mówiąc nie pasuję już do tego świata.

- Nie wiem jak z tym dopasowaniem, bo przecież księdza nie znam, ale co do pierwszej części, to muszę księdzu przyznać rację – odpowiedział bez żadnego zażenowania. Czuł się w obecności tego człowieka pewnie i bezpiecznie.

- Pięknie tutaj, prawda? Kiedyś to byli prawdziwi artyści. Teraz już takich nie ma. Dzisiaj są już tylko lepsi lub gorsi rzemieślnicy.

Stanisław skinął głową na znak, że zgadza się ze swoim rozmówcą.

- Co pana tu sprowadziło? Przyszedł pan z czystej ciekawości, ot tak sobie pozwiedzać, czy może pomodlić się w Świątyni Pana. Może przeszkodziłem panu w czymś istotnym, chce pan może zostać teraz sam? Jeśli tak, to już mnie nie ma, uciekam.

- Nie, nie, absolutnie nie przeszkadza mi ksiądz – wsparł swoje słowa gestem. – Proszę ze mną zostać, naprawdę bardzo chętnie sobie z kimś anonimowo porozmawiam – wypowiedział te słowa i przez chwilę zapanowała pomiędzy nimi błoga, choć trzeba przyznać, trochę niezręczna cisza. Byli teraz tylko we dwójkę w tym dużym pomieszczeniu, a cisza wokół aż kłuła w uszy.

- Uwielbiam ciszę, lubię się w nią wsłuchiwać, choć tutaj tak naprawdę pojawia się jeden z wielu paradoksów, z którymi mamy do czynienia w życiu codziennym. Wie pan może, co mam na myśli?

- Nie... niestety nie! Przepraszam, ale raczej jakoś za księdzem nie nadążam – odpowiedział zaciekawiony Stanisław.

- Jak pan zapewne wie, nasz zmysł słuchu, jeden z pięciu, którymi dysponujemy, którego instrumentem jest nasza małżowina uszna służy do wychwytywania i odbioru wszelkiego rodzaju bodźców dźwiękowych, które docierają do nas z zewnątrz. Dźwięk jest rodzajem fali mechanicznej, czyli najprościej mówiąc to drganie powietrza. Prędkość rozchodzenia się fali dźwiękowej zależy od rodzaju ośrodka, rośnie wraz z jego gęstością. I tak np. w powietrzu prędkość dźwięku wynosi 330 metrów na sekundę, a już w wodzie ponad 1400 m/s. Dużo większe prędkości dźwięk osiąga w ciałach stałych, np. w żelazie wynosi około 5100 m/s, a w granicie prędkość może sięgać 6000 m/s. – ksiądz mówił do niego szeptem, choć z racji tego, że byli tu sami mógł przecież mówić normalnie.

- Fala dźwiękowa jest falą mechaniczną, dlatego do przemieszczania potrzebuje pewnego ośrodka materialnego. Zakres częstotliwości fal, które określa się jako dźwiękowe to przedział od 20 do 20000 Herzów. Częstotliwości fal, które są słyszalne dla człowieka, zawarte są w paśmie między wartościami granicznymi od ok. 16 Herzów do około 20000 Herzów. I tutaj powrócimy do naszego paradoksu. Jak można wsłuchiwać się w ciszę? Cisza to przecież całkowity brak dźwięków, jak więc można nasłuchiwać niczego? To tak jakbym powiedział, że idę przez pustkę!

Ksiądz skończył i uśmiechnął się do niego życzliwie, ale Stanisław chyba nie miał zbyt inteligentnego wyrazu twarzy, ponieważ jego wykładowca nagle stwierdził.

- Przepraszam. Wyskakuję tu panu z wykładem z fizyki z nutką filozofii, a przecież tak naprawdę nie wiem, czy to pana interesuje.

- Nie, nie o to chodzi, proszę księdza. Tylko po prostu nie spodziewałem się w takim miejscu i z ust takiego człowieka tego rodzaju dyskusji. Choć muszę przyznać, że naprawdę interesująco ksiądz opowiada.

- Raz jeszcze przepraszam! Widzi pan, ja po prostu czasami za bardzo się zapędzam i zapominam, że nie jestem już tym kim byłem kiedyś.

Nagle drzwi do świątyni otworzyły się szeroko i do środka zaczęła się powoli wlewać fala kilkudziesięciu starszych ludzi, prawdopodobnie turystów wraz z młodą kobietą, chyba ich przewodnikiem. Duchowny spojrzał z niesmakiem w tamtą stronę. Na ten widok powoli wstał, przeżegnał się, spojrzał w jego stronę i kiwnięciem głowy pokazał mu, żeby za nim poszedł. Stanisław bez zastanowienia powstał z ławki i ruszył za nim. Postać, którą przed chwilą spotkał w tej świątyni zaintrygowała go i to nawet bardzo. Skierowali się do małego bocznego wyjścia i już po chwili byli na zewnątrz.

- O tutaj usiądźmy! Myślę, że tutaj będziemy mieli trochę spokoju – odezwał się duchowny i wskazał ręką na małą ławeczkę tuż za kościołem, na której po chwili obydwaj usiedli.

- Cisza ciszą, ale przecież nie to pana tutaj sprowadziło. Czy mam rację?

Stanisław skinął głową na znak, że jego rozmówca się nie myli. Chciał jeszcze coś dopowiedzieć, ale duchowny nie dopuścił go do głosu.

- *„Kogo Bóg darzy wielką miłością, w kim pokłada wielkie nadzieje, na tego zsyła wielkie cierpienie, doświadcza go nieszczęściem"*. Może się mylę, powiem więcej, obym się tylko mylił, ale wygląda mi pan na człowieka niezmiernie smutnego, a może nawet nieszczęśliwego – przerwał na chwilę i z głęboką troską spojrzał Stanisławowi w oczy.

- Ma pan to wyraźnie wypisane na twarzy. Obserwowałem pana od momentu, gdy wszedł pan do środka i dlatego pana wybrałem, gdyż instynktownie czułem, że potrzebuje pan pomocy. Coś pana trapi i to coś naprawdę poważnego. Utarło się mówić, że duchowni są lekarzami dusz, a pan mi wygląda na kogoś, kto potrzebuje pomocy duchowej. Jeżeli zechce pan ze mną na ten temat porozmawiać, to bardzo proszę, jestem do pańskiej dyspozycji, a jeśli nie, to porozmawiamy sobie przez kilka minut o pogodzie i każdy pójdzie w swoją stronę. Nie musi mi pan przecież od razu odpowiadać, jeżeli zaskoczyłem pana tym pytaniem, to proszę się chwilę zastanowić. Myślenie nic nie kosztuje, a poza tym Pan Bóg dał nam głowy nie tylko po to, abyśmy na nich nosili czapki.

Mówi naprawdę mądrze – pomyślał Stanisław – i choć znam go zaledwie kilka minut, to już wzbudził moje zaufanie, a co najważniejsze jest dla mnie całkiem obcym, nieznanym człowiekiem. Porozmawiamy, rozejdziemy się i może już nigdy więcej nie spotkamy, więc co mi szkodzi? Jest ode mnie mądrzejszy i jest duchownym, więc może mi pomóc. Mogę przecież poprosić, abyśmy porozmawiali ze sobą na zasadzie spowiedzi, a wtedy będzie musiał dochować tajemnicy spowiedzi, a co za tym idzie, ośmieszę się tylko i wyłącznie w jego oczach. I niech tak będzie… i niech tak zostanie.

Chwilę jeszcze trwał w zadumie, a im więcej rozmyślał tym bardziej przekonywał się do tego, aby temu człowiekowi jednak zaufać. Ksiądz siedział tuż obok i spoglądał gdzieś przed siebie. Pomimo tego, że trwało to już dłuższy czas, to nie przerywał tej ciszy i wychodziło na to, że jest człowiekiem cierpliwym i taktownym.

- Na moich rękach – zaczął Stanisław i podniósł obie dłonie do góry, jakby chciał je obejrzeć – zmarła młoda kobieta, ofiara morderstwa. Udzielałem jej pierwszej pomocy, ale niestety nie dałem rady, nie potrafiłem jej pomóc. Ku mojej rozpaczy, moje starania nie przyniosły pożądanego skutku, ona zmarła i już jej nie ma na tym świecie – poczuł dłoń księdza na swoim ramieniu.

- Ona nie żyje, a mnie pozostał ból, z którym musiałem się zmierzyć. Myślałem, że to jest już koniec i że teraz będę się tylko zmagał ze złymi wspomnieniami, ale okazało się, że to nie wszystko, proszę księdza.

Przerwał na chwilę dla nabrania głębszego oddechu. Spojrzał na duchownego i odkrył, że ten przygląda mu się z ciekawością, ale jednocześnie taktownie.

- Ona nie odeszła tak całkowicie, a może odeszła, ale co chwilę powraca. Tego niestety nie wiem, chociaż prawdę mówiąc, jakie to ma znaczenie? To jest teraz tak naprawdę nieistotne. Ważne natomiast jest to, że ona, czy też jej duch mnie nawiedza i…

- W jaki sposób to się objawia? Proszę mi szczerze odpowiedzieć – przerwał mu duchowny.

- Różnie proszę księdza, ale może najpierw zacznę od tego, że według mnie jestem rozsądnym człowiekiem, a przynajmniej za kogoś takiego się uważam. Na początku stwierdziłem, że to może są moje wymysły, urojenia czy halucynacje. Myślałem tak, gdyż wtedy, gdy ratowałem tę kobietę, zostałem brutalnie uderzony przez jej mordercę jakimś metalowym przedmiotem w tył głowy. Wylądowałem w szpitalu, miałem ranę szytą. Logiczne wydawało się to, że moje omamy są skutkiem tamtego uderzenia, ale gdy mój pies zaczął zachowywać się inaczej, to doszedłem do wniosku, że to jest realne.

- *„Bóg wie, co robi. Nie myli się w przydzielaniu ludziom czasu. Każdemu daje czas na zrobienie tego, co chce, by zrobił"*, ale przepraszam bardzo, przerwałem panu, już milknę – zakończył z nutką żalu w głosie.

- Nic się nie stało, proszę księdza, naprawdę. Wrócę teraz jednak do tematu. Działy się u mnie w domu naprawdę dziwne, a nawet niesamowite rzeczy. Miałem dziwaczne, choć bardzo realistyczne sny, które mogłyby uchodzić za jakiegoś rodzaju wizje. Widziałem we śnie miejsce wypadku z perspektywy osoby trzeciej. Siedziałem w samochodzie obok mordercy, gdy rozjeżdżał tę osobę. Widziałem i słyszałem kłótnię tej osoby z ofiarą, choć w świecie fizycznym mnie przy tym nie było. Widziałem, proszę księdza kobietę ubraną na biało kilka razy w swoim własnym domu i nawet w miejscu publicznym. Zaznaczam, że tak była ubrana, gdy umierała. To niestety jeszcze nie wszystko. W momencie, gdy ją ratowałem, dotarł do mnie intensywny zapach jej perfum. Rozumie ksiądz, co mówię? Z miejsca wypadku zapamiętałem zapach kobiety, jej zapach. Był, jak wizytówka. Przecież to jest chore. Ten zapach prześladuje mnie co jakiś czas i nawet teraz to czuję.

Jego rozmówca po usłyszeniu jego ostatnich słów rozejrzał się nerwowo na boki.

- Przepraszam bardzo. Nic na to nie poradzę, to taki ludzki niekontrolowany odruch – powiedział szybko ksiądz, jakby się przed nim usprawiedliwiał. – Nie boję się, po prostu wygrała ciekawość.

- Zapach i dźwięki muzyki, a właściwie melodia nucona przez tę kobietę towarzyszą mi bardzo często. Pozostałe doznania są spontaniczne, choć właściwie powinienem powiedzieć, cykliczne. Pewnego dnia wpadłem na pomysł, aby to zarejestrować, aby nie wyjść przed ludźmi na kogoś psychicznie chorego i kupiłem sobie kamerę, żeby uwiecznić w sposób fizyczny te wszystkie fakty. Ustawiłem kamerę w miejscu, gdzie zawsze sypiam – tak aby rejestrowała mnie w łóżku, jak śpię – oraz wejście do sypialni. Nazbierałem łącznie kilka nagrań sytuacji, kiedy miało miejsce zmaterializowanie się tej zjawy. Gdy zobaczyłem pierwszy nagrany film z nocy, to muszę przyznać, że byłem naprawdę przerażony. Okazało się proszę księdza, że zjawa pojawiła się w moim pokoju, tuż przy moim łóżku, a po chwili o zgrozo położyła się tuż obok mnie, objęła mnie swoim ramieniem i tak spędziliśmy dłuższy czas, jak jakaś para zakochanych.

- Wspominał pan o swoim psie, jak on to przeżywał, jak reagował na te wydarzenia?

- Na początku był nerwowy, bał się jej. Nie chciał wchodzić do pomieszczenia, w którym ją wyczuwał albo też po prostu stamtąd uciekał. Kiedyś jednak zobaczyłem go w kuchni, jak leżał tuż obok niej. Ona stała przy oknie a on obok i dałbym sobie rękę obciąć, że nie był z tego powodu zadowolony. Wyglądało to nawet tak, jakby ta istota nim zawładnęła i nie pozwalała mu odejść. Czułem, że mój pies jest z tego powodu bardzo nieszczęśliwy. Dopełnieniem tego wszystkiego było, gdy zjawa wystraszyła śmiertelnie moją sąsiadkę. Potrzebuję pomocy proszę księdza i przyjmę ją z każdej strony.

- *„Wszystko, co nas spotyka – zdrowie czy cierpienie, dobro czy zło, chleb czy głód, przyjaźń ludzka czy niechęć, dobrobyt czy niedostatek, wszystko to w ręku Boga może działać ku dobremu".* Mój drogi... czy mogę się tak do pana zwracać?

Stanisław przytaknął, zaskoczony.

- Tak więc według pańskiej relacji ma pan niewątpliwie ogromny problem z kimś, a właściwie to z czymś, co pana od jakiegoś czasu niepokoi i wprowadza zamęt w pańskie uporządkowane do tej pory życie?

Stanisław znowu przytaknął na znak, że absolutnie się z księdzem zgadza.

- Kiedyś gdzieś wyczytałem, że chrześcijańskie spojrzenie na śmierć zakłada akceptację jej wymiaru biologicznego. Każda śmierć zawsze jest kresem życia biologicznego, jest fizycznym procesem rozkładu, destrukcją, wobec której człowiek pozostanie zawsze bezsilny. Jest również nicością niespełnionych pragnień, marzeń, życia, egzystencji. Nowy Katechizm Kościoła Katolickiego mówi.

Na chwilę przerwał, jakby chciał przypomnieć sobie wybrany fragment.

- *„Czas jest miarą naszego życia; w jego biegu zmieniamy się i starzejemy. Jak w przypadku wszystkich istot żyjących na ziemi,* *śmierć jawi się jako normalny koniec życia. Ten aspekt śmierci jest pewnym przynagleniem dla naszego życia; pamięć o naszej śmiertelności służy także jako przypomnienie, że mamy tylko ograniczony czas, aby dobrze spędzić dany nam czas".*

Ksiądz zamilkł na moment, a Stanisław natychmiast wykorzystał ten moment, aby poruszyć nurtujący go od dawna temat. Jego gospodarz właśnie zrobił głębszy wdech, jak gdyby do nabrania energii przed dalszą tyradą, więc szybko zabrał głos wyprzedzając go o sekundę.

- Boję się śmierci księże, panicznie się jej boję. To wszystko co jest potem mnie przeraża – wypowiedział te słowa szeptem, nie mając nawet pewności czy ksiądz go dobrze zrozumiał. Duchowny milczał przez chwilę najwidoczniej zastanawiając się nad odpowiedzią. Wreszcie klepnął go po przyjacielsku w ramię, uśmiechnął się serdecznie i powiedział.

- A dlaczego tak bardzo boisz się rzeczy, która jest jedyną pewną częścią tego świata. Wszyscy kiedyś się rodziliśmy i wszyscy umrzemy. Nawet nowonarodzone niemowlę, choć wydaje nam się to niemożliwe kiedyś się zestarzeje i umrze. Każdy staruszek, choćby największy mędrzec miał kiedyś roczek i uczył się mówić i chodzić. Wyczytałem kiedyś w jakimś periodyku, że do tej pory żyło na ziemi około 130 miliardów ludzi. Tylu ludzi mniej więcej przyszło na świat i z niego odeszło. Zatrważająca liczba prawda? – Stanisław przytaknął i słuchał dalej.

- Pewien filozof, którego nazwiska już nie pamiętam, gdyż pamięć płata mi, co jakiś czas figle, powiedział – przerwał na krótką chwilę jakby się nad czymś zastanawiał – pozwolisz mój drogi, że go zacytuję?

- Tak oczywiście, niech ksiądz mówi.

- *„Boimy się śmierci i często o niej rozmawiamy, ale tak naprawdę to problem śmierci w ogóle nas nie dotyczy, bo kiedy my żyjemy, to śmierć nie istnieje, a kiedy już śmierć przychodzi, to nas już nie ma"* – znowu się do niego uśmiechnął, tym razem melancholijnie i szybko dodał. – Tak, tak filozofia to wspaniała dziedzina.

Ksiądz popadł w zadumę i zapadła cisza, którą tym razem to Stanisław szybko przerwał.

- Kilka razy zastanawiałem się proszę księdza, co bym robił i jak się zachował, gdybym dowiedział się, że jutro umrę. Czy rozsypałbym się, jak domek z kart, czy też wyszedłbym z tego silniejszy, wzmocniony.

- Gdybyśmy wyobrazili sobie, że powiedzmy jutro mamy umrzeć, przeżylibyśmy ten dzień w sposób bardziej świadomy i intensywny. Każda śmierć posiada bardzo ważne znaczenie, gdyż uczy nas pewnej życiowej mądrości, pokory, życiowego realizmu, porządkuje też naszą hierarchię wartości, pomaga odnaleźć cel i sens każdego życia. Umieranie ma tak naprawdę wiele wspólnego z narodzinami. Nowe może narodzić się dopiero, gdy umiera stare. Chrystus mówi: *„Jeżeli ziarno pszenicy, wpadłszy w ziemię nie obumrze, zostanie tylko samo, ale jeżeli obumrze, przynosi plon obfity"*.

- Niech ksiądz mi powie, dlaczego według dogmatów religii musimy w końcu kiedyś umrzeć?

- Dopiero śmierć tak naprawdę w pełni nas wyzwala. W obliczu śmierci każdy człowiek doświadcza wolności. Przestajemy się wówczas przejmować tym, co sądzą o nas inni. Odpada lęk przed kompromitacją bądź odrzuceniem. Przestaje się liczyć sukces, bogactwo, ambicje, plany. Śmierć niweczy miary stosowane w trakcie naszego życia. W śmierci każdy człowiek uwalnia się od myślenia czysto ludzkiego, materialnego, światowego i całkiem wtedy wyzwolony wkracza w ten nowy świat przeniknięty całkowicie Bogiem.

- Ale jeżeli tak jest jak ksiądz mówi, to dlaczego tamta zmarła kobieta nie odeszła tam, gdzie jej miejsce. Przecież po śmierci cielesnej dusza przechodzi na drugą stronę. W naszym świecie nie ma dla niej miejsca.

- *„Nie zbadane są wyroki Boże"*. Ja tak naprawdę nie wiem, dlaczego tak się dzieje. Może Bóg ma wobec ciebie jakieś plany, może masz tej istocie w czymś pomóc albo ona tobie, a może ona nie wie, że nie żyje, a może w końcu stoi za tym jakaś ciemna siła.

- Sugeruje ksiądz, że w moim przypadku w grę może wchodzić opętanie? – zapytał z lekka przestraszony.

Ksiądz poderwał się, jakby nagle, znienacka oblano go zimną wodą.

- Ja tak nie myślę mój drogi, ale gdyby tak było, to w grę musiałyby wchodzić egzorcyzmy. Ja egzorcystą nie jestem, ale sporo na ten temat się dowiedziałem, a kiedyś nawet w egzorcyzmach uczestniczyłem jako bezstronny obserwator, ale nie mnie mój drogi oceniać na podstawie kilkuminutowej rozmowy, co tobie dolega i co trzeba z tym zrobić.

- Niech mi ksiądz chociaż opowie co to takiego jest ten egzorcyzm? Moja wiedza na ten temat pochodzi jedynie z filmów grozy.

Ksiądz zamknął powoli oczy, mocno odetchnął i popadł w zadumę. Stanisław nie zamierzał mu przeszkadzać, ani też tym bardziej go popędzać. Starszy człowiek siedział obok niego z dłońmi na kolanach. Widać było jak drżą mu dłonie pomimo tego, że trzymał je rozluźnione. Wyczuć można było w nim jakieś nieokreślone napięcie, Stanisław nie wiedział, czy w taki stan wprawiły go wspomnienia związane z poruszonym tematem, czy może coś innego, a może była to tylko po prostu kwestia podeszłego wieku.

- Egzorcyzmy mój drogi to posługa uwalniania od wpływu zła, którą pełnił Jezus Chrystus i którą zlecił czynić swoim uczniom słowami: *„Uzdrawiajcie chorych, wskrzeszajcie umarłych, oczyszczajcie trędowatych, wyrzucajcie złe duchy”.* Egzorcyzm z języka greckiego „wyklinać” jest rozkazem wydanym w imię Boga demonowi, aby ten wyszedł z osoby, zwierzęcia, miejsca lub rzeczy. Egzorcyzm może mieć charakter uroczysty, publiczny, który ma na celu wyrzucenie złego ducha z opętanej osoby oraz uwolnienie od wpływów demonicznych. Jest odprawiany przez biskupa. Egzorcystą może być także każdy kapłan, który działa jako egzorcysta w imieniu i autorytecie Kościoła na mocy władzy otrzymanej w święceniach kapłańskich. Zasada ta jest sprecyzowana w Kodeksie Prawa Kanonicznego. Ale może też mieć charakter prywatny. Są to wtedy modlitwy do indywidualnego odmawiania przez wszystkich wiernych, np. w chwilach pokus i dręczeń pochodzących od złego ducha. W ten zakres wchodzą również modlitwy o uwolnienie, czyli modlitwy wstawiennicze, z których mogą korzystać wszyscy kapłani i wspólnoty religijne pod przewodnictwem kapłana lub diakona. Choć te modlitwy mają za zadanie uwolnienie od wpływów demonicznych, to nie są egzorcyzmami w ścisłym tego słowa znaczeniu. Modlitwy takiej nie powinno przeprowadzać się w przypadku stwierdzenia opętania, kiedy potrzebny jest egzorcyzm uroczysty.

- Więc egzorcyzmu nie może przeprowadzić... przepraszam za wyrażenie „byle ksiądz"? – Stanisław przerwał duchownemu i od razu tego pożałował.

- Proszę mi nie przeszkadzać. Opowiadam panu teraz o fundamentach naszej wiary – fuknął na niego ksiądz w odpowiedzi.

- Przepraszam księdza. Już nie będę – poczuł się nagle jak uczeń w szkole przyłapany na jakimś występku.

Duchowny uśmiechnął się delikatnie i leciutko, prawie niedostrzegalnie kiwnął głową.

- Egzorcyzm w ścisłym tego słowa znaczeniu, może być sprawowany tylko przez kapłana wyraźnie delegowanego przez swego biskupa. On sam ma więc władzę nakazać demonowi, by opuścił daną osobę czy przedmiot. Gdy jakiś wierny lub kapłan sądzi, że może rozkazywać bezpośrednio demonom, nierzadko zdarza się, że otrzymuje od nich bardzo niebezpieczne ciosy.

- Boże kochany, o czym on mówi – pomyślał Stanisław, ale wbrew swej woli postanowił słuchać dalej, choć pogubił się w tym wszystkim.

- Natomiast modlitwa o uwolnienie, - kontynuował duchowny swój wykład - przeciwnie, może być stosowana przez wszystkich wiernych, kapłanów i świeckich. W modlitwie o uwolnienie nie rozkazuje się demonom, aby odeszły, ale zwyczajnie prosi się Boga, Najświętszą Maryję Pannę, Aniołów i Świętych, aby przyszli nam z pomocą w celu odepchnięcia zasadzek wroga i abyśmy w ten sposób byli uwolnieni od jego szkodliwego działania.

- Jak wygląda sam rytuał? – znowu wyrwało się Stanisławowi pytanie, ale tym razem ksiądz nie zareagował, a właściwie zareagował w ten sposób, że wstał i teraz swoją tyradę kontynuował na stojąco.

- Obrzędy rozpoczynają się pokropieniem pobłogosławioną wodą, które jako upamiętnienie oczyszczenia otrzymanego we chrzcie jest obroną kuszonego przed zasadzkami nieprzyjaciela. Wodę można pobłogosławić przed obrzędami albo w czasie obrzędów, przed pokropieniem, zależnie od okoliczności mieszając z wodą sól. Następuje modlitwa litanijna. w której przez wstawiennictwo wszystkich Świętych wzywamy Bożego miłosierdzia nad człowiekiem dręczonym. Po litanii egzorcysta może recytować jeden psalm lub niektóre psalmy wyrażające błaganie o opiekę Najwyższego i podziw dla zwycięstwa Chrystusa nad złym duchem. Psalmy recytuje się w sposób ciągły lub responsoryjny.

Stanisław nie wiedział, co znaczy to słowo, ale postanowił, że zapyta na koniec lub sprawdzi po powrocie do domu w jakimś słowniku, o ile wcześniej nie zapomni o jakie słowo chodziło. Już jakiś czas temu zgubił wątek i przestał nadążać za „wykładowcą", ale pomimo tego postanowił dotrwać do końca.

- Na koniec egzorcysta może dodać modlitwę po psalmie. Następnie odczytuje się Ewangelię jako znak obecności Chrystusa. Potem egzorcysta kładzie ręce na dręczonego, błagając Ducha Świętego, aby diabeł odszedł od człowieka, który przez chrzest stał się świątynią Bożą. Później recytuje się wyznanie wiary albo odbywa się wyrzeczenie szatana i odnowienie wyznania wiary. Następuje modlitwa Pańska, w której błagamy Boga, naszego Ojca, aby nas wybawił od Złego. Po tych czynnościach egzorcysta ukazuje dręczonemu wizerunek Krzyża Pańskiego, który jest źródłem wszelkiego błogosławieństwa i łaski, następnie czyni nad nim znak krzyża, który wyraża władzę Chrystusa nad diabłem. Wreszcie wypowiada błagalną formułę skierowaną do Boga oraz formułę rozkazującą, w której w imię Chrystusa wprost wyklina diabła, wzywając go, aby odszedł od dręczonego.

- I to pomaga? – znów to samo, ale usprawiedliwił się natychmiast tym, że czyni to odruchowo.

- Czasem tak, a czasem nie. W tym przypadku nie ma reguły. Bywa, że wystarczy jeden „seans", ale może być potrzebna cała seria. Pana jednak to nie dotyczy, gdyż ja nie dostrzegam oznak opętania. Żaden poważny i szanujący się egzorcysta nie przyjdzie panu z pomocą. Przynajmniej nie na tym etapie, na którym pan obecnie jest. Mówię tak dlatego, gdyż nie wiem w jakim kierunku to podąży.

Stanisław spojrzał pytająco na swego rozmówcę i choć z jego ust nie padło żadne pytanie, to jednak usłyszał odpowiedź.

- Zawsze tak było, że największa siła tkwiła w modlitwie, zwykłej najprostszej i szczerej modlitwie.

Chwilę jeszcze siedzieli w milczeniu na ławce, ale Stanisław już wiedział, że nic więcej od tego duchownego nie wyciągnie. Choć nie uzyskał żadnej konkretnej pomocy, na którą tak naprawdę liczył, to jednak czuł się w jakiś sposób podniesiony na duchu. Pożegnał się grzecznie z tym bezsprzecznie mądrym człowiekiem i już miał odchodzić, gdy nagle na odchodnym usłyszał.

- Będę się za ciebie modlił mój synu. Pamiętaj, że wiara i modlitwa są fundamentami wiary.

Rozdział szósty

„Sen na jawie".

Dzwonek do drzwi oderwał go od czynności, której wprost nie znosił robić. Momentalnie przerwał zmywanie naczyń, następnie poszukał czegoś suchego i wytarł mokre dłonie w pierwszy lepszy ręcznik, który wpadł mu w rękę. Po chwili zaciekawiony podszedł do drzwi.

Kto to może być? pomyślał. Nie spodziewał się dzisiaj żadnych gości, a przecież Kasia i Karol nigdy nie pukali, ani tym bardziej nie dzwonili. Ta para zawsze wchodziła do jego mieszkania bez pukania, jak do siebie.

Otworzył powoli drzwi i stanął całkowicie zaskoczony. W progu stał Kajetan Antoniak i uśmiechał się do niego typowym dla siebie szelmowskim uśmieszkiem. Zaskoczony Stanisław nie był w stanie zebrać myśli, ani tym bardziej nic sensownego powiedzieć, ale za to z ust jego niezapowiedzianego gościa wypłynął prawdziwy potok słów.

- No co tak stoisz i gapisz się jakbyś zobaczył ducha. Do takich widoków myślę, że powinieneś już się dawno przyzwyczaić – uścisnął mu mocno prawą dłoń i poklepał przyjaźnie po ramieniu. – Myślę, że zrobiłem ci niespodziankę, naprawdę sporą niespodziankę, prawda? Szkoda, że nie widzisz wyrazu swojej twarzy. Teraz wiem, dlaczego wprost uwielbiam sprawiać ludziom niespodzianki. Wiesz, chciałem zadzwonić do ciebie i uprzedzić o mojej wizycie, ale okazało się, że nie wziąłem telefonu.

- Nie żartuj sobie z tego, bo mnie moje problemy w ogóle nie śmieszą. Powiedz lepiej, co cię do mnie sprowadza?

- Jak to, co mnie sprowadza, obiecałem ci przecież, że cię odwiedzę. Sam mnie przecież o to poprosiłeś, gdy gościłeś u mnie. Czyżbyś już zapomniał?

- Nie, a właściwie to tak. Zupełnie wyleciało mi z głowy. Byłem ostatnio bardzo zajęty.

- No dobra przepraszam cię za moje głupie żarty, to nie było taktowne. Mogę wejść do środka? – wskazał palcem na wnętrze mieszkania – czy też będziemy rozmawiać w drzwiach.

- Tak oczywiście, zapraszam do mieszkania – cofnął się i zrobił miejsce gościowi.

- Przepraszam cię za moje maniery, ale zupełnie mnie zaskoczyłeś.

Jego niezapowiedziany gość właśnie zamierzał skorzystać z zaproszenia, gdy nagle stanął jak wryty na widok psa, który najwidoczniej z ciekawości pojawił się w drzwiach i teraz siedział tuż za swoim panem.

- To twój pies? Nic nie wspominałeś, że masz psa i to jeszcze takiego potwora. Ta rasa to chyba Bernardyn, mam rację?

- Nie jest czystej rasy, nie bój się, on tylko wygląda tak groźnie, ale w rzeczywistości jest łagodny jak baranek. Nie ma obaw, nie zrobi ci krzywdy.

Stanisław odsunął się na bok i zrobił gościowi miejsce. Pies wstał i również usunął się na bok. Kajetan wszedł do środka i zamknął za sobą drzwi.

- A więc tak mieszkasz ko… – zaczął mówić, a zaraz potem przerwał w pół słowa i rozejrzał się wokół z ciekawością, ale i jakimś nienaturalnym szacunkiem.

- Co ci się stało? – zapytał wyraźnie zaskoczony, ale i zainteresowany dziwnym zachowaniem Antoniaka.

- Ona tu jest, wyczuwam jej obecność. Ma naprawdę silną aurę.

- Gdzie, tutaj w przedpokoju?

- Nie tutaj, w którymś z pozostałych pomieszczeń. Dziwi mnie to, że pies jej nie wyczuwa. Powinien ją przecież wyczuć od razu swoimi zmysłami i być bardzo podniecony lub też przestraszony, a on tymczasem jest nad wyraz spokojny.

- Mam na to swoją teorię – odpowiedział mu Stanisław.

- Tak? No to mów słucham.

- Jak wiesz, to się dzieje już od dłuższego czasu. Na początku Reks reagował zupełnie inaczej. Szczekał, warczał, bał się, nie chciał nawet wejść do pomieszczenia, w którym wyczuwał jej obecność. Teraz natomiast, według mnie, przyzwyczaił się do tej istoty, a co za tym idzie, przestał zwracać na nią uwagę.

- Coś w tym jest Stanisławie. Myślę, że możesz mieć rację, ale przejdźmy dalej. Pozwolisz, że sam się rozejrzę po twoim mieszkaniu?

- Oczywiście, proszę bardzo.

Odsunął się na bok i pozwolił, aby jego gość rozejrzał się po mieszkaniu. Antoniak zajrzał najpierw do kuchni. Od razu nie zatrzymując się nigdzie podszedł do okna i postał tam chwilę odwrócony do niego tyłem.

- Wyczuwam tutaj jej energię. Jest naprawdę bardzo intensywna. W tym miejscu musiało się coś wydarzyć.

- Tak, to tutaj zobaczyłem ją stojącą przy oknie. Stała zwrócona twarzą do okna, ale w pewnym momencie odwróciła głowę i spojrzała na mnie. Wstyd mi to przyznać, ale właśnie wtedy uciekłem.

- To żaden wstyd, Stanisławie. Żałuj, że nie znałeś mnie, w czasie, gdy moje zdolności jeszcze się nie ukształtowały.

- Ach tak i właśnie tutaj zrobiła coś, czego nawet nie potrafię zdefiniować. Mój pies leżał tutaj, tuż obok niej i widać było, że mu się to nie podoba. Zdaje mi się, że ona nie pozwalała mu odejść.

- To bardzo ciekawe, nigdy nie spotkałem się z takim zachowaniem u zwierząt. Zwykle są wystraszone i starają się uciec, a tutaj mamy przykład dominacji nad zwierzęciem.

- Nie wiem, co myśleć, to ty jesteś tu ekspertem. Słuchaj od pierwszej minuty naszego spotkania chciałem cię o coś zapytać.

- No to pytaj.

- Bez zbędnego owijania w bawełnę?
- Wal!
- Od kiedy ty masz ten dar?
- Dar albo przekleństwo – Antoniak uśmiechnął się kwaśno.
- Jak zwał, tak zwał. Czyli od kiedy?
- Posłuchaj, mam czterdzieści dwa lata i noszę to brzemię od lat dwudziestu. Byłem kiedyś najnormalniejszym w świecie facetem, bez większych trosk i problemów. Wyprowadziłem się dość wcześnie od rodziców i wynajmowałem tu w Poznaniu kawalerkę. Chciałem być samodzielny i tak było. Niezwykle rzadko odwiedzałem swoją rodzinę, ale z moją babcią byłem bardzo blisko. Nie było tygodnia, żebym jej nie odwiedzał, a i ona, pomimo swojego podeszłego wieku, lubiła wpadać do mnie od czasu do czasu. Pewnego razu brałem wieczorem kąpiel w wannie, bo miałem gdzieś wyjść z dziewczyną, leżąc w wannie usłyszałem jakiś hałas w mieszkaniu, dlatego szybko przerwałem kąpiel i wyszedłem z łazienki. Otworzyłem drzwi i patrzę, a tuż przede mną stoi, moja kochana babcia.
- Babciu to ty? Co tutaj robisz, jak weszłaś do środka, przecież drzwi są zamknięte – zapytałem zaskoczony, a jednocześnie ucieszony jej odwiedzinami.
- Wiesz, że mam swoje sposoby, Tanku. – Moja babcia zawsze skracała moje imię, a właściwie wypowiadała tylko końcówkę mojego imienia.
- Kiedyś zapytałem ją, dlaczego tak robi i od razu tego pożałowałem. Babcia powiedziała mi, że mam najgłupsze imię na świecie.

Babcia zachowywała się jakoś inaczej niż zwykle bywało. Emanowało z niej coś innego, dziwnego. Wiedziałem, że to ona, ale coś było nie tak. Chwilę staliśmy w milczeniu, po czym babcia odezwała się.
- Pamiętaj kochany, że twoja babcia kocha cię najbardziej na świecie i nigdy cię kochać nie przestanie.

Babcia zaczęła mówić uśmiechając się do mnie życzliwie.
- Miłość mój drogi to najsilniejsze z uczuć i potrafi nawet pokonać śmierć. Pamiętaj o tym, to bardzo ważne. Będę z tobą zawsze i nic tego nie zmieni. A teraz idź się ubrać mój drogi.

- Dopiero wtedy zdałem sobie sprawę z tego, że stoję przed moją babcią zupełnie nagi, jak mnie Pan Bóg stworzył. Popędziłem do łazienki po majtki. Ubrałem się szybko i wróciłem z powrotem na korytarz. Babci jednak nigdzie nie było, byłem sam. Stałem zbaraniały, nie wiedząc co myśleć. Nagle dzwonek do drzwi przerwał moje rozważania. Otworzyłem drzwi i znów mnie zamurowało. W wejściu stał mój tata, potwornie zasapany, gdyż wejście na czwarte piętro zawsze kosztowało go sporo zdrowia. Przyszedł mi powiedzieć, że dwie godziny temu moja babcia nagle zmarła. Dostała zawału serca stojąc w kolejce w jakimś sklepie. Czy możesz sobie w ogóle wyobrazić, jaką wtedy przeżyłem traumę. Naprawdę dużo czasu upłynęło zanim zdałem sobie sprawę, że mam dar, a jeszcze więcej zanim go w końcu zaakceptowałem.

- Powiedz mi, co ty teraz właściwie odczuwasz? Widzisz ją, czy może jakoś czujesz jej obecność?

- Nawet nie wiem, jak to nazwać, to jakieś uczucie, przeczucie, kurczę coś, co mi mówi, że tam coś jest. To jakiś rodzaj podświadomości. Ja po prostu wiem, że ona tu jest. I to co najgorsze, w tym wszystkim to, to, że w żaden sposób nie umiem tego wytłumaczyć. Kiedyś nawet próbowałem na ten temat napisać książkę, ale nawet nie potrafiłem przebrnąć przez pierwszy rozdział. Muszę jednak dodać, że jeżeli tylko ona tego zechce, to mogę ją zobaczyć.

- Nie boisz się duchów, czy może jednak odczuwasz przed nimi jakiś lęk? – zapytał Stanisław, gdyż bardzo był tego ciekaw.

- Nie boję się, ale odczuwam pewien rodzaj swoistego lęku, przemieszanego z szacunkiem dla tych istot. Tylko głupiec niczego się nie lęka. Strach towarzyszy nam od narodzin, aż do śmierci, tylko że niektórzy potrafią sobie z nim lepiej, a inni gorzej radzić. Ale może chodźmy do kolejnych pomieszczeń.

Wyszli z kuchni i od razu skierowali się do sypialni. Weszli do pokoju, a Kajetan natychmiast skierował swoje kroki w stronę szafy, na której nadal leżała kamera, jakby czekała na kolejną pracowitą noc.

- No to jesteśmy Stanisławie, w domu. To na pewno tutaj.

- Co tutaj? – zapytał głupio, choć zanim zadał pytanie, to już przecież znał odpowiedź. Nie powinien być zaskoczony, bo już przecież wiedział, co potrafi Antoniak.

- To tutaj jest brama, to coś, w tym właśnie miejscu przychodzi, to tu są drzwi, z których korzysta za każdym razem, kiedy cię odwiedza. Duchy mają swoje szlaki. Nie wiem, cholerka, jakich słów użyć, abyś mnie zrozumiał. Tam skąd przychodzą, muszą istnieć jakieś drzwi do naszego wymiaru, a co za tym idzie, jakieś trakty, chodniki czy szlaki komunikacyjne, którymi się przemieszczają. Mówiąc najprościej, to tutaj się najpierw pojawia. Zrozumiałeś mnie? Ty do tego pokoju wchodzisz tędy – wskazał ręką drzwi do sypialni – a jej drzwi są tam.

Antoniak ponownie pokazał ręką, ale tym razem na róg pokoju od strony okna. Podszedł do wskazanego przez siebie miejsca i zaczął obiema dłońmi głaskać ścianę, jakby wycierał z niej kurz.

- Ale jak ona tu wchodzi na tym piętrze, na tej wysokości.

- Po drabinie – odpowiedział mu błyskawicznie jego gość.

Stanisław nie od razu zrozumiał, o co mu chodzi.

- Proszę cię, nie zadawaj niemądrych pytań. Myślisz, że wysokość może być dla tych istot jakimś problemem? One przecież pochodzą z miejsca, gdzie nasze fizyczne wymiary są postawione na głowie albo w ogóle ich nie ma. Nawet nie próbuj tego ogarniać, bo i tak nie zrozumiesz.

Stanisław poczuł, że znowu zrobił z siebie idiotę. Zrobiło mu się głupio i dlatego postanowił, że nic już więcej nie powie, żeby powtórnie się nie ośmieszyć.

- Czuję to miejsce wyraźnie, ale jej już nie. Odeszła, a może tylko zrobiła sobie przerwę. No cóż, będziemy musieli na nią zaczekać. Którą mamy godzinę – spojrzał na zegarek.

- Chwała Bogu – Stanisław szepnął do siebie.

- Wiesz co, Stasiu, zrób nam może kawę i opowiedz, co też udało ci się nagrać tą kamerką.

- Zauważyłeś ją?

- Oczywiście, jest przecież bardzo wyeksponowana.

- Nie tylko opowiem, ale i pokażę. Przynajmniej dla mnie są one niesamowite, ale ty pewnie widziałeś w swoim życiu dziwniejsze rzeczy.

Zaprezentował najpierw drugie nagranie, które wykonał w ciągu dnia. Kajetan bardzo uważnie obejrzał cały film, nie przyśpieszając projekcji, ale za to kilka razy zatrzymywał nagranie, a raz nawet poprosił o cofnięcie ujęcia.

- To naprawdę fascynujące. Dzieją się tu rzeczy, z którymi jeszcze nigdy się nie spotkałem w swojej karierze, choć słowo kariera nie jest w moim przypadku właściwe, gdyż ja tego nie robię zawodowo. Wiem, że dla ciebie jest to pewnego rodzaju piętno, ale ja jestem tym zafascynowany. Na koniec będziesz musiał mi to wszystko skopiować. Musimy się tym podzielić z innymi ludźmi z mojej branży. Domyślam się, że to nie jest wszystko. Rozumiem, że jeszcze coś przyjdzie mi obejrzeć?

- Tak oczywiście, jest jeszcze kilka nagrań. Po to tu przecież przyszedłeś, więc proszę oglądaj.

- Włącz mi tylko nagranie i idź w końcu zaparzyć tę kawę, a ja zapoznam się z treścią. Ile czasu trwa to nagranie?

- Wiesz, że nawet nie wiem, ale jest dość długie. Słuchaj z początku nic się nie dzieje, więc jeszcze tylko pokażę ci jak przyśpieszać odtwarzanie, a i jeszcze jedno. Ten film jest godzien uwagi od tak mniej więcej dwudziestej minuty.

Wyszedł do kuchni zaparzyć kawę i pozostawił swojego gościa samego w pokoju. Bardzo był ciekaw jego reakcji. Wszędzie szukał kawy sypanej, ale nigdzie nie mógł jej znaleźć, był święcie przekonany, że zostawił ją na półce, tam, gdzie zawsze, ale niestety okazało się, że puszka kawy wyparowała. Chwilę jeszcze pokręcił się po kuchni, ale z marnym skutkiem.

- Pójdę do Kasi pożyczyć kawę.

Wyszedł z mieszkania, zadzwonił do jej drzwi i niecierpliwie czekał, aż sąsiadka mu otworzy.

- O to ty, Stasiu – w drzwiach stała uśmiechnięta kobieta.

- Przepraszam, ale potrzebuję pilnie pożyczyć kawę. Mam gościa, a nie mogę nigdzie jej znaleźć. Poratujesz mnie, Kasiu?

- Tak oczywiście, ale tylko rozpuszczalną, już przynoszę.
- Dziękuję bardzo. Przy najbliższej okazji odkupię.
Nie bardzo wiedział, co ma jeszcze powiedzieć, a nie chciał wyjść na gbura. Powiedział pierwsze co mu przyszło do głowy.
- A co tam słychać u twojego siostrzeńca?
Spojrzała na niego niebywale zaskoczona.
- Ale ja nie mam siostrzeńca, Stasiu. – Pokiwała przecząco głową. – Ja nawet nie mam bliskiej rodziny. Jestem sierotą.
Podziękował i nie w pełni zdając sobie sprawę z tego, co przed chwilą usłyszał, czym prędzej wrócił do siebie.

- Rozpuszczalna może być? – rzucił podniesionym głosem pytanie. Nie usłyszał odpowiedzi, więc uznał, że tak.
Wyjął dwa kubki, nasypał kawy, zalał wrzątkiem i postawił cukiernicę na tacy. Już miał wyjść z tym zestawem, gdy nagle pomyślał, że przecież Kajetan może chcieć śmietanki do kawy.
- Pijesz ze śmietanką albo może mlekiem?
Znowu nic, żadnej odpowiedzi, a przecież zapytał na tyle głośno, że tamten musiał usłyszeć.
Miał jakieś złe przeczucie. Nie zabrał tacy z zestawem kawowym ze sobą, tylko czym prędzej udał się z powrotem do pokoju.
- Kajetan jesteś tam, słyszysz mnie?
Wszedł do pokoju i zastał go siedzącego nieruchomo przed komputerem. Antoniak nie wpatrywał się już ekran, jego wzrok skierowany był gdzieś przed siebie. Stanisław obszedł go, aby zobaczyć jego twarz. Siedział ze wzrokiem skierowanym na pustą ścianę, a właściwie w jakiś konkretny punkt na tej ścianie. Wątpił jednak, aby coś tam dostrzegał, gdyż wzrok miał jakiś dziwnie nieobecny, jak gdyby się wyłączył, jakby nic nie czuł.
- Kajetan co się z tobą dzieje? – zapytał, a gdy tamten nie zareagował, szarpnął go za ramię.
To wreszcie przyniosło pożądany skutek. Antoniak podskoczył, jakby gołą dłonią dotknął nieizolowanego przewodu pod napięciem.

Podskoczył i momentalnie spojrzał mu prosto w oczy. Jego wzrok na powrót był już trzeźwy i bystry.

- Chryste Panie, jak żyję nie widziałem, ani tym bardziej nie doświadczyłem czegoś takiego. Gdyby nie ten film, to nigdy bym ci nie uwierzył. Rozumiesz, co mówię?... Nawet ja bym ci nie uwierzył, człowieku!!! – zaakcentował niezwykle mocno ostatnie słowa wstając jednocześnie z fotela.

- Jest, aż tak źle? – zapytał wystraszony jego słowami. Nie trzeba było być geniuszem, aby wywnioskować, że nie jest dobrze.

- Zaraz będziemy rozmawiać, chcę tylko skorzystać z łazienki. Muszę sobie spłukać głowę zimną wodą, bo czuję, że zaraz zapłonę. Za minutkę wracam.

Antoniak wyszedł pośpiesznie z pokoju, a Stanisław spojrzał zaciekawiony na ekran komputera, aby zobaczyć do którego momentu oglądający dotarł. Na ekranie na stop klatce ujrzał siebie leżącego na boku z przytuloną do siebie, tuż za swoimi plecami zjawą. Cyfrowy zegar, w prawym dolnym rogu ekranu wskazywał, że odtwarzanie rozpoczęło się półtorej godziny temu. Nawet teraz ciarki mu przeszły po plecach. Jak to coś mogło trwać przy nim tak długo, a on zupełnie nie zdawał sobie z tego sprawy. Przez chwilę poczuł, jakby znowu była tuż za nim i przytulała się do jego pleców. Wrażenie to na szczęście błyskawicznie zniknęło. Wyszedł z powrotem do kuchni i szybko powrócił z kawami na tacy, postawił je i rozejrzał się uważnie wokół. Dopóki nie wróci Kajetan niczego więcej się nie dowie.

- To jest istne szaleństwo, to w komputerze wygląda jak efekty specjalne w jakimś horrorze – najpierw usłyszał, a później zobaczył swojego gościa w drzwiach pokoju. – Nie chcę cię straszyć, ale...

- Właśnie to robisz – wszedł mu w słowo Stanisław.

- A co mam ci niby powiedzieć, że wszystko jest w porządku, że nic takiego się nie dzieje? Jak chcesz to usłyszeć to proszę bardzo, ale to nie zmieni faktu, że masz poważny problem, z którym ja niestety nie umiem sobie poradzić.

- To co teraz, Kajetan? Wypijesz sobie u mnie kawę, porozmawiamy o sporcie i wrócisz do domu? Pomóż mi człowieku, tak się nie da żyć. Ten duch... ta zjawa – nie wiedział jakich słów użyć – zaatakowała już nawet moją sąsiadkę, a co będzie dalej. Nabiera mocy i za jakiś czas może skrzywdzić mnie lub kogoś z otoczenia. Zrób coś, proszę cię!

- Gdyby w grę wchodziły tylko jakieś hałasy typu trzaski, gwizdy, szurania, czy nawet nieznaczne poruszanie przedmiotami, to byłbym skłonny przyznać, że mamy tu do czynienia z poltergeistem, co oznacza „hałaśliwy duch", ale tutaj mamy kontakt z istotą, która potrafi się zmaterializować i to na dłuższy okres czasu. Istoty z tamtego świata, aby się do nas dostać i nawiązać z nami jakiś kontakt potrzebują dużej ilości energii, którą u nas szybko wytracają. Ekspozycja takiego bytu trwa naprawdę bardzo krótko. Najczęściej doświadczamy krótkich tak zwanych widzeń, typu twarz w lustrze, postać w oknie, jakiś cień za plecami. Są to kilkusekundowe doznania. Rzadko się zdarza, aby coś trwało dłużej niż kilka minut, a to tutaj trwało na pewno dłużej niż godzinę. Nie wiem jak długo, bo nie doszedłem do końca nagrania, ale to co zobaczyłem, kwalifikuje się do miana, fenomen.

Przerwał na chwilę monolog, spojrzał na niego, wzruszył ramionami, jakby go przepraszał i kontynuował.

- Tutaj nic nie pasuje – podrapał się po głowie. – Zdaniem osób przekonanych o rzeczywistości tego zjawiska, poltergeist występuje jedynie w obecności jednej osoby, która jest świadkiem występowania pewnych nazwijmy to incydentów. Osoba taka w wyniku swojego nastawienia emocjonalnego, może nieświadomie wpływać na otaczające ją środowisko. Zjawisko takie podobno może trwać naprawdę dość długo, a w skrajnych przypadkach nawet kilka miesięcy. Takie osoby mają zdolności psychokinetyczne. Na pewno słyszałeś, co to jest psychokineza?

Stanisław nie odpowiedział na pytanie zadane na końcu. Nie obchodziły go w tej chwili żadne definicje. Potrzebował pomocy i tylko to się teraz liczyło.

- Co ja mam teraz zrobić? Muszę się tego czegoś pozbyć, a to ty przecież jesteś fachowcem. Musisz mi jakoś pomóc – patrzył na niego błagalnym wzrokiem, niemalże ze łzami w oczach. Ten człowiek był jego ostatnią deską ratunku.

- Myślę, że nawiążę z nią kontakt i spróbuję zorientować się, o co jej chodzi, ale nie mogę niestety nic obiecać. Uwierz mi, z całego serca chcę ci pomóc, ale obawiam się, że to mnie przerasta. Jestem pełen dobrej woli, ale pewne sprawy mnie ograniczają i w żaden sposób nie można tego obejść.

Rozmawiali ze sobą jeszcze jakiś czas, dopili kawę. Pies dopominał się wyjścia za potrzebą, więc Stanisław niezbyt chętnie, ale jednak musiał wyjść na kilka minut na dwór. Jego gość zadeklarował się, że w tym czasie dokończy oglądać film. Stanisław niechętnie wyszedł na zewnątrz i po dwudziestu minutach był z powrotem.

Zastał Antoniaka na balkonie, gdzie jego gość delektował się promieniami pięknie świecącego słońca. Stał tyłem do wejścia i wpatrywał się, gdzieś przed siebie. Stanisław zamknął psa w łazience, aby im nie przeszkadzał.

- Obejrzałem całe nagranie, do samego końca – powiedział akcentując każdy wyraz, jakby to miało mieć jakieś znaczenie. Nie odwrócił się przy tym w jego stronę, tylko mówił, jakby do kogoś innego.

- No i? – rzucił Stanisław.

- Myślę, że chyba coś pominąłeś w ostatniej części nagrania.

- Niby, co? – zapytał zaskoczony.

- Chodź, pokażę ci.

- Nie możesz powiedzieć, skąd ta tajemniczość? Wiesz, obejrzałem ten filmik pobieżnie i chyba nawet nie do końca, ale chyba nic znaczącego mi nie umknęło?

Antoniak nic nie odpowiedział, tylko usiadł naprzeciw ekranu, poprawił swoją pozycję i nacisnął przycisk, jednocześnie drugą ręką wskazując na ekran.

Stanisław przykucnął tuż za plecami siedzącego i uważnie wpatrywał się w ekran. Nie ujrzał nic, poza tym, co widział wcześniej. On leżący na lewym boku, a za jego plecami biała zjawa... postać ...duch – nadal nie wiedział, jak ma to coś nazywać.

- Jeszcze chwilka – usłyszał.

Skupił uwagę na ekranie. Przez dobrą minutę nic się nie działo. Już miał otworzyć usta, aby oznajmić, że nic nie dostrzega, gdy nagle chyba zobaczył w korytarzu jakiś cień. W pierwszej chwili pomyślał, że to pewnie pies urządza sobie nocne spacery, ale po sekundzie zmienił zdanie. W korytarzu był ktoś jeszcze i powoli zbliżał się do wejścia do sypialni. Po chwili w całej swej mrocznej okazałości pojawił się niewyraźny zarys ciemnej postaci. Wysoka ciemna sylwetka, chyba mężczyzna zaczynała się wyostrzać. Tak, to był mężczyzna, choć nie widział szczegółów ubioru ani rysów twarzy. Postać stała około minuty w drzwiach, by potem zrobić krok do przodu.

Mroczna postać podeszła do krawędzi łóżka od strony białej zjawy, odwróciła się i wyszła szybko z pokoju znikając gdzieś w korytarzu. Patrzył na ekran, ale nic więcej nie zauważył.

Antoniak nadusił ponownie przycisk pauzy i odwrócił się w jego stronę. Przez chwilę patrzyli na siebie, a Stanisław nie wiedział, czy ma zadać cisnące się na usta pytanie, czy też raczej poczekać na wyjaśnienia.

- Rozumiem, że nie zauważyłeś tego wcześniej, bo chyba raczej nie zapomniałeś mi o tym wspomnieć?

- Przysięgam, że pierwszy raz to widzę.

- Jeszcze tak naprawdę nie wiem, co to było, choć mam pewną teorię, ale o tym później. Teraz, ponieważ jestem twoim gościem i co za tym idzie, jestem u ciebie, to muszę cię prosić o pozwolenie, abym porozmawiał z pewną interesującą nas obu istotą. Musisz wyrazić zgodę, inaczej nic z tego nie będzie.

- Dlaczego – zapytał, siląc się na spokój.

- Ponieważ wyrażając zgodę zapraszasz ją niejako do siebie, choć to ja przecież będę z nią rozmawiał, jako twój oficjalny przedstawiciel. Wejdę teraz jeżeli pozwolisz w pewnego rodzaju trans, a ty musisz cierpliwie zaczekać, ile by to nie trwało, aż do czasu, gdy powiem ci, że to koniec. Nie wolno mi pod żadnym pozorem w tym czasie przeszkadzać, czy dobrze mnie zrozumiałeś?

- Tak zrozumiałem, tylko że spodziewałem się raczej jakiegoś seansu spirytystycznego. Wiesz, jakiś stolik, talerzyk, świece, czy medium z ołówkiem wypisujący, to, co duch nakazuje, to znaczy podyktuje – Stanisław próbował popisać się wiedzą z dziedziny.

- Po pierwsze do seansu potrzeba więcej niż dwojga ludzi, a poza tym, ty chyba masz już dosyć duchów. Mam rację?

- Masz, oczywiście, że masz.

- Więc zaufaj mi, proszę i lepiej wyjdź z pokoju. Nie, nie dlatego, że cię wyganiam albo mam coś do ukrycia. Możesz stać w korytarzu, jeśli chcesz, obyś tylko ty lub twój pies mi nie przeszkadzali.

- Jak długo to potrwa – zapytał wychodząc.

- Nie wiem – usłyszał w odpowiedzi.

Odwrócił się jeszcze i zobaczył, jak Antoniak rozsiada się wygodnie w jego ulubionym fotelu. Stojąc w tym miejscu widział jego prawy profil i nic, poza tym. Człowiek, w którym pokładał teraz całą swoją nadzieję opuścił głowę, tak że dotykał brodą swojej klatki piersiowej i tak pozostał w bezruchu. Chciał zostać w tym miejscu i obserwować rozwój wypadków, ale nie było mu to dane.

Chaotyczne i nerwowe ruchy psa zamkniętego w łazience sprawiły, że poszedł w jego stronę. Otworzył drzwi i zobaczył swojego psa w stanie dziwnego podniecenia. Reks kręcił się w kółko, jakby gonił własny ogon, a z racji jego gabarytów, co chwila uderzał w coś ze sprzętów zgromadzonych w tym pomieszczeniu. Pierwszy raz widział swojego pupila w takim dziwnym stanie, a ponieważ bał się, że jego podniecenie może się jeszcze nasilić postanowił zająć się nim. Przynajmniej do czasu, dopóki się nie uspokoi.

Wszedł do środka, zamknął drzwi za sobą i usiadł na podłodze, opierając się plecami o ścianę. Złapał „tańczącego" Reksa za obrożę po czym przyciągnął mocno do siebie. Pies zaprzestał dzikiego tańca, chwilę stawiał delikatny opór, aż wreszcie położył się ciężko dysząc na nogach Stanisława.

- Cicho, piesku. Już dobrze. Jestem z tobą. Już dobrze.

Głaskał go czule i delikatnie po głowie i grzbiecie, jednocześnie ciepło do niego przemawiając. Czuł jak psie serce, które wcześniej waliło jak oszalałe zaczyna powoli wracać do normalnego rytmu. Reks w końcu uspokoił się na tyle, że Stanisławowi zdawało się, że zasnął, ale nie przerywał podjętych czynności. Sam u siebie zauważył, że spokój jaki ogarnął zwierzę udzielił się również jemu. Leżeli tak dość długo, dopóki z pokoju nie dobiegło wezwanie Antoniaka.

- Stanisław, czy możesz tutaj przyjść?

Stanisław wstał powoli, aby znowu nie pobudzić psa, ale ten był teraz nadwyraz spokojny. Zamknął go więc ponownie i ruszył do pokoju. Kajetan siedział nadal w jego fotelu, ale wyglądał teraz inaczej. Był cały spocony i niezwykle podekscytowany, a jego rozbiegany wzrok sprawił, że bał się do niego blisko podejść.

- Przynieś mi proszę, coś zimnego do picia, najlepiej z lodówki.

- W lodówce mam tylko piwo – Stanisław poczuł się trochę zażenowany, że ma tam tylko alkohol.

- Jeśli chcesz mogę szybko skoczyć do sklepu, to dosłownie parę metrów stąd.

- Nie, nie potrzeba, przynieś to piwo i daj mi jakiś czysty ręcznik.

Siedzieli w fotelach twarzą w twarz. Stanisław był strasznie ciekaw co też ma mu do powiedzenia jego gość, ale nie miał śmiałości, aby pierwszy przerwać milczenie. Kajetan wypił pół butelki piwa duszkiem i teraz wycierał głowę z potu.

- Wiem, że spodziewałeś się czegoś innego, bardziej widowiskowego, ale jest to metoda równie skuteczna, co seans i nie ma ryzyka, że dusza, którą zaprosimy nie będzie chciała odejść. Zanim zdam ci relację, musisz mi odpowiedzieć na jedno pytanie.

- Mów – rzucił Stanisław i głośno odkaszlnął.

- Czy wierzysz mi i masz do mnie zaufanie? To bardzo ważne pytanie i musisz mi szczerze odpowiedzieć.

- Tak oczywiście, przecież inaczej by cię tu u mnie nie było.

- Zadałem to pytanie, gdyż nie chciałbym, abyś za chwilę zaczął się zastanawiać, czy to co ci powiedziałem jest prawdą, czy może wymyśliłem to na poczekaniu, aby tobą sterować lub na przykład wyłudzić od ciebie więcej pieniędzy.

- Nigdy bym tak nie pomyślał! - odpowiedział oburzony.

- Dlaczego? Przecież mnie nie znasz i widzisz mnie dopiero drugi raz w życiu. Jeżeli masz jakieś obawy, to zaraz wstanę, wyjdę i nigdy już mnie nie zobaczysz.

- Nie, nie! Mów ja słucham.

Antoniak wstał powoli, wyglądał na potwornie zmęczonego, jakby przebiegł maraton. Zachwiał się i aby nie stracić równowagi przytrzymał się prawą rękę za oparcie fotela. Stanisław chciał mu pomóc, ale powstrzymał go gestem ręki. Położył drugą dłoń na fotelu i w ten sposób podpierając się obiema rękami wyprostował się powoli, jakby miał zdeformowany kręgosłup. Wreszcie wyprostowany ruszył powoli przed siebie z rękoma zaplecionymi na plecach. Nie miał zbyt wielkiej przestrzeni do przejścia... raptem trzy metry, więc już po chwili wracał tą samą ścieżką w odwrotnym kierunku. Zrobił w ten sposób kilka rundek, by w końcu z powrotem spocząć w fotelu.

Stanisław niezwykle cierpliwie czekał na zakończenie tego dziwnego rytuału, bo tak go traktował. Był pewien, że jego gość specjalnie zwleka z opowieścią i wykonuje te wszystkie czynności nie bez powodu. W środku cały kipiał ze zwykłej ludzkiej ciekawości, ale przemógł to uczucie i cierpliwie czekał.

- Jest Stanisławie kilka metod kontaktu z zaświatami. Wymienię ci je pokrótce, abyś miał pewne ogólne rozeznanie. Pierwsza z metod to Typtologia: jest to specyficzna metoda komunikowania się z duchami za pomocą ustalonego kodu wystukiwanego przez ducha. Druga z metod to wskazywanie liter: metoda początkowo polegała na umieszczeniu na stoliku wąskiego, ostrego przedmiotu, który duch skierowywał na napisane litery alfabetu. Najczęściej jest to wykonana z topoli deska (na niej kładą ręce uczestnicy seansu), którą umieszcza się na drewnianym stole, na niej napisane są litery alfabetu oraz słowa "tak" i "nie". Jak zapewne wiesz z jakichś opowiadań albo z filmów, podczas seansu duch wskazuje nam poszczególne litery, abyśmy zbudowali z nich wyrazy, a później zdania. Metoda ta w moim mniemaniu jest jednak niepraktyczna, gdyż jest bardzo czasochłonna. Sprawdza się jedynie wtedy, gdy zadajemy bardzo konkretne pytania, na które duch może udzielić odpowiedzi: tak lub nie.

Antoniak przerwał na chwilę, by zwilżyć gardło. Wypił dwa łyki zimnego jeszcze piwa i kontynuował:

- Kolejną metodą jest transkomunikacja. Ta metoda opiera się na odczytywaniu przekazów od wielu duchów jednocześnie za pomocą nagrywania i odczytywania szumów z odbiorników radiowych i telewizyjnych, nastawionych na kanały bez wyraźnego przekazu.

- Co to są „kanały bez wyraźnego przekazu"? – zadał pytanie.

- Już tłumaczę! – wziął pilota z ławy i skierował go w stronę telewizora. Uruchomił odbiornik i nadal nic nie mówiąc przeskoczył przez kilkanaście kanałów, aż dotarł do kanału, gdzie nie było żadnego obrazu związanego z żadną telewizyjną stacją. Obraz w jego telewizorze przedstawiał tak zwaną „kaszkę", czyli mozaikę ruchomych poprzeplatanych czarnobiałych punktów. Po chwili zaczął podgłaszać telewizor, dopóki do ich uszu nie dotarł odgłos charakterystycznego szumu. Po tej prezentacji wyłączył telewizor.

- Co można w ten sposób uzyskać? – Stanisław znów zapytał.

- Głosy, ludzkie głosy, czasami urwane, zdeformowane i nie do rozpoznania ani tym bardziej zrozumienia, a czasami bardzo wyraźne i w pełni rozpoznawalne. Bywały również przypadki, gdy zainteresowane osoby rozpoznawały swoich bliskich i potrafiły zrozumieć sens przekazu. Zdarzały się również takie niesamowite zdarzenia, gdy na ekranie telewizora pojawiały się zarysy sylwetki, lub nawet w miarę wyraźne rysy twarzy.

- To, co teraz opowiedziałeś, jest naprawdę bardzo interesujące. Nie słyszałem nigdy wcześniej o czymś takim, ale proszę kontynuuj. Obiecuję, że już ci nie przeszkodzę.

Antoniak skinął głową na znak, że wszystko w porządku, dopił resztę piwa i kontynuował opowieść.

- Słyszałeś zapewne o piśmie automatycznym? – było to pytanie retoryczne, więc Stanisław nie zamierzał odpowiadać, skinął jedynie głową na znak, że słyszał o czymś takim.

- W tym przypadku osoba, często zapisuje tekst mimowolnie. Spirytyści interpretują ten efekt poddaniem się kontroli ducha, który to w ten sposób przekazuje swoje przesłanie. Ktoś, kto podejmuje się roli przekaźnika trzyma w dłoni długopis... ołówek i stara się na tyle rozluźnić rękę, aby zewnętrzna siła nie miała problemu z prowadzeniem jego ręki. Jest jeszcze metoda oparta na transie, gdzie medium zapada w swoisty stan odizolowania od świata zewnętrznego i za pomocą, a raczej dzięki swoim zdolnościom próbuje nawiązać kontakt z konkretnym duchem.

Przerwał na moment i nieco sztucznie zakaszlał.

- Początkowo medium zwykle szukał kontaktu z jednym konkretnym, wybranym duchem. Jednak okazuje się, że duchy często „podszywają się" pod inne. W czasie transu medium może być nawet bezpośrednio opanowane przez ducha i przemawiać jego głosem. Celem prawie każdego medium jest często pomoc „zagubionym i cierpiącym" duchom osób, które zmarły np. nagłą śmiercią w wypadku lub szukają zemsty na innych ludziach. Seanse takie odbywają się z reguły w pozbawionym okien pomieszczeniu, wokół drewnianego (przeważnie okrągłego) stołu, najczęściej wieczorem lub w nocy, chociaż seanse można organizować o dowolnej porze. I teraz przechodzimy do ostatniej znanej mi metody... mojej metody. Opracowywałem ją przez te wszystkie lata, kiedy było mi dane nawiązywać kontakty z istotami z zaświatów. Jest ona bezsprzecznie najmniej widowiskowa i dlatego oparta być musi na obopólnym zaufaniu, gdyż mówiąc kolokwialnie podczas seansu nic się nie dzieje. Wyglądam wtedy jakbym spał i tyle. Siedzę sobie wtedy z zamkniętymi oczami, a gdy to się kończy po prostu składam relację zainteresowanemu. Przerabiałem, już przypadki, gdy musiałem się tłumaczyć ze swojego zachowania i próbować przekonywać mojego rozmówcę, że to wszystko było prawdą. Dlatego od pewnego czasu zanim zacznę „seans" muszę mieć pewność, że osoba, dla której pracuję, ufa mi.

- Ze mną Kajetanie nie będziesz miał tego rodzaju problemów. Wiesz mi... jesteś dla mnie ostatnią deską ratunku, a zwykle tonący nie analizuje, czy trzymana przez niego kłoda drewna jest ładna, czy nie. Byle mu tylko dała szansę na ratunek.

- Przejdźmy więc do sedna sprawy. Ona jest niezwykle silna. Nigdy jeszcze nie spotkałem się z taką energią, choć jak już ci wspominałem, od z górą dwudziestu lat praktykuję spirytyzm. Pamiętasz, jak podczas twoich odwiedzin u mnie w mieszkaniu powiedziałem ci, że ona mnie nie toleruje? Wtedy tak było, ale dziś, o dziwo, chciała ze mną nawiązać kontakt. Ona jest zagubiona i nie zdawała sobie jeszcze niedawno sprawy z tego, że nie przynależy już do naszego świata. Byłeś Stanisławie ostatnią osobą, którą widziały jej oczy w tym życiu, dlatego gdy odeszła i nie mogła odnaleźć dalszej drogi skierowała swe kroki bezpośrednio do osoby, którą jako ostatnią zapamiętała z tego życia.

Tłumaczyłem ci, że duchy często zapominają szczegóły z doczesnego życia i tak było w tym przypadku. Ona nie wie kim jest ani kim była, nie pamięta swojej rodziny, swojej przeszłości. Z tego życia niestety pamięta tylko ciebie. Zostałeś przez nią wybrany chłopie i ani ja ani ty w żaden sposób tego nie zmienimy. Dla jednych będzie to dar dany mu przez Boga, a dla innych przekleństwo nadane przez mroczne siły. Ja nauczyłem się z tym żyć i nie żałuję, że mam ten dar. Masz coś w sobie, jakąś energię, która sprawiła, że przykułeś uwagę pewnych sił nie zawsze ci przyjaznych.

- O czym ty, do cholery mówisz, Kajetan? – zapytał zaciekawiony, a jednocześnie przestraszony perspektywą kolejnych problemów.

Jego rozmówca miał teraz smutną minę, co sprawiło, że zaczął przeczuwać coś naprawdę złego, choć jednocześnie zapewne inspirującego.

- Chodzi mi o tę mroczną postać z twojego filmu, którą pominąłeś, a którą ja wychwyciłem. To coś jest złe i to właśnie prześladowało cię od dłuższego czasu. Tak właśnie, to coś jest złe, ale to nie ona.

- Jak to nie ona?! Przecież miałem tamten dziwny sen z miejsca wypadku, później czułem intensywny zapach jej perfum! Twierdzisz, że to nie była ona?! Słyszałem melodię, którą sobie nuciła tuż przed tragedią, a która prześladuje mnie nawet teraz, jak więc możesz twierdzić, że to nie ona?! – podskoczył w fotelu i niemalże rzucił się na swojego gościa.

- Spokojnie, Stasiu, spokojnie, ja rozumiem twoje poddenerwowanie i rozumiem, że zacząłeś się w tym wszystkim gubić. To jednak nie jest twoja wina.

- I co z tego wynika? Ktoś, kogo uważałem za swoje fatum, okazuje się być kimś innym? Tylko w takim razie kim, moim przyjacielem?

- Mroczna istota podszywała się pod ducha kobiety, której nie byłeś w stanie pomóc.

- Tylko, po co? – zapytał Stanisław, który coraz mniej pojmował z tego co usłyszał do tej pory.

- Myślę, że ta zła siła wyszła z założenia, że duch kobiety jest ci bliski i że podszywając się pod niego zbliży się do ciebie na tyle, abyś jej zaufał. Ma do zrealizowania pewne zamiary, niestety nie mam pojęcia jakie. A wracają do jednego z twoich pytań... tak ona jest twoim przyjacielem. Odkąd zrozumiała, gdzie jest i co się z nią dzieje zaczęła nabierać siły i wreszcie, gdy poczuła się dość silna, zaczęła cię chronić. Ona ma dług wobec ciebie i właśnie go spłaca. Mówiąc, chłopie w wielkim skrócie, ona cię ochrania, Stanisławie.

- Przed tym mrocznym – bardziej stwierdził niż zapytał.

- Tak i najlepszym przykładem niech będzie film, który nakręciłeś. Biała postać leżąca tuż za tobą i obejmująca cię ramieniem. Ona twierdzi, że tamtej nocy zrobiła to, gdyż tamto coś, chciało cię skrzywdzić.

- Nic z tego nie rozumiem – pokręcił głową z niedowierzaniem.

- Masz teraz swojego anioła stróża, Stanisławie. Zostałeś wybrany, to błogosławieństwo.

- Nie chciałem tego! Co ja mam teraz zrobić?! – spojrzał na Antoniaka ze łzami w oczach, którego tylko nieliczni doświadczyli.

- Ona twierdzi, że uciekasz od niej i nie pozwalasz się jej do siebie zbliżyć. Chce, żebyś przestał się wreszcie bać i otworzył swój umysł.

Stanisław patrzył na niego z niedowierzaniem. Co to za słowa i co niby znaczą? Co go czeka w najbliższej przyszłości? Czyżby zamiast z jedną zjawą miał mieć teraz do czynienia, aż z dwiema? Zdecydowanie, nie podobała mu się taka opcja.

- Boże kochany, Kajetan co teraz ze mną będzie? Przecież jeżeli nie dawałem sobie rady z jednym bytem, to jak poradzę sobie z dwoma?

- Ona nie pozwoli cię skrzywdzić. Zaakceptuj ją. Musisz po prostu nauczyć się z tym żyć.

- Zabieram psa, słyszysz mnie? – usłyszał dobiegający z głębi mieszkania kobiecy głos. Jedyną alternatywą było, że to głos Kasi, sąsiadki z piętra.

- To fajnie, Kasiu. Jestem ci naprawdę bardzo wdzięczny. Myślę, że Reks cię polubił – zadowolony odpowiedział natychmiast na deklarację sąsiadki, która była mu teraz bardzo na rękę, gdyż za chwilę zamierzał wyjść, ale tym razem bez psa.

Nagle dotarło do niego, że coś jest nie tak, tylko co? Stał właśnie na środku kuchni i szykował posiłek, a drzwi z tego, co pamiętał zamknął jak zawsze od wewnątrz na zamek.

Przecież ja jestem sam, pomyślał.

- Z kim ja rozmawiam, do diaska?! O co chodzi?! Jak to, zabierasz?! – już miał automatycznie zapytać, tak jak ostatnio coraz częściej miał w zwyczaju, gdy nagle znowu sobie uświadomił, że przecież to nie może być realne. Nie ma tam nikogo, a to się odbywa, tylko w jego głowie.

Choć zdawał sobie sprawę, że to jedynie słuchowe omamy, to jednak szybko wyszedł z kuchni, gdzie usłyszał te słowa i skierował się do pokoju, z którego chyba dobiegł go kobiecy głos. Zatrzymał się w drzwiach, rozejrzał się po pustym pokoju i wszedł do środka. Jak zwykle, wszystko było tutaj w jak najlepszym porządku. Pochodził chwilę w tą i w tamtą stronę, wytężył słuch, a gdy nic dziwnego, nietypowego nie usłyszał, wyszedł na korytarz i udał się do drugiego pomieszczenia.

- O Boże, przecież Reksa nie ma w domu. Karol zabrał go na spacer. Jak mogłem o tym zapomnieć? To gówno znowu powraca, a zapowiadał się naprawdę ciekawy i fajny dzień! – ostatnie słowa wypowiedział głośno, jakby chciał w ten sposób kogoś odstraszyć.

Posprzątał dzisiaj oba pokoje. Nie dlatego, że było jakoś specjalnie brudno. Bardziej, aby mieć zajęcie, żeby nie myśleć o tym, co się ostatnio wokół jego osoby działo. Potrzebował się na czymś skupić, aby odciąć się od pewnych przykrych i stresujących spraw. Przeszedł wolno przez pokój, otworzył drzwi balkonowe i wyszedł na zewnątrz zapalić papierosa. Rozejrzał się chwilę po okolicy, ale z perspektywy tego piętra niewiele można było zobaczyć. Wszędzie wokół stały wysokie budynki, które przesłaniały widok. Wyciągnął z kieszeni koszuli paczkę papierosów. Rozdarł fragment nowej paczki i wyciągnął jednego. Chwilę szukał zapalniczki w kieszeniach, ale jak się okazało leżała tuż obok na parapecie. Zapalił papierosa i zaczął się rozglądać, za czymś ciekawym i godnym obserwacji. Kilka głębszych wdechów uspokoiło go na tyle, że mógł spokojnie pomyśleć.

- Muszę przestać się bać, bo inaczej po prostu zwariuję. Nie mogę bać się w dzień, bo co będzie w nocy. To wszystko do czegoś prowadzi, tylko na miłość Boską, do czego. Na razie jestem na zwolnieniu lekarskim, ale prędzej, czy później trzeba będzie wrócić do pracy. I co wtedy? Poprzestawiałem sobie pory dnia, a co najgorsze również życiowe priorytety. W dzień śpię, a w nocy ze strachu czuwam i chodzę na spacery, ale co mam zrobić, jeżeli nie mogę wysiedzieć w tym mieszkaniu, gdy światła pogasną. Nie, zdecydowanie na dłuższą metę, to nie ma większego sensu.

Zaciągnął się głęboko dymem z papierosa, chwilę trzymał w płucach i wypuścił powoli z ust.

- Trzeba wziąć się w garść, tak wziąć się, do cholery w garść! No dobrze, tylko jak? Kurczę, konia z rzędem temu, kto mi powie, jak to zrobić?

Spojrzał w dół i zobaczył poniżej na chodniku sąsiada, Karola Lipnickiego, jak wraca z jego Reksem ze spaceru. Uśmiechnął się do siebie. Fajny widok, pasują do siebie. Karol powinien kupić sobie psa, widać, że ma do nich rękę. Mylił się, co do tego człowieka. Z początku były między nimi kłótnie i zatargi, ale po tym, jak się zachował, gdy Stanisława dotknęły problemy, zrozumiał, że można na niego liczyć. Teraz poznał się na nim i byli przyjaciółmi. Nigdy mu nie zapomni, jak wspaniale się zachował. Pomachał do nich ręką, ale bez odzewu. Pies zaczął się sąsiadowi wyrywać, a ten nie bardzo miał siły, aby z nim walczyć.

- Stasiu, mogę, go puścić? Mam jeszcze kilka spraw do załatwienia, a poza tym on się strasznie wyrywa. Nie wiem, co mu się stało, zawsze był jak aniołek.

- Zaczekaj, tylko otworzę drzwi od mieszkania i dam ci znać. A ty Reks leżeć. Uspokój się, słyszysz?

Cofnął się na korytarz i do drzwi wejściowych. Otworzył je jak szeroko i szybko wrócił na balkon.

- Dobra Karol, puść go, drzwi są otwarte. Dzięki ci bardzo, mam u ciebie dług wdzięczności. Jakoś ci się zrewanżuję. Raz jeszcze dziękuję.

- Nie ma za co Stasiu, od tego są przecież sąsiedzi.

Sąsiad wypowiedział te słowa, puścił psa, odwrócił się i ruszył szybkim krokiem w kierunku przystanku.

Stanisław nie interesował się już psem. Wiedział, że przebiegnięcie kilku pięter nie zajmie mu dużo czasu. Reks był łagodnym i ułożonym psem, nie było więc ryzyka, że kogoś zaatakuje podczas wspinaczki, po schodach. Leniwie spoglądał przed siebie, lustrując okna pobliskich mieszkań i delektując się zapachem tytoniu. Zamyślił się, sam nie wiedział nad czym i dopiero ból związany z przypalonym, przez papieros palcem wyrwał go z zadumy. Odrzucił wściekle niedopałek i szybko włożył poparzony palec do ust.

Chyba zrobię sobie kawę, pomyślał i z bolącym palcem w ustach opuścił balkon i poszedł do kuchni.

Przeszedł przez korytarz i wszedł do kuchni. Odkręcił zimną wodę i wsunął bolący palec pod strumień lodowatej wody. Ulga przyszła natychmiast, ale pomimo to jeszcze przez kilkanaście sekund trzymał palec w strumieniu. Podstawił czajnik, dolał wody do połowy i włączył do sieci. Sięgnął po puszkę z kawą. Po chwili po całej kuchni roznosił się aromat świeżo parzonej kawy. Pogrzebał jeszcze w lodówce, wyjął kupione ciasto i ukroił sobie kawałek. Tak przygotowany wrócił do pokoju stołowego. Rozsiadł się wygodnie w fotelu, włączył telewizor i spróbował ciasta. Było naprawdę smaczne, takie jakie lubił.

- Pyszne ciasto, Reks, ale nie mogę ci dać spróbować, bo nie chcę znowu po tobie sprzątać. No dobra, malutki kawałek, to chyba mogę ci dać. Chodź, masz.

Wziął mały kawałek w rękę i opuścił nisko nad dywan. Chwilę tak trzymał, ale nie poczuł, aby pies zainteresował się zaproponowanym frykasem. Wstał z fotela i rozejrzał się po pokoju, ale psa w nim nie było.

- Reks, chodź. Reks, chodź do mnie, Reks! – krzyknął na tyle głośno, aby pies go usłyszał.

Żadnego odzewu. Zaczynał się niepokoić. Wyszedł powoli z pokoju i z zaciekawieniem zajrzał do drugiego pokoju, a potem do kuchni. Również łazienka była pusta. Spojrzał w kierunku drzwi wejściowych do mieszkania. Drzwi były otwarte, tak jak je wcześniej zostawił. Zupełnie o nich zapomniał. Wyszedł powoli na klatkę schodową, spojrzał najpierw na dół, a później na górę. Nic.

- Reks, chodź tu. Słyszysz mnie? Reks do nogi! – krzyknął głośno, aż echo rozniosło się po całej kamienicy.

Znowu nic, zupełna cisza. Wrócił do mieszkania, przejrzał wszystkie pomieszczenia nie ustając w nawoływaniach.

Może jest u sąsiadki? myślał intensywnie. Pewnie spotkała go na klatce i wzięła do siebie, aby podkarmić jakimiś specjałami. Lubi go, chyba dlatego, że on nie atakuje jej kotów. Na pewno jest u niej. Musi tam być, bo jak nie tam, to gdzie? Nigdy przecież nie robił mi takich numerów.

Zadzwonił do drzwi Katarzyny, ale nikt nie otwierał. Nadusił na przycisk jeszcze kilkukrotnie, aż w końcu usłyszał odgłos kroków za drzwiami i słowa – Już otwieram!

- Dzień dobry, Kasiu! Słuchaj, jest u ciebie mój pies? Mój Reks jest tutaj?

- Trochę się zdrzemnęłam – odpowiedziała wyraźnie rozespana.

- Jest mój Reks? Mój pies gdzieś zniknął. Widziałaś go?

- Nie, nie widziałam – odpowiedział na wpół przytomnie.

Odwrócił się na pięcie i wrócił do swego mieszkania. Ubrał pośpiesznie buty, wziął klucze i wyszedł za próg. Zamknął drzwi i szybkim krokiem zaczął schodzić po schodach.

- Stasiu, a może pies jest u Karola – usłyszał z góry głos sąsiadki.

Rzeczywiście, nie pomyślał o tym. Cofnął się równie szybko, jak schodził, już był z powrotem i dzwonił do drzwi sąsiada. Katarzyna nadal stała w swoich drzwiach.

- Dziękuję Kasiu, nie pomyślałem o tym.

Odpowiedziała mu cisza zza drzwi. Dłużej nie czekał, spojrzał przestraszony na sąsiadkę i pędem zaczął zbiegać po schodach. U góry za plecami znowu usłyszał, jak za nim krzyczy.

- Dokąd to, Stasiu?!

- Biegnę, go poszukać. Może jest gdzieś blisko.

- Zaczekaj, idę z tobą, tylko się ubiorę.

Wybiegł z klatki na zewnątrz budynku. Zatrzymał się niezdecydowanie na trawniku i rozejrzał we wszystkich możliwych kierunkach. Nigdzie nie było go widać. Zaczął głośno nawoływać, ale bez odzewu. Katarzyna wyszła pośpiesznie z budynku i stanęła tuż za nim.

- Jak to się stało, że uciekł? – zapytała zdyszana.

- Nie mam najmniejszego pojęcia.

- A gdzie widziałeś go po raz ostatni?

- Karol przyprowadził go ze spaceru. Ja byłem na balkonie, więc puścił go luzem przed wejściem do kamienicy. Pies wbiegł do środka budynku i więcej go już nie widziałem. – Odpowiedział, a kątem oka zauważył Karola zbliżającego się powoli spacerkiem do kamienicy.

- O, Karol wraca – usłyszał sąsiadkę, która również, go zauważyła.

- Co się stało, co macie takie przerażone miny. Czyżbyście zobaczyli ducha? – powiedział głośno, zbliżając się do nich.

- Widziałeś, gdzieś mojego Reksa? – pośpiesznie zagadnął Stanisław.

- Reks się zgubił – dorzuciła równie szybko Katarzyna.

- Nie, nie widziałem go, ale jeśli się zgubił to trzeba go szukać. Przyszedłem tu od ulicy Kościuszki, więc musiałbym go widzieć, gdyby tam był, a dawno zaginął.

- Ostatni raz widziałem go z balkonu, jak go puszczałeś luzem. Nawet nie wiem, gdzie go szukać. Nigdy mi jeszcze nie uciekł.

- Spokojnie, ty Stanisław jesteś zbyt zdenerwowany, aby logicznie myśleć. Tu potrzeba spokojnej głowy. Pozwolisz, że podsunę parę pomysłów, które mi przyszły do głowy?

- Tak, oczywiście. Masz Karol całkowitą rację. Zdaję się na ciebie. – odpowiedział pośpiesznie.

- Jest nas troje. Jeden kierunek, z którego przyszedłem według mnie możemy skreślić. Pozostają nam dwie strony naszej ulicy. Ja pójdę w prawo, a ty Stasiu w lewo. Nie wierzę, żeby mógł zbyt daleko odejść.

- Zaraz, zaraz, panowie?! No, a co ze mną?! Co ja mam robić, gdzie mam szukać?! – wtrąciła Katarzyna, która jak dotąd się nie odzywała.

- Ty Kasiu według mnie powinnaś zaczekać tutaj, pod domem. Możemy w trakcie poszukiwań przeoczyć Reksa, a on w tym czasie może już wrócić do domu. Wtedy ty czekając tutaj na miejscu, od razu go wypatrzysz i dasz nam znać. Robimy kochani tak, jak powiedziałem, czy może któreś z was ma jakiś inny, lepszy pomysł.

- Nie, nie, to naprawdę świetny pomysł, ale chodźmy już – odpowiedział coraz bardziej zdenerwowany Stanisław.

- A ty Kasiu? – Karol spojrzał w kierunku sąsiadki.

- Idźcie już, naprawdę idźcie, chłopaki – odpowiedziała i skierowała się w stronę pobliskiej ławki.

- Rozdzielamy się Stasiu. Ty tu, a ja tam – wykonał odpowiednie gesty dłońmi i ruszył w swoją stronę.

Stanisław uszedł kilkadziesiąt metrów rozglądając się we wszystkie możliwe strony. Psa jak na razie, nigdzie nie widział. Zatrzymał się na chwilę i obrócił za siebie. Nie mógł już nigdzie dostrzec Karola, więc powrócił do przerwanych poszukiwań. Nie śpieszył się teraz. Wolał iść wolno niż coś przeoczyć. Doszedł do najbliższego skrzyżowania i stanął nie bardzo wiedząc, co dalej.

- I co teraz?... – miał mętlik w głowie. – W prawo czy lewo, a może dalej prosto? Gdzie ty byś piesku poszedł? Idę tam – postanowił i skręcił w prawo. – Pierwsza myśl najlepsza.

Po przejściu około dwustu metrów doszedł do miejsca, gdzie drogowcy łatali dziury w asfalcie. Zapytał jednego z robotników, czy nie widział dużego psa.

- Panie jakiego psa? Myślisz pan, że ja nie mam nic lepszego do roboty? Akord panie mamy, śpieszyć się trzeba, a poza tym trzeba było lepiej pilnować, kundla.

- Palant! – powiedział i odwrócił się, a gdy usłyszał za plecami – Coś pan powiedział? – wyraźnie przyśpieszył kroku.

- Nie, tędy by nie przeszedł. Za duży tu hałas i za bardzo śmierdzi asfaltem. Trzeba się cofnąć, do krzyżówki. Teraz pójdę prosto przez skrzyżowanie. Ciekawe, co tam u Karola. Dokąd już dotarł. Gdyby go znalazł, to już by dzwonił.

- Zadzwonił! O Boże, a wziąłem ze sobą komórkę? – zaczął nerwowe poszukiwania we wszystkich możliwych kieszeniach. Telefon był w bocznej kieszeni jego letniej kurtki.

- Bogu dzięki – odetchnął z ulgą.

Powrócił do skrzyżowania i przeszedł na drugą stronę. Wszedł na dość pokaźną betonową donicę na kwiaty i z tego wyniesienia rozejrzał się wokół. Nie dostrzegł niczego, co mogłoby kojarzyć się z Reksem. Mocno zawiedziony zszedł na płytę chodnika i kontynuował poszukiwania. Nie uszedł nawet kilkudziesięciu metrów, gdy zadzwonił telefon. Na wyświetlaczu pojawiło się imię i nazwisko sąsiadki. Serce zabiło mu żywiej.

- Co, wrócił, znalazł się? – prawie krzyknął do słuchawki.

- Nie, nie wrócił jeszcze. Cały czas czekam przed domem. Chciałam się tylko dowiedzieć, czy aby tobie się czasami nie powiodło?

- Nie, nie znalazłem go – odpowiedział zawiedziony i wyłączył się.

Był na nią zwyczajnie wściekły. Wściekły z rozpaczy. Narobiła mu tyle nadziei tym telefonem, a tu nic. Ruszył coraz bardziej zrozpaczony i zrezygnowany. Uszedł kilkaset metrów po drodze mijając liczne mniejsze i większe poprzeczne uliczki oraz obszerne podwórka. Nie chciało już mu się nawet przywoływać psa. W końcu całkiem zrezygnowany zawrócił do domu.

- To nie ma większego sensu. To, do cholery nawet nie jest szukanie igły w stogu siana. Przecież to istny labirynt, a żeby go znaleźć, to musiałbym chyba latać śmigłowcem. W ten sposób ani ja ani Karol go nie znajdziemy. Reks by mi nie uciekł. Odkąd go w ubiegłym roku wysterylizowałem nie biegał już za sukami, a więc popęd nie wchodzi w rachubę. Zadzwonię do Karola niech chłopak też wraca.

Wracając przechodził tuż obok sklepu monopolowego. Zatrzymał się, spojrzał na witrynę, pomyślał dłuższą chwilę, a następnie wszedł do środka. Wyszedł po minucie niosąc w ręku reklamówkę z dwiema butelkami wódki i pepsi. Już z odległości około stu metrów zauważył przed domem Kasię i Karola. Stali oboje, nieopodal jego ulubionej ławki i intensywnie o czymś rozmawiali. W końcu, go zauważyli, ale cierpliwie czekali, aż do nich podejdzie. Katarzyna spojrzała ukradkiem na foliową torbę. Widać było, co jest w środku, ale nie skomentowała w żaden sposób jego zakupu.

- I jak tam, Stasiu – zagadnął Karol.

- Chodźcie do mnie. Zapraszam – odpowiedział i ręką pokazał, że mają iść przed nim.

Kilka minut później siedzieli w stołowym pokoju przy ławie. Obie butelki wódki stały na stole. Zrobił zaraz po wejściu trzy drinki, a teraz pili już po drugim. W głowach zaczynało już im szumieć, a języki plątać. Stanisław nie wiedział, jak tam u nich, ale on koniecznie musiał odreagować. Lubił ich towarzystwo, a teraz przyszedł taki czas, że czuł się bezradny i nie wiedział, co z tym stanem zrobić.

- Reks, by ci na pewno nie uciekł. Za dobrze miał u ciebie, Stasiu! – powiedziała Katarzyna.

- Kasia ma racje, on by nie uciekł, ale co innego wchodzi w rachubę – potwierdził Karol.

- A może ktoś, go ukradł. Takie rzeczy się przecież zdarzają – przerwała i dopiła drinka.

- Stasiu powiedz, Reks był rasowym psem? – tym razem zapytał Karol.

- Nie wiem, nigdy się tym nie interesowałem. Wziąłem, go ze schroniska, a czy rasowy, czy nie, nie miało dla mnie, aż do teraz żadnego znaczenia. Na pewno miał bardzo dużo genów z Bernardyna, ale raczej nie był czystej rasy. Gdy byłem z nim u weterynarza, to nawet nie pomyślałem, żeby zapytać.

Na ławie stały trzy puste szklanki. Stanisław poczuł się znów gospodarzem i napełnił naczynia.

- Nie Stasiu, ja już nie chcę. – Karol zaprotestował i odmówił kolejnej porcji. – Nie chcę i nie mogę. Jutro rano ruszam do pracy. Zostawiam was i uciekam. Jutro po południu się zobaczymy. Dajcie znać, kiedy Reks się znajdzie. Naprawdę przykro mi, że nie mogłem pomóc.

Wyszedł pośpiesznie zostawiając ich samych. Katarzyna przesiadła się na miejsce Karola i od razu sięgnęła po alkohol.

- Mam pomysł – rzuciła, uderzając jednocześnie ręką w Stanisława kolano. – Zaraz przyniosę z mieszkania kartki papieru i napiszemy ogłoszenia, że Reks zaginął. Zaczekaj tu na mnie, zaraz wracam.

Język już się jej zaczynał plątać, a krok robił się lekko chwiejny. Spojrzał na nią z ciekawością, gdy wstawała z fotela, a później, kiedy wychodziła z pokoju. Ubrana była w czarną obcisłą sukienkę, a on stwierdził, że nawet atrakcyjna z niej babka. Spojrzał na ławę. Szklanka Karola stała pełna. Nie zastanawiając się wypił zawartość jednym haustem i cierpliwie czekał na powrót sąsiadki.

- Zaprojektujemy Stasiu jakoś to ogłoszenie, żeby dobrze wyglądało, a ja je wydrukuję u mnie na drukarce – oznajmiła, gdy tylko wróciła. – Masz może jakieś jego zdjęcie?

- Tak oczywiście, nawet kilka. Tylko gdzie? Chyba już wiem, powinny być w drugim pokoju.

- Przynieś je raz dwa, a ja zrobię nam jeszcze po drinku. Będzie nam się lepiej myśleć.

Poszedł do drugiego pokoju i zaczął szperać w szufladzie, gdzie jak pamiętał zawsze leżały jego fotki wśród mniej lub bardziej potrzebnych papierzysk. Czuł już się podchmielony, a Katarzyna stawała się coraz bardziej atrakcyjna. Wrócił do sąsiadki z triumfującym uśmiechem na twarzy.

- Bardzo dobrze – powiedziała odbierając od niego cztery znalezione fotografie. – No to zdrówko, sąsiedzie!

Wypiła małego łyczka, a on od razu opróżnił całą szklankę.

- Co ja robię? – pomyślał. – Czyżbym chciał jej w jakiś chory, szczeniacki sposób zaimponować?... Chyba nie, raczej chcę się jak najszybciej upić i odjechać.

- O właśnie, to będzie dobre. Musimy się pośpieszyć i porozwieszać je jeszcze dzisiaj. Słyszysz musimy zdążyć przed zmierzchem. Stanisław, co jest z tobą? No tak wszystko muszę zrobić sama. – ostatnie słowa już do niego nie dotarły. Głowa mu zaczęła się kiwać do góry i na dół, a wzrok zrobił się dziwnie zamazany. Widział sąsiadkę na fotelu naprzeciw, a za chwilę już nic nie widział. Oczy się zamknęły, ale jakoś z wielkim trudem udało mu się je otworzyć. Przed sobą naprzeciw nie widział już ciemnej plamy, która jeszcze kilka minut temu była jego sąsiadką. Teraz widział przed sobą białą plamę, która dziwnie przypominała kształtem siedzącą w białej sukni kobietę.

Czuł, że właśnie powraca, ale skąd, gdzie był i do czego wraca, tego niestety nie wiedział. Nie miał nikogo bliskiego, żadnego przewodnika czy mentora. Nikogo, kto mógłby i chciał wytłumaczyć jego zabłąkanemu umysłowi, co dalej. Czuł, że za chwilę opadnie jakaś zasłona, że wypłynie skądś na powierzchnię, ale czego, tego też nie wiedział. Czuł jednak całą swoją duszą, że zaraz coś się skończy, że coś pęknie, że coś się stanie.

Co się dzieje, gdzie ja jestem? pomyślał.

Leżał, na plecach, tego był pewien i to był na razie jedyny pewnik. Wszystko inne było niestety na razie jeszcze zagadką. Miał jakiś dziwnie otumaniony umysł. Nigdy nie był specjalnie lotnym człowiekiem, ale teraz po prostu czuł się, jakby miał nałożoną na mózg jakąś blokadę.

- Mam zamknięte oczy, to już też wiem, ale dlaczego, czyżbym spał? Powinienem je otworzyć, a może na razie nie otwierać, a jeżeli tak, to nagle i gwałtownie, czy ostrożnie i powoli? A może lepiej chwilę tak poleżeć z zamkniętymi oczami i uruchomić asekuracyjnie inne zmysły? Wsłucham się na razie w tę ciszę. Być może coś usłyszę, a co, jeżeli ona tu, gdzieś jest? Muszę być przygotowany, ona nie może mnie tym razem zaskoczyć. Tym razem się nie dam.

Wyostrzył zmysł słuchu, ale wewnętrzny odgłos bicia jego serca przeszkadzał mu w wsłuchaniu się w dźwięki otoczenia. Serce, jak gdyby zaczęło bić troszeczkę ciszej. Zaczął rozpoznawać bardzo ciche odgłosy dobiegające, gdzieś z zewnątrz. Usłyszał cichutką muzykę oraz coś, jakby szepty. Rozpoznał utwór i z ulgą odetchnął. To na szczęście nie była ta melodia, która tak go prześladowała ostatnimi czasy. Oprócz tych dźwięków, nie był w tej chwili w stanie nic innego wychwycić.

- Chyba pora uruchomić inne zmysły. Najpierw węch. Nic, chociaż nie. Czuję jakby delikatny zapach lawendy albo coś bardzo podobnego. Jest mi ciepło i sucho, a tu, gdzie jestem musi być ciemno, gdyż inaczej, pomimo zamkniętych oczu, przez delikatne powieki docierałoby jakieś światło do moich oczu.

Jego rozmyślania przerwał pewien głośniejszy dźwięk, jakby coś metalowego upadło na podłogę. Nie miało takiego natężenia, aby mógł się wystraszyć, ale jednak wybijało się ponad to, co słyszał wcześniej. Gdy jeden dźwięk się skończył, do jego uszu dotarł podniesiony kobiecy głos. Nie krzyk, ale chyba jakaś słowna nerwowa reprymenda. Po chwili dołączyły do niego ciche, ciepłe słowa. Nie rozpoznawał treści rozmowy, ale z tonu wywnioskował, że ktoś tam kogoś uspokajał. Najprawdopodobniej, gdzieś w pobliżu dwie kobiety rozmawiały ze sobą. Wnioski, do których do tej pory doszedł uspokoiły, go zupełnie. Poczuł się teraz naprawdę bezpiecznie. Nie pojmował, co się dzieje i to na pewno nie było komfortowe.

- Może spróbować zawołać, może ktoś usłyszy i do mnie przyjdzie? Nie lepiej nie. Nie wiem przecież, kto się tu może pojawić. Może to jakaś pułapka? Choć z drugiej strony, nie mogę przecież popadać w jakąś paranoję. Dobra Stanisław, najpierw otworzysz powolutku oczy, a później pomyślimy, co dalej.

Powoli, powolutku zaczął podnosić powieki. Obraz, który ujrzał był niecodzienny, chociaż nie wiedział na czy polega ta dziwność? Było ciemno, za oknem ciemna, pogodna noc, rozświetlona delikatnie najprawdopodobniej światłami latarń ulicznych. Nie widział dokładnie, co jest za oknem, ale poblask zza szyb wrzucał trochę światła do środka. Sam fakt, że jest tu okno wydał mu się czymś bardzo dziwnym.

Znajdował się w dużym, wysokim pomieszczeniu i leżał na nietypowym łóżku. Z tego, co się domyślił, to chyba był w jakimś szpitalu. Jasne, chyba białe ściany, przedzielone pasem lamperii w kolorze lekko różowym. Teraz dopiero poczuł, że na głowie ma jakieś przewody, podczepione chyba do jakiejś aparatury, znajdującej się gdzieś za głową. Słyszał ciche brzęczenie i stąd wywnioskował, że przewody muszą biec do tego urządzenia. Stanisław chciał się lekko podnieść, gdy nagle z prawej strony do środka wpadła fala sztucznego światła korytarza, a w otwartych drzwiach stanęła starsza kobieta w mundurku, chyba pielęgniarki. Spojrzała w jego stronę, podeszła szybko do jego łóżka i przypatrywała mu się przez chwilę. Wreszcie odwróciła się, po czym cofnęła do drzwi i krzyknęła cicho.

- Kasia, chodź szybko, dawaj, twój pacjent wybudził się i jest świadomy.

- Kto się wybudził i kto u diaska jest świadomy- zapytał, chociaż wiedział, że nikt nie usłyszy jego pytania. – Czyżby o mnie chodziło? Z czego się niby wybudziłem i co mi się stało, że się tu znalazłem?

Stanisław ani się spostrzegł, a w sali, w której przebywał, były już łącznie z nim cztery osoby. Dwie pielęgniarki stały w nogach jego łóżka, a trzecia właśnie pochylała się nad nim i coś robiła przy wenflonie, który miał założony, a przez który spływała jakaś bezbarwna ciecz z zawieszonego nad łóżkiem woreczka. Chciał coś powiedzieć do kobiet, ale nie mógł się odezwać. Teraz dopiero spostrzegł, że ma na twarzy jakiś rodzaj maseczki, a w gardle wyczuł coś długiego.

- Jola, skocz po doktora Konrada. Powiedz, żeby tu szybko przyszedł.

- Którego Konrada, bo przecież mamy dwóch – odpowiedziała tamta trochę zdezorientowana.

- Racja, no po Rybaka.

Jedna z pielęgniarek opuściła salę, a dwie pozostałe stały pod przeciwległą ścianą i szeptem ze sobą rozmawiały, zerkając na niego ukradkiem. Po chwili jedna z nich podeszła do łóżka, pochyliła się nad nim i zapytała.

- Dobrze się pan czuje?

Nie mógł odpowiedzieć, dlatego w odpowiedzi skinął głową na tak.

- To wspaniale, naprawdę cieszę się. Musimy chwilę poczekać, zaraz przyjdzie lekarz. A tak nawiasem mówiąc mam na imię Katarzyna.

Po tych słowach dotarło do niego, że pielęgniarka jest łudząco podobna do jego sąsiadki. Usłyszał na korytarzu rozmowę i odgłosy szybkich kroków, a po chwili na salę weszła pielęgniarka, z wysokim starszym mężczyzną w białym kitlu.

- No to pan nam tu trochę pospał, ale trzeba było już pana powoli wybudzać, bo co za dużo, to... – i tu spojrzał na pielęgniarkę, która go przyprowadziła.

- Niezdrowo – odpowiedziała tamta, uśmiechnęła się szeroko, odwróciła się na pięcie i wyszła z sali, cicho zamykając za sobą drzwi.

- No dobrze, od czego w takim razie zaczniemy, aha przecież trzeba się przedstawić. Ja wprawdzie znam pana doskonale, ale pan zapewne mnie nie, bo i skąd. Pan pozwoli, jestem doktor Konrad Rybak. Opiekowałem się panem przez jakiś czas. Przepraszam, opiekowaliśmy się wspólnie z koleżankami. No dobra bierzmy się do pracy, bo przecież samo się nie... – znowu zrobił to samo. Zwrócił się do jednej z kobiet, aby dokończyła.

- Zrobi – powiedziała pielęgniarka, która przedstawiła się jako Katarzyna i stanęła wyprostowana obok łóżka, jakby czekała na polecenia, od lekarza.

- Pani Kasiu, wyciągamy rurkę intubacyjną. Trzeba się pozbyć tego paskudztwa z gardła naszego pacjenta. Niech się pan nie boi. Łatwiej to wyjąć niż włożyć.

Pielęgniarka, pochyliła się nad nim i zaczęła coś robić przy jego ustach.

- Będzie przez chwilę trochę dziwnie, a później będzie miał pan odruch wymiotny, ale to nic, przejdzie – usłyszał, jak zwraca się do niego i uśmiecha, życzliwie.

- Teraz uwaga usuwam panu rurkę intubacyjną.

Stanisław nie wiedział, co to jest rurka intubacyjna ani tym bardziej czemu służy, po co i kiedy mu to włożono, więc nie wiedział czego się spodziewać. Nagle kątem oka zauważył, że druga z sióstr pochyla się nad nim z drugiej strony łóżka z jakimś naczyniem. Poczuł jakby ktoś wyciągał mu przez gardło wszystkie wnętrzności. Odruch wymiotny był taki, że gdyby miał coś w żołądku, oprócz kwasów żołądkowych, to na pewno znalazłoby się to w podstawionej misce. Jeszcze tylko chwilę pokasłał i wszystko wróciło do normy. Chciał coś powiedzieć, ale oprócz charczenia, nic z jego krtani sensownego nie wypłynęło. Gardło strasznie go bolało, wręcz paliło, dlatego gestem poprosił o szklankę wody. Lekarz skinął głową na znak zgody, jedna z pielęgniarek wyszła i po chwili wróciła ze szklanką jakiegoś płynu w ręce.

- Pani Kasiu zostawimy panu na razie jeszcze kroplówkę, nich zleci do końca, ale cewnik myślę, że mu usuniemy.

- Dobrze, panie doktorze – odpowiedziała i wsunęła obie ręce pod koc. Po chwili poczuł, jak coś wysuwa się z jego wnętrza, strasznie przy tym piekąc.

- Zostawimy teraz naszego pacjenta, aby odpoczął i wrócimy do niego za kilka godzin.

Stanisław chciał gwałtownie zaprotestować, ale nagle jakby, doktor rzucił na niego jakiś urok, zrobiło mu się tak dziwnie sennie, że zanim jeszcze wszyscy zdążyli wyjść z sali, on już spał. Niczego jednak nie śnił. Po prostu, jakby stracił przytomność, a później ją odzyskał. Wybudził się i czekał na powrót personelu. W końcu ktoś, prędzej czy później, musiał tu zajrzeć.

- Co mi się stało, co robię w tym szpitalu, dlaczego tu jestem i co najważniejsze, jak długo? Tyle pytań, a jak na razie żadnej odpowiedzi.

Rozglądał się po pomieszczeniu. Dopiero teraz mógł zauważyć szczegóły. Wbrew pozorom i temu, co przyjął za pewnik, wcale nie był sam w tym pokoju. Obok, z jego lewej strony stały jeszcze dwa identyczne łóżka, z których jedno było zajęte. Przy obu stanowiskach stała taka sama aparatura, jak u niego. Pokój był, czysty, wręcz pedantycznie wysprzątany. Próbował zobaczyć, kto leży dwa łóżka dalej, ale aby to zrobić musiałby wstać, a na to na pewno nie byłoby go teraz stać. Nie wiedział jak długo tu był, ale czuł się naprawdę bardzo słaby i co najdziwniejsze, nie mógł się ruszać. Co dziwne, zniknęła kroplówka, którą miał podłączoną, a którą ktoś musiał zabrać, gdy spał. Zdziwiło go, jak mógł tego nie poczuć. Próbował powtórzyć gest, który wykonał prosząc o wodę, ale tym razem mu się nie udało. Zaczął się zastanawiać, co z jego głosem i już miał zamiar coś powiedzieć na głos, gdy nagle na salę weszła nieznana mu kobieta.

- Dzień dobry – usłyszał.

- Dzień dobry – wycharczał, ochrypłym głosem.

Odchrząknął, przełknął ślinę i teraz już w miarę wyraźnie, powiedział. – Dzień dobry, pani.

- Za chwilę odwiedzi pana nasz doktor Konrad. Ma się zastanowić w kwestii pańskiej rehabilitacji. O, a oto i on.

- Ponownie, dzień dobry. Jak się teraz czujemy? – lekarz mówiąc te słowa wziął krzesło i usiadł przy łóżku.

- Myślę, że czas działa teraz na moją korzyść.

- Oczywiście, że tak. Przecież wszystko, co najgorsze jest już za panem.

- To świetnie, ale mam tyle pytań. Zupełnie nie pamiętam, co mi się przytrafiło i dla... – w korytarzu usłyszał jakże znajomą, a jednocześnie przerażającą melodię. Był przerażony, dawne demony wróciły.

Strach, go sparaliżował, nie wiedział co ma teraz zrobić. Spoglądał przerażonym wzrokiem raz na drzwi wejściowe, raz na lekarza, który bardzo zdziwiony obserwował swojego pacjenta w tak przedziwnym stanie.

- Co się dzieje, co pana tak przestraszyło? Słyszy mnie pan? Co się z panem dzieje, źle pan się poczuł?

Ta upiorna melodia nadal dobiegała z korytarza, była tak wyraźna, wręcz namacalna, jakby za chwilę miała wpłynąć do tej sali pod jakąś fizyczną postacią. I nagle stał się cud. Stanisław był tak przerażony, że zdawało mu się, że za chwilę umrze, gdy nagle w tle melodii usłyszał radiowe logo pewnej stacji komercyjnej. Emocje w jednej chwili opadły, a on się rozpłakał.

Doktor Rybak, który stał teraz pochylony nad nim i bardzo uważnie go obserwował widząc, jak emocje z niego opadły, złapał go za rękę, lekko się uśmiechnął i zapytał. – Co pana tak przeraziło?

Stanisław już nie płakał. Wszystkie negatywne emocje, które go dopadły z taką siłą jeszcze kilka minut temu, gdzieś odleciały.

- Już dobrze panie doktorze, już dobrze.

- To jak, możemy kontynuować? – zapytał z troską w głosie.

Stanisław skinął głową na tak i ścisnął mocno rękę doktora, który cały czas trzymał swoją dłoń, na jego dłoni.

- Jak będzie pan chciał zrobić sobie przerwę, to proszę dać mi znać. Przecież nic na... – przerwał i spojrzał życzliwie na Stefana.

- Siłę – dokończył za niego Stefan i obaj parsknęli śmiechem.

- Miał pan poważny wypadek. Został pan i jeszcze jedna osoba potrąceni przez samochód. Pański stan był na tyle poważny, że specjalne konsylium, które się zebrało w pańskiej sprawie, orzekło, że trzeba pana wprowadzić w stan śpiączki farmakologicznej. Miał pan oprócz złamań obu kończyn dolnych, jeszcze bardzo poważny uraz głowy. Musieliśmy pilnie przeprowadzić operację, przy której moi koledzy neurochirurdzy naprawdę nieźle się natrudzili.

- Jak długo spałem, jak długo tu jestem?

- Utrzymywaliśmy pana w tym stanie przez prawie trzy miesiące. Wczoraj późnym wieczorem zaczęliśmy wybudzanie.

- Trzy miesiące, leżałem tutaj trzy miesiące? – zapytał dwa razy nie wiedząc, czy aby się nie przesłyszał.

- Tak, ale nie jest pan rekordzistą, inni leżeli tu dużo dłużej. Ta osoba obok, to kobieta, która miała ten przykry wypadek wraz z panem. Oboje trafiliście tu jednocześnie i jak pan się zapewne domyśla ona również jest w śpiączce farmakologicznej. Na razie niestety jej stan zdrowia nie daje powodów, abyśmy ją mieli wybudzać.

- Kobieta ze mną na jednej sali? – zapytał zaskoczony.

- Spokojnie, my tu nie rozróżniamy płci. Leżącym w śpiączce jest całkowicie obojętne, gdzie są i kto jest ich sąsiadem. Pan się już przebudził i jeszcze dzisiaj przeniesiemy pana do innego skrzydła, a ta biedaczka pozostanie w śpiączce farmakologicznej jeszcze dłuższy czas.

- Co to dokładnie jest ta śpiączka farmakologiczna?

- Najprościej mówiąc śpiączka farmakologiczna, określana też śpiączką kontrolowaną, jest metodą leczenia stosowaną wyłącznie wobec pacjentów leczonych na szpitalnych Oddziałach Intensywnej Opieki Medycznej (zwanych również oddziałami intensywnej terapii), z ciężkim przebiegiem m.in. takich chorób jak:

- urazy mózgu,
- rozległe obrażenia wielonarządowe,

- poparzenia dużej powierzchni skóry,

- niewydolności krążeniowo – oddechowe: zawał serca, zator płucny, obrzęk płuc, ciężki przebieg zapalenia płuc.

- A jak wprowadzacie pacjenta w taki stan? – zapytał, choć prawdę mówiąc nie był zainteresowany takimi szczegółami.

- Śpiączkę farmakologiczną wywołuje się poprzez podawanie leku dożylnie pompą infuzyjną w tzw. wlewie ciągłym, poprzez wenflon wprowadzony najczęściej we wkłuciu podobojczykowym do żyły podobojczykowej. W tym celu stosuje się m.in. propofol. Do wywołania śpiączki na czas zabiegu operacyjnego wystarczy wkłucie krótkiego wenflonu do dużej żyły jednej z kończyn. Podczas stosowania długotrwałej śpiączki farmakologicznej, wraz z lekami usypiającymi, pacjentowi podaje się leki zwiotczające mięśnie układu oddechowego. Ma to na celu ułatwienia procedury kontrolowania oddechu za pomocą respiratora. I to myślę, byłoby na tyle. Jeszcze jakieś pytania?

- Czy teraz jestem już zdrowy, panie doktorze?

- No cóż, zdrowie to pojęcie względne. Nie ma całkiem zdrowych ludzi. Są tylko mniej lub bardziej chorzy, ale tak całkiem serio, to myślę, że tak. To, że został pan wybudzony nie było tylko moją decyzją. Jednak w przypadku poważnych urazów głowy, nadal jesteśmy jeszcze na etapie nauki, ale takiej w powijakach. Zaraz przyjdzie tutaj nasz psycholog i zada panu kilka trudniejszych i kilka bardziej prostych pytań. Ja wtedy pana opuszczę, gdyż oprócz pana mam jeszcze paru innych pacjentów. O proszę, ta pacjentka obok, to dopiero jest naprawdę ciekawy przypadek. Kiedyś panu o niej opowiem. No proszę, a oto i nasz zapowiedziany gość.

- Cześć Robert. Ja zostawiam was samych i pamiętaj nie przemęczaj go. Dopiero, co do nas powrócił.

Doktor Rybak szybko wyszedł, a na jego miejscu usiadł młody, najwyżej trzydziestoletni kolega po fachu. W ręku trzymał sporych rozmiarów szary notatnik. Doskonale dobrane okulary dodawały mu niewątpliwie zawodowej powagi. Chwilę przypatrywał się uważnie

Stanisławowi, po czym leciutko uśmiechnął się i zaczął przewracać kartki w swoim zeszycie.

Stanisław przyglądał mu się z zaciekawieniem, które po chwili przerodziło się w zaszokowanie. Siedział właśnie naprzeciw niego młodszy aspirant Paweł Lewandowski, a właściwie człowiek o jego rysach twarzy. Był do niego bliźniaczo podobny i nawet głos miał identyczny. To było chore. Miał do wyboru dwie opcje. Dać się porwać szaleństwu albo spróbować z tym walczyć. Postanowił nie zawracać sobie tym głowy, gdyż zwalił to na karb omamów związanych z wybudzeniem ze śpiączki.

Zajmę się tym na spokojnie za jakiś czas, pomyślał i spokojnie czekał na rozwój wypadków.

- Dzień dobry, chciałbym zadać panu kilka banalnych wręcz pytań, oczywiście jeżeli pan pozwoli.

Stanisław skinął głową na tak.

- Jak pan się nazywa? Lubię wiedzieć z kim rozmawiam. Wiem kim pan jest, ale nie znam pańskiego nazwiska – szybko dopytał, bo przypomniał sobie, że lekarz się nie przedstawił..

- Tak oczywiście i przepraszam bardzo. Nazywam się Robert Kownacki i jestem tu psychologiem. Jak wcześniej już wspominałem chciałbym zadać panu kilka prostych pytań. Dosyć powszechnym zjawiskiem u osób, które przebywały w stanie śpiączki są zaburzenia pamięci, ale spokojnie, nie zawsze występuje ten objaw. Według podręcznikowego wzorca powinien mieć pan problemy z tak banalną rzeczą, jak mówienie, a tymczasem pan bardzo dobrze sobie radzi. Jest to najlepszym dowodem na potwierdzenie tezy, że medycyna nadal się rozwija i pogłębia wiedzę.

Dźwięk telefonu przerwał wywody psychologa. Na widok telefonu Stanisław przypomniał sobie o swoich rzeczach osobistych.

Chyba powinni mi je tutaj przynieść, pomyślał.

- Kownacki, słucham. Nie teraz. Tak wiem. Przecież wszystko wam dokładnie wytłumaczyłem. Nie mogę teraz rozmawiać, później zadzwonię.

Rozłączył się, włożył telefon do kieszeni i powiedział w jego stronę – Te telefony to istna plaga.

- Mam jedno pytanie, gdzie są moje rzeczy osobiste. Chciałbym je mieć ze sobą.

- Nie mam pojęcia, ale czas goni, a ja muszę z panem chwilkę porozmawiać. Możemy zaczynać?

Skinął głową na znak zgody i już mieli zacząć, gdy znowu odezwał się dzwonek telefonu. Jego rozmówca wyjął go z kieszeni, spojrzał na wyświetlacz i odrzucił połączenie.

- Nie wiem, czy dadzą nam chwilkę. Może lepiej przełożyć tę rozmowę na później.

- Nie lepiej miejmy już to za sobą – odpowiedział.

- Dobrze no to zaczynajmy. Jak pan się nazywa?

- Stanisław Sowalski.

Jego rozmówca spojrzał na niego ciekawie, zapisał coś w swoim notatniku i zapytał ponownie.

- Kiedy się pan urodził?

- 25 września 1962 roku.

To samo dziwne, a jednocześnie zaciekawione spojrzenie. Tym razem trwało, to nieco dłużej.

- Który według pana mamy teraz rok? Przypominam, że jest pan u nas od trzech miesiący.

- Zaraz, pomyślmy. W maju 2012 roku, był ten wypadek. Nie pamiętam dokładnej daty, ale na pewno był to maj – myślał na głos, bo tak mu było wygodniej. – Później przez jakiś czas działy się te wszystkie przedziwne rzeczy. Twierdzi pan, że byłem tutaj przez prawie trzy miesiące. Jakby nie liczyć, to na pewno mamy 2012 rok. Miesiąc i tu nie mam pewności, ale obstawiam sierpień lub wrzesień.

- Rozumiem i dziękuję, a o jakich dziwnych rzeczach pan wspominał? Co takiego się działo?

Znowu znajomy dźwięk telefonu przerwał im tok rozmowy. Psycholog chciał go zignorować, ale ten ktoś z zewnątrz nie dawał za wygraną

- Cholera, chyba oni wszyscy się na mnie uwzięli – usłyszał Stanisław zdenerwowany głos swojego rozmówcy.

Lekarz sięgnął ponownie do kieszeni, ale gdy zobaczył, kto dzwoni wyraźnie się uspokoił.

- Tak panie profesorze, słucham pana – zagadał grzecznie i chwilę wsłuchiwał się w słowa wypływające z komórki.

- Zrozumiałem, dobrze, już biegnę.

Zerwał się wręcz z krzesła i położył notatnik na jego kolanach. W drzwiach odwrócił się i rzucił przez ramię w kierunku Stanisława dwa krótkie słowa: – Zaraz wracam.

Został sam na sali szpitalnej, jeśli nie liczyć osoby leżącej dwa łóżka dalej. Był zaskoczony zachowaniem i reakcjami lekarza. Jego wzrok spoczął na kocu, którym był okryty. Leżał na nim na wysokości jego kolan notatnik jego rozmówcy.

- Dlaczego ten człowiek, tak dziwnie na mnie popatrzył, gdy wymieniałem swoje imię i nazwisko? Czemu tak dziwnie reagował na wszystkie moje odpowiedzi? Przecież pytania były tak banalne. Cały czas coś notował w tym swoim zeszycie. Ciekawe co tam powypisywał?

Rozejrzał się na boki, spojrzał w kierunku drzwi, po czym zaczął nasłuchiwać, czy nikt nie idzie korytarzem. Powoli i delikatnie sięgnął po notatnik. Przysunął go do siebie i zaczął wpatrywać się w rzędy zapisanych słów. Jednak najbardziej zainteresowała go pozycja: dane osobowe pacjenta. Im dłużej czytał, tym bardziej był przerażony.

Data badania: 14 kwietnia 2015.
Imię i nazwisko: Wojciech Kaledrub.
Data urodzenia: 20 czerwca 1966.
Stan cywilny: żonaty

Odłożył błyskawicznie notatnik z powrotem na koc, tam, gdzie lekarz go wcześniej pozostawił. Rozejrzał się przerażony po szpitalnej sali. Miał kompletny mętlik w głowie i zupełnie nie wiedział, co myśleć.

- Nie, to nie jest możliwe, to nie może się dziać naprawdę, co tu się, na Boga kochanego dzieje?! Gdzie ja, do cholery jestem i co oni mi zrobili?!

Właśnie zamierzał narobić jakiegoś hałasu, aby ktoś go wreszcie usłyszał i szybko tu zajrzał, gdy nagle do sali weszła jedna z pielęgniarek. Stanęła w środku przejścia i uśmiechnęła się do niego szeroko.

- Panie Wojciechu, odwiedziny! Ma pan gościa!

Nie interesowało, go zupełnie, kto do niego przyszedł. Miał teraz inne problemy na głowie. Wszystko się zmieniło, gdy usłyszał z ust kobiety.

- Żona do pana przyszła.

Cała nagromadzona przed chwilą energia, którą zamierzał wykorzystać natychmiast go opuściła.

- Żona, jaka żona ja... ja chyba nie mam żony? – chciał jakoś zareagować i pośpiesznie odpowiedzieć, gdy nagle dobiegł go odgłos kroków, zbliżających się coraz bardziej z głębi szpitalnego korytarza.

Pielęgniarka usunęła się z przejścia, by wpuścić kogoś do środka. Dźwięk drobnych kroków narastał coraz bardziej. Ktoś zbliżał się coraz bardziej do drzwi jego sali. Szybko zamknął oczy, najsilniej, jak tylko potrafił i zaczął się w głębi serca żarliwie modlić.

- Boże, nie ona, żeby to czasami nie była ona! Boże proszę cię, pomóż mi! Boże wysłuchaj mnie, błagam cię! Niech to będzie każdy, tylko nie ona!!!

Ktoś wszedł nieśmiało do sali, od razu poczuł intensywny i jakże znajomy zapach perfum. Słyszał jak ten ktoś podchodzi powoli do jego łóżka, a za chwilę poczuł delikatny pocałunek na swoim czole.

- Witaj skarbie. Nareszcie, tak długo czekałam – usłyszał wzruszony kobiecy głos.

Poczuł czyjąś dłoń, czule i delikatnie głaskającą go po głowie. Oczy miał ciągle zamknięte, ale wiedział, że przecież nie może tak trwać w nieskończoność. Postanowił, że zaraz otworzy oczy i zmierzy się z tym czymś – robił teraz dwie rzeczy na raz. Analizował na bieżąco sytuację oraz nadal żarliwie się modlił.

- Boże kochany, Boże jedyny, proszę pomóż mi. Błagam cię Boże z całego serca...wszyscy tylko nie ona!!

Otworzył powoli oczy i nieśmiało ze strachem spojrzał w kierunku swojego gościa. Teraz wreszcie zobaczył i na szybko zlustrował całą postać. Stała teraz przed nim niska, ładna szatynka, z krótkimi włosami i uśmiechała się do niego życzliwie poprzez łzy. Było w niej coś znajomego i niezwykle przyjaznego, ale zupełnie nie wiedział, co. Przyglądał jej się ciekawie przez dobrą minutę. W końcu odpuścił. Coś go do niej ciągnęło, jakieś wspomnienia, ale pomimo całej swojej woli nie potrafił nic sobie przypomnieć, ani też do niczego tej twarzy „dokleić". Patrzył na całkiem sobie obcą osobę i to bolało najbardziej. Wreszcie odpuścił i tylko spoglądał ciekawie w jej stronę. Widać było, że kobieta jest bardzo, ale to naprawdę bardzo wzruszona. Olbrzymi kamień spadł mu z serca i odetchnął wreszcie z ulgą, ale zaraz niespodziewanie zauważył, że tuż obok tej kobiety stoi ktoś jeszcze. Metr dalej w wejściu stała w śnieżnobiałym kitlu młodziutka pielęgniarka z długimi rudymi włosami i z rysami twarzy kobiety, której nie zapomni do końca życia.

Odwrócił błyskawicznie głowę i spojrzał w okno, skupił wzrok na widoku rozciągający się za nim. Wpatrzony w błękit nieba i przepływające powoli po nim delikatne, białe obłoki zastanawiał się, czy to co do tej pory przeżył było snem, czy też może dopiero teraz zaczął śnić.

KONIEC.

Spis Treści:

OD AUTORA

wojciechburdelak.pl

PODZIEL SIĘ SWOJĄ
OPINIĄ Z INNNYMI
CZYTELNIKAMI

ZESKANUJ KOD QR

Dziękuję

Wojciech Burdelak

Made in United States
North Haven, CT
10 November 2026

22084239R00134